What We Talk About When We Talk About Anne Frank

Nathan Englander

アンネ・フランクについて語るときに僕たちの語ること

ネイサン・イングランダー

小竹由美子 訳

CREST BOOKS
Shinchosha

目　次

WHAT WE TALK ABOUT WHEN WE TALK ABOUT ANNE FRANK

by

Nathan Englander

First Japanese edition published in 2013 by Shinchosha Company
Japanese translation rights arranged with Nathan Englander
c/o The Marsh Agency Ltd., London,
acting in conjunction with ARAGI INC., New York
through Tuttle-Mori Agency, Inc., Tokyo

Original Jacket Design by nathanburtondesign.com
Design by Shinchosha Book Design Division

アンネ・フランクについて語るときに僕たちの語ること

レイチェル・E・シルヴァーへ

アンネ・フランクについて語るときに僕たちの語ること

What We Talk About When We Talk About Anne Frank

我が家へやってきてたぶん十分ほどにしかならないのに、マークはもうイスラエルによる占領について僕たちに解説している。マークとローレンはエルサレムに住んでいて、彼の地の人間は、だから自分たちには解説する権利があると考えるのだ。

マークはえらくストイックな顔で頷く。「このサウス・フロリダにあるようなものが僕たちのところにもあったら……」と彼は言いかけて言葉を途切らせる。「うん」と彼は言ってまた頷く。「なんの苦労もないんだけどなあ」

「ここにあるものは君たちのところにだってちゃんとあるじゃないか」と僕は言う。「何もかもね。太陽にヤシの木。ユダヤ人の年寄りにオレンジに、最悪のドライバーもあちこちにいるし。現時点では」と僕。「おそらくこっちのほうが、イスラエル人が多いんじゃないかな」妻のデビーが僕の腕に手を置く。僕の言い方がよろしくない、あるいはひとの話の腰を折って自分の個人的なことをしゃべっている、または適切ではないジョークを口にしている、という合図だ。僕への合図なのだが、僕がどのくらい納得しているかを思えば、妻が腕を放してくれたのは驚きだ。

「うん、今やなんでもこっちに揃ってるからな」とマークが言う。「テロリストまで」

僕はローレンを見る。妻とつきあいがあるのは彼女のほうなのだ――彼女がなんとかすべきじゃないのか。ところがローレンは夫になんの合図も送ろうとしない。彼女とマークは二十年まえにイスラエルへ行ってしまい、敬虔派になったのだから、どちらも人前で相手の体に手を置いたりはしないのだろう。こんなことのためにするわけはない。火を消すためになんぞ。

「モハメド・アタは9・11まで、まさにここに住んでたんじゃなかったっけ」マークはそう言いながら、ここで家並みをさし示す身振りをする。「ゴールドバーグ、ゴールドバーグ、ゴールドバーグ――アタ。よくまあここであいつを見逃すよねえ?」

「町のむこう側なんだ」と僕は言う。

「僕が言ってるのはそれなんだ。君たちにあって僕たちにないものは、それなんだよ。町のむこう側。貧しい地区。接しあうスペース」彼は、今度はうちのキッチンの花崗岩を使った調理台を指で触りながら、居間や食堂に目をやり、キッチンの窓からプールを眺める。「これだけの家に」と彼は言う。「息子がひとりだって? 想像できるかい?」

「できないわね」とローレンは答える。それから僕たちのほうを向いて、夫の言葉を説明する。「子供が十人の我が家の暮らしを見てもらいたいわ」

「子供が十人」と僕は言う。「ここアメリカなら、そのネタで君たちをテレビのリアリティ番組に出せるかもな。そしたらもっと広い家に移れるよ」

手が戻ってきて僕の袖を引っ張る。「写真は」とデビー。「娘さんたちを見たいわ」僕たちは皆でローレンにくっついて、彼女のバッグがある書斎へ向かう。

「信じられるかい？」とマークが言う。「娘が十人！」彼のその口調に、僕は初めてこの男に好感を抱く。初めて、彼にチャンスを与えてやってもいいんじゃないかと思う。


フェイスブックとスカイプのおかげで、デブとローレンのつきあいは復活した。二人は切っても切れない間柄で成長した。ずっと一緒に学校へ通った。イェシーバ・スクール（ユダヤ人学校）だ。女子校の。高校はクィーンズで、それから一緒に地下鉄に乗ってマンハッタンのセントラルと呼ばれるところへ。二人はずっと親友のままでいたが、僕と結婚したデブは宗教から離れ、そのあとすぐにローレンはマークと出会って二人で聖地へ行ってしまい、正統派からウルトラ正統派になったのだが、これって僕にはどうもパッケージが新しくなった洗剤みたいに聞こえる――「正統派ウルトラ®、深遠なる癒しの力がさらに強くなっています」だから本当なら僕たちは彼らをショーシャナとイェルチャムと呼ばなくちゃならない。デブはそうしている。僕はただ、名前を呼ばないようにしている。

「水、飲む？」と僕は訊ねる。「缶入りのコーラは？」

「僕たちのどっちに訊いてるんだい？」とマーク。

「両方にだよ」と僕は答える。「ウィスキーもあるけど。ウィスキーもコーシャ（ユダヤ教の戒律にかなった食品）だよね？」

「コーシャじゃなくても、僕があっという間に清めてコーシャにしてしまうさ」彼は気楽な男っぽく装ってそう言う。そしてその瞬間、あの大きな黒い帽子を脱いで書斎のソファの上にぽんと置く。

ローレンは縦型ブラインドを脇へ寄せて庭を眺めている。「フォレスト・ヒルズの女の子が二人」と彼女は言う。「わたしたちがすっかり大人になった子供のいる母親になるだなんて、誰が思ったかしらねえ」

「トレヴァーは十六よ」とデブ。「もう大人だって思うかもしれないけど、そして本人も自分は大人だと思ってるのかもしれないけど――でもわたしたちは、わたしたちにはそうは思えないの」

「そうねえ」とローレン。「それにしても、家の裏でヤシの実が落っこちて砕けたり、壁をトカゲがよじ登ったりするのを普通のことだと思って育った子供を持つようになるだなんて、誰が思ったかしら」

ちょうどそのとき、トレヴがぶらぶら書斎へ入ってくる。身長は一八三センチもあって、格子縞のパジャマのズボンを床に引きずり、Tシャツは穴だらけだ。目を覚ましたばかりのあの子が、まだ夢を見てるんだろうかと思っているのがわかる。客が来るということは言ってあった。だがトレヴときたら、黒服を着て腹の中ほどまでひげを垂らした男をまじまじと見つめている。そしてローレンはと言えば、僕は以前、デブと結婚した当日に彼女と会っているのだが、そのあと娘を十人産んで安息日のディナーをさんざん食べてきた彼女は——そう、彼女は大柄な女で、趣味の悪い服を着て巨大なマリリン・モンロー風ブロンドかつらをかぶっている。戸口で二人を見たとき、僕自身ぎょっとしなかったとは言えない。しかしあの子は、驚きの表情を隠すことができないでいる。

「あの」と息子は言う。

するとデブがそばへ行ってあの子の髪を撫でつけ、抱きしめる。「トレヴィー、この人はね、わたしの子供の頃からの親友なの」とデブは言う。「こちらはショーシャナ、そしてこちらは——」

「マークだ」と僕。

「イェルチャムだ」とマークは言って、手を差し出す。トレヴは握手する。それからトレヴは礼儀正しくローレンに手を差し出す。彼女は宙に浮いているその手を見つめる——差し出されているのを。

「握手はしないの」と彼女は言う。「だけど、あなたに会えて本当に嬉しいわ。自分の息子に会ってるみたい。本気で言ってるのよ」と彼女。そしてここで本当に泣き始める。それから彼女とデブは抱きあって、デブも泣く。男子は、僕たちはただ突っ立っているが、しまいにマークが腕時計を見ると、トレヴの肩をいかにも男らしく、がしっと摑む。

「日曜の三時まで寝てるのかい？　やれやれ、昔はこんなじゃなかったが」とマークは言う。

「お決まりのしわくちゃ包皮野郎《ランプル・フォアスキン》ってわけだ」トレヴは僕のほうを見る。僕は肩をすくめたいところだが、マークもこちらを見ているのでじっとしている。トレヴは僕たち二人にむかってありったけの力を込めたティーンエイジャー睨みをかますと、ゆっくりと部屋から出ていく。出ていきながらあの子は「野球の練習へ行ってくる」と言って、車庫へ通じる戸口の横のフックから、僕の車のキーを取る。

「ガソリンは入ってるから」と僕は声をかける。

「ここじゃ十六歳の子に運転させるのか？」とマークが言う。「正気の沙汰じゃないな」

「で、どういうわけで」と僕は問いかける。「こんなに久々にこっちへ戻ってきたんだい？」デブは離れすぎていて僕の体をぎゅっとやるわけにはいかないが、表情で同じことをやっている。

「もう知ってるはずだっけ？」と僕。「まいったなあ、きっとデブから聞いてるよね。確かに聞いてる。僕がうっかりしてたんだ」

「母が」とマークは説明する。「母が弱ってきていて、それに父も歳だし——両親は毎年、仮庵《かりいお》の祭り（ユダヤ教三大祭りのひとつ。収穫祭でもある）に僕たちのところへ来てたんだ。知ってるかな？」

「祝日は知ってるよ」と僕。

「いつも飛行機で来てたんだ。仮庵の祭りと過ぎ越しの祭りの両方とも。ところが今じゃもう飛行機は無理だし、それに状況が悪くなったりしないうちに帰省したかったしね。僕たちがアメリカへ来るのは——」

「あらいやだ」とローレン。「何年ぶりになるかなんて、考えたくもないわ。十年以上よ。十二年」と彼女は言う。「十二年ぶり。子供たちがいるから、上の子たちが大きくなるまではどうしたって無理だもの。これってたぶん」――そして彼女はここでソファにどすんと腰を下ろす――「たぶん、こんなに長く子供たちのいない家で過ごすのは初めてなんじゃないかしら。あらやだ。ほんとよ。なんか変な感じ。ふうっとなりそう。ふ、う、っ、と、な、り、そ、う、っていうのはね」彼女は立ち上がり、妙に女の子っぽくくるっと回ってみせる。「目まいがするってことよ」

「いったいどんなふうにやってるの?」とデブが訊く。「十人も子供がいて。ぜひ聞きたいわ」

そのとき僕は思い出す。「君の酒を忘れてたよ」と僕はマークに言う。

「そう、この人のお酒。そのおかげなの」とローレン。「それでわたしたち、やっていけてるのよ」

かくして僕たち四人はキッチンテーブルへ戻り、あいだにウォッカのボトルが置かれることとなる。僕は日曜の午後に酔っ払ったりするタイプではないのだが、なんといってもマークと一日過ごさねばならないとなると、このチャンスに飛びついてしまう。デブも飲んでいるが、僕と同じ理由で、ではない。デブとローレンはといえば、僕が思うに二人はハメを外していた時代をちょっと追体験しているようだ。二人が共に過ごした、大人になるやならずの、ニューヨークの二つの世界の境で暮らす二人の若い娘たちの、ほんのつかの間の一時期だ。そして二人とも、再会をとてつもなく喜んでいるようにみえる。半分は浮かれて、半分はあらゆることが胸に迫ってくるのをどうにもできないでいる、みたいな感じだ。

デブが、すでに二杯目をすすりながら口を開く。「これってわたしたちにはけっこう刺激的なのよ。ほんとに、刺激的。この頃はあんまり飲まないようにしてるの。トレヴァーにはよくないお手本になるんじゃないかと思って。あの年頃の、逸脱しやすい時期の子供の前で飲むのはよくないでしょ。あの子、こういったことに急にすごく関心を示したりするのよ」

「あいつが何かに関心を示してくれたら、僕は嬉しいけどな」と僕。

デブは宙でひっぱたく真似をする。「ティーンエイジャーがいるところで、楽しそうにお酒を飲んで見せるのがいいことだとは思わないだけよ」

ローレンはにやっとしながらかつらを直す。「何であれ、わたしたちのやることが子供たちに楽しそうに見えたりするかしらね？」僕はそれを聞いて笑う。じつのところ、僕はどんどん彼女のことが大好きになっている。

「年齢制限があるせいだよ」とマーク。「アメリカ流ピューリタニズムってやつだ、飲酒年齢は二十一歳、とかね。イスラエルではべつにうるさく言わないから、子供たちは、アルコールになんか気づきもしない。金曜日の外国人労働者はべつとして、酔っぱらいなんかまずほとんど見かけないし」

「外国人と、それにロシア系」とローレン。

「ロシア系移民」とマークは説明する。「あれはまたまったくべつだ。あの連中の大半は、ユダヤ人でさえないんだからね」

「どういうこと？」と僕は訊ねる。

「つまり、母系の血統がってことだよ」とマークは答える。「エチオピア人の場合は、改宗した者もいるし」

だがデブは僕たちを政治から引き離そうとする。僕は彼ら二人に挟まれてデブと向き合って（うちのキッチンテーブルは円形なのだ）座っているので、僕の腕を摑むためにデブはほとんどテーブルに体を投げ出さねばならない。「もう一杯作ってちょうだい」と彼女は頼む。

そしてデブはここでマークの両親へと話題を変える。「来てみてどうだった？」と彼女は訊ねる。恐ろしく生真面目な面持ちだ。「ご両親はどんなご様子？」

デブはマークの両親に大きな関心を抱いている。ホロコーストの生き残りなのだ。そしてデブはあの世代が消えてしまったということに対して、不健康な執着としか呼びようのないものを抱いている。誤解しないでほしい。あれは僕にとっても重大なことだ。僕も関心を持っている。ただ僕が言いたいのは、健康な関心と不健康な関心があるということで、僕の妻はこの問題に、何時間も、何時間も費やすのだ。彼女は僕とトレヴァーに、やぶからぼうにこんなふうに言ったりする。「第二次大戦の帰還兵は、一日千人の割合で死んでるのよ？」

「なんて言ったらいいのかなあ」とマーク。「母はかなり具合が悪い。そして父は努めて元気でいようとしてる。タフな男でね」

「そりゃそうだろうな」と僕。それから自分の飲み物に目を落とし、うんと真面目くさった顔で首を振る。「彼らはほんとにすごいよなあ」

「誰が？」とマークが訊ねる。「父親たちがってこと？」

また目を上げると、三人が揃って僕を見つめている。「生き残った人たちだよ」僕はそう答えながら、マズったなと思う。

「いいところもあれば悪いところもある」とマークは言う。「他の人と同じだよ」それから彼は笑う。「とは言っても、僕にとって両親の代わりになる人はいないけどね」

ローレンが口を挟む。「まあ見てみるといいわ。カーメル・レイク・ヴィレッジ全体が、まるでビリヤード室のある難民収容所って感じなの。みんないるのよ」

「一人がほかの人に話す」とマーク。「そして続々とやってくる。すごいもんだよ。ヨーロッパからニューヨークまで、今や人生の最後を迎えるにあたって、また同じ場所にいるんだ」

「あのサイコーの話を聞かせてあげたら」とローレンが言う。「話しなさいよ、ユーリ」

「聞かせて」とデブ。サーカスで使う大砲の中に三年間隠れていた男、みたいな話であることを妻が望んでいるのが目の表情でわかる。戦争が終わると、心正しき異教徒が嬉々としてやってきて、男を発射して輪っかをくぐらせ、水の桶に落下させるのだが、そこで男は見失っていた息子が麦わらを使って呼吸しているのを発見するのだ。

「まあ、僕の父を想像してみてくれよ」とマークは話しだす。「故国じゃヘダール（ユダヤ人小学校）へ通って、ペオート（もみあげを伸ばしてカールさせたスタイル）にしたりとかいろいろやってた。ところがアメリカじゃ、典型的な異邦に馴染んだ《ガルスモンガー》ユダヤ人だ。僕よりは君に似てるな。僕がこうなったのは父の影響ではないんだ」と彼は自分のひげを指さしながら言う。「ショーシャナと僕は――」

「知ってるよ」と僕。

「でまあ、うちの父だけどね。ヴィレッジには、なかなかいいナインホールのコースと、打ちっぱなしの練習場と、パター練習場がいくつかあるんだ。親父は、クラブハウスにいた。僕も一緒だった。親父がジムでトレーニングしたいって言うんでね。僕にも来いって言うんだ。ちょっと運動しろって。そしてこう言った」――マークはここで、テーブルの下から片脚をずらして黒い大きなドタ靴が見えるようにしておいて、自分の足を指す――「『そんな安息日用の靴じゃトレッドミルは踏めないぞ。スニーカーが要るな。運動靴だ、わかるか？』って親父は言うんだ。で、僕は、『スニーカーが何かぐらい知ってるよ。父さんがイディッシュを忘れていないのと同じく、僕だって英語は忘れていないからね』すると親父は『余計なお世話だ《シェイネム・ダンク・ディール・イン・ピュピイク》』ってさ。自分を何様だと思ってるんだってわけだ」

「肝心のところ」とローレンが口を挟む。「肝心のところを話しなさいよ」

「でまあ、親父はロッカールームで座って、靴下を履こうとしてた。あの歳になると、じつのところそれ自体がまるっきりトレーニングだからね。さっとってわけにはいかないんだ。それでね、待ってるあいだに目に入ったんだけど、信じられなかったよ。ほとんど卒倒しそうだった。親父の横の男がね、腕に番号があって、親父の番号の三つ前なんだ。ほら、続き番号でさ」

「どういうこと？」とデブが訊ねる。

「つまり、あの入れ墨の番号だよ。それが親父の収容所の番号と同じだったんだ、どの桁もね。だけど親父のは最後が8。その男のは最後が5だった。違いはそれだけ。つまり、あいだに二人いたってことだよ。で、僕はその男を見つめた。それまで会った覚えはない。それから僕は声をかけた。『失礼ですが』、とその男にね。すると男は『あんたハバッド（敬虔派の伝道運動）でもやってんのか？　わしはな、ともかく構わないでおいてもらいたいんだ。ロウソクならもう家にある』だってさ。僕は説明した。『いえ、違います。僕はここへ父を訪ねてきたんです』そして親父に言った。『こちらの方を知ってる？　会ったことある？　ないなら、ぜひ紹介させてよ』すると二人は互いをじろじろ、そうだなあ、数分間眺めた。ほんとに数分のあいだだよ。まるで――こんなふうに言うからって敬意《コベド》を払っていないわけじゃない、父に対する敬意は持ってるよ――だけどね、まるで巨大なベージュのマナティーが二頭、それぞれ靴下を片方だけ履いてベンチに座っているのを目にしてるみたいだったんだ。二人はただお互いの頭のてっぺんから爪先までじろじろ眺めてる、すべてのろい動きでね。それから親父が言った。『こいつは見たことがあるな。このあたりで見かけるぞ』相手の男も言った。『ああ、わしも見たことがある』『あなた方は二人とも生き残りなんですよ』と僕は教えた。『ほら、ほら』ってね。『その番号』すると二人は目を向けた。『同じなんです』と僕は言った。そして二人とも灰色の小さな入れ墨を見ようと腕を伸ばした。『同じでしょ』と僕は二人に言った。それから親父に『わかる？　同じなんだけど、ただこの人のは――この人のほうが父さんのよりちょっと前なんだ。ほら！　比べてごらんよ』で、二人は番号を見た。見比べたんだ」僕たちのほうを見るマークの目は今や飛び出しそうだ。「だってさ、考えてみてくれよ」とマーク。「この広い世界で、とうてい生き延びられないような状況を生き延びた二人の老人が、じゅうぶん金を稼いで引退してカーメル・レイクで毎日ゴルフ三昧の生活を送ってるんだよ。で、僕は親父に言った。『この人は父さんのちょっと前なんだ』ってね。『ほら、5だ』ってさ。『で、父さんのは8だ』すると相手の男が目をやって、親父も眺めて、そして親父が言った。『これはつまり、こいつが俺の前に割り込んだってことだな。むこうでもこっちと同じだったわけだ。こいつは割り込み屋なんだ、言いたかなかったがな』『勝手に抜かせ』と相手の男は言った。とまあそんなわけ。それから二人は靴下を履く作業に戻ったんだ」

デブはがっかりした表情だ。何か力づけられるようなことを期待していたのだ。トレヴァーの教育上ためになるような話を、非人間的な行為のなかでも人間性は発現するのだという彼女の信念を再確認させてくれるような話を。かくして今やデブはただ目を見開いて、口元にはなんとか気の抜けた笑みをうっすら浮かべている。

だが僕のほうは、この種の話は大好きだ。僕はこの二人を本当に好きになり始めるが、それは急に酔いがまわってきたせいばかりではない。

「いい話だ、ユーリ」僕は彼の細君の真似をして言う。「イェルチャム」と僕は続ける。「その話は面白いよ」

イェルチャムは得意げな顔でテーブルから立ち上がる。彼は我が家の調理台に置いてある白パンのラベルを調べる——コーシャであることを確認しているのだ。ひと切れ手にした彼は、端を取ると白い部分を調理台に押しつけて手のひらで丸める。パンを小さなボールにしてしまう。彼はこっちにやってきて、自分用に一杯注ぎ、一口で飲み干す。それからその馬鹿げたパンのボールを食べる。まるでそれが彼の個人的な文章記号の末端であるかのように、ぽんと口に放り込んで——つまり、自分の話に下線を引くために。

「美味いかい？」と僕は訊ねる。

「食べてみろよ」と彼は答える。そして調理台へ行くと、白パンをひと切れ、ぽんと宙へ放って僕に投げてよこし、こう言う。「だけど、まず一杯注げよ」

ボトルに手を伸ばすと、デブがボトルを両手で握って、まるでボトルに繋ぎとめられているかのように、ボトルのおかげで後ろへひっくり返らないでいられるかのように、頭を低くしている。

「デブったら、だいじょうぶ？」とローレンが訊ねる。彼女はデブの首筋に片手を置いていたが、今度は腕を撫でる。でも僕にはどういうことかわかっている。どういうことかわかっているので、はっきりと言う。「滑稽な話だったからだよ」

「あなたったら！」とデブ。

「君には言いたがらないだろうけどね、デブはホロコーストに取り憑かれてるようなところがあるんだ。で、さっきの話は、気を悪くしないでくれよ、マーク、あれはデブが思ってたような話じゃなかったんだ」

マークは僕たちの両方を交互に見つめている。そして、正直なところ、あいつは傷ついた表情だ。そのままにしておいたほうがいいのはわかっている。だけど、話を続けないではいられない。デブの高校時代の友人が一緒にいて見識を述べてくれるなんてことが毎日あるわけじゃないからね。

「まるで自分は生き残った人の子供だ、みたいな感じなんだよね、うちの奥さん。だいたいああいう教育がどうかしてるんだ。デブの祖父母はみんなブロンクスの生まれなのにさ、なんだか、なんて言ったらいいのかなあ。なんだかさ、僕たちはこうしてマイアミの中心部から二十分のところに住んでるのに、実際は一九三七年のベルリンのはずれで暮らしてるみたいなんだ。あきれちゃうよ」

「そういうんじゃないってば!」とデブ、あからさまに身構えていて、壁の高いところにあるエアコンの吹き出し口に届くほどの甲高い声だ。「そんなことでがっくりしたりしないわよ。アルコールのせいよ。アルコールのね」デブはそう言って目をぐるっとまわし、なんでもなさそうな顔をする。「それと、ローレンに会ったせいよ。ショーシャナに、こんなに久しぶりに会えたから」

「あのね、この人、高校でもいつもこんなふうだったの」とショーシャナが言う。「こっそり一杯飲むでしょ、そして泣き出すの」

「アルコールが抑うつ状態を招くことはよく知られている」とイェルチャム。その結果、事実をそんなふうに口にしたことで、彼はまた一直線に嫌われ者へと逆戻りだ。

「この人を元気づけたのはなんだったか、この人を本当に楽しい気分にさせたのはなんだったか、知りたい?」ショーシャナが訊ねる。そしてじつを言うと、どういうことを聞かされるのか僕にはわかっていない。あの番号の話のときのデブと同じく、不意打ちをくらってしまう。

「ハイになることよ」とショーシャナは言う。「いつでも効き目があったわ。マリファナを吸うでしょ、そうするとこの人、何時間も笑ってるの」

「もう、何よ」とデブ。だが、ショーシャナに向かってではない。僕を指さしている。たぶん、この驚きがそのまま顔に現われてるんだ。「このご立派な悪党で不信心なわたしの夫を見てよ」とデブ。「どうしたらいいかわからないのよ。妻にいけない子だった過去があるって事実とどう向き合ったらいいのか、わからないんだわ——この進歩的自由人さんったら」そして僕にむかってこう言う。「二十一歳まで処女でいた、現代のユダヤ教育を受けた娘以上に貞淑な妻なんて、望めるわけないでしょ。本当のところは」とデブ。「ショーシャナの言う面白いことって何だと思ってたの？」

「本当に、本当のところは？」と僕。「答えたくない。恥ずかしいから」

「聞かせろよ」とマークが言う。「ここにいる皆、友達じゃないか。新しい友達だけど、友達だ」

「じつは君が——」と僕は言いかけて止める。「君に殺されちゃうよ」

「言いなさいよ！」デブは明らかに熱くなっている。

「本当はね、過ぎ越しの祭りのナッツロールケーキとかスポンジケーキを作る競争とかだろうと思ってたんだ。そういう類のことだろうと」僕はがっくりとうなだれる。するとショーシャナとデブは大笑いして息ができなくなる。互いにしがみついているのだが、本当のところ、お互いに支えあっているのか引っ張りあっているのかわからない。どちらかが倒れてしまいそうだ。

「ナッツロールのことをご主人にしゃべっただなんて、信じられない」とショーシャナ。

「わたしだって」とデブ、「あなたが結婚して二十二年になるうちの夫に、わたしたちが昔さんざマリファナでハイになってたってしゃべっちゃうなんて、信じられないわよ。わたし、結婚まえからマリファナには一本たりとも手を触れてないのよ」とデブは言う。「そうよね、あなた？ わたしたち、結婚してから吸ったことあるかしら？」

「ないよ」と僕は答える。「久しく吸ってないね」

「ねえねえショーシュ。いつなの？ あなたが最後に吸ったのはいつ？」

ところで、マークのひげのことは話したよね。でも、あの男がどれほど毛深いかってことは話したっけ。彼のひげときたら目玉のところまである。上にも下にも両方に眉毛があるみたいな感じで。なかなかの見ものなんだ、あれは。で、デブがそんな質問をすると、あの二人、ショーシュとユーリは、とにかく子供みたいにくすくす笑って、でね、露出しているわずかな部分、肌が見えている部分であるマークの瞼と耳たぶが真っ赤になるのがわかる。

「僕たちは当時、乗り切るために飲んでたってショーシャナは言ったけど」とマーク。「飲んでたっていうのは嘘なんだ」

「わたしたち、お酒はそれほど飲まないの」とショーシャナが言う。

「彼女の言ってるのは、吸うほうのことなんだ」

「わたしたち、吸ってるの」とローレンも頷く。

「タバコ？」とデブ。

「わたしたち、今でもハイになってるのよ」とショーシャナは打ち明ける。「つまりその、年がら年じゅう」

「敬虔派なんでしょ！」とデブは金切り声をあげる。「許されないわよ！ ぜったいダメ」

「イスラエルじゃみんなやってるよ。あの国は六〇年代みたいなんだ」とマーク。「レボリューションって感じでさ。世界で一番ハイになってる国なんだ。オランダとインドとタイをいっしょにしたよりひどい。どこよりもひどい、アルゼンチンよりもね――まあでも、あの国とならどっこいどっこいかもしれないけど」

「じゃあ、たぶんそのせいで青少年が酒に興味を持たないんじゃないか」

するとイェルチャムも、そうかもしれないと同意する。

「いまハイになってみる？」とデブが訊ねる。僕たち三人はデブの顔を見る。僕は、驚愕の表情で。そしてあの二人はあからさまにやりたがっている。

「わたしたち、持ってこなかったの」とショーシャナが言う。「税関でかつらの下を覗かれるなんてまずないんだけどね」

「君たち、カーメル・レイクの緑内障アンダーグラウンドへ行ったらいいんじゃないかな」と僕は言う。「あそこにはぜったいたくさんあるからさ」

「そりゃあ面白いね」とマーク。

「僕は面白い人間なんだ」みんないい雰囲気なので、僕はそう言う。

「大麻《ポット》ならうちにあるわよ」とデブが言う。

「うちに？」と僕。「うちにはないだろ」

デブは僕の顔を見ながら小指の甘皮を噛む。

「まさか、これまでずっとこっそりマリファナをやってたんじゃないよね？」僕は正直なところ、騙されていた事柄をずらずら並べられるんじゃないかという気がしてくる。ぜんぜんいい気分じゃない。

「うちの息子が」とデブは言う。「あの子がポットを持ってるの」

「うちの息子?」

「トレヴァーよ」とデブ。

「ああ」と僕は答える。「どの子かはわかってるよ」


こんなニュースが一日にまとめてでは多すぎる。それに、僕にはまるで裏切りのように思えてしまう。妻の昔の秘密と息子の新しい秘密が絡み合っているようで、そしてなんとなく自分が不当に扱われているみたいで。そもそも僕はどんなふうにであれ、デブにないがしろにされてさっと立ち直れるタイプではない——特に他人が一緒にいるときは。きちんと話し合うことが僕にはどうしても必要だ。しばらくデブと、五分でいいから二人きりになれたら、ちゃんとけりがつけられるだろうに。だけど、デブのほうは、僕と二人っきりになる時間なんかまったく必要としていないのがありありとわかる。ちっとも心を痛めたりしていないみたいだ。どうやら神経を集中させているらしい。デブは調理台で、タンポンの包み紙を使ってせっせとマリファナタバコを巻いている。

「あれはね、わたしたちが高校のときに考えだした緊急時対策なの」とショーシャナが説明する。

「十代の女の子たちが、どうしてもってときにやる方法よ」

「そしてわたしたちは、どうしてもって状態だったのよね」とデブは、もうすでに何もかもが面白いみたいな口調で言う。「あのＹＨＳＱ（イェシーバ・ハイスクール・オブ・クィーンズ）のかっこいい男の子、覚えてるかな、わたしたちいつも彼の目の前で吸ってたでしょ？」

「顔は浮かぶけど」とショーシャナは答える。「でも名前は思い出せない」

「あの子、わたしたちをじっと見つめてた」とデブ。「六、七人が輪になって、女の子と男の子が手も触れずに――わたしたち、すごく信心深かったから。どうかしてるわよね？」とデブは僕に問いかけるが、ショーシャナとマークは、どうかしてるなんてぜんぜん思っていない。「唯一触れ合うのは、マリファナタバコをまわすときの親指だけ。でね、あの男の子に、わたしたちあだ名をつけてたの」

「『過ぎ越しの祭り《パスオーヴァー》』！」とショーシャナが叫ぶ。

「そうそう」とデブ。「それよ。わたしたち、彼のことといつも『パスオーヴァー』って呼んでたの。マリファナタバコがまわってくるたびに、彼はそれを次の人にまわしちゃう《パスオーヴァー》だけだったからね。パスオーヴァー・ランド」とデブ。「これで思い出したわ」

　ショーシャナはマリファナタバコを手に取るとマッチで火をつけ、深く吸い込む。「最近じゃあ、わたしが何か覚えてるのは奇跡なの」と彼女は言う。「あのねえ、子供たちのせいなのよ。最初の子を産んだあと、わたしは知ってたことを半分忘れちゃった。それから一人産むごとにまた半分。十人子供を産んだ今じゃ、マッチに火をつけたあと吹き消すのを覚えてたら驚きね」彼女が手に持っていたマッチを流しに落とすと、あのじゅっという音がする。「つい昨日の夜も、ぎょっとして目が覚めたの。トランプ一組が五十二枚だったのか一年が五十二週だったのか思い出せなかったのよ。記憶障害ね——心配で一晩中眠れないの、いつアルツハイマーになるんだろうと思って」

「そこまでのことはないよ」とマークが彼女に言う。「君の家系の片方の側は全員そうだっていうだけのことだろ」

「確かにね」と彼女は夫にマリファナタバコを渡しながら答える。「もう一方の系統はおかげさまで痴呆だけだから。それにしても、どっちだっけ？　週、それともトランプの枚数？」

「同じだよ、同じ」マークはそう答えてマリファナを吸う。

デブの番になると、妻はマリファナタバコを手に持って僕のほうを見る。まるで、僕が頷くとかして、気にすることはないよと夫らしく許可してくれるはずだ、というように。でも僕はもう我慢できない。「吸えよ」とか「やっちゃおう」とか言う代わりに、僕はデブにむかってまさに吠えかかる。「うちの息子のことをいつ僕に話してくれるつもりだったんだ？」と僕。「いったいいつそうするつもりだったんだ？　君はどのくらいまえから知ってたんだ？」

この言葉を聞きながら、デブは長々とマリファナを吸い、それをベテランっぽくぐっと溜め込む。

「まったくさ、デブ。なんだって自分は知ってて僕に言ってくれないんだ？」

デブはこっちへやってきて僕にマリファナタバコを手渡す。デブは僕の顔に煙を吹きつける。べつに挑発的というのではなく、ただふうっと。

「わたしだって五日まえに知ったばかりよ」とデブは言う。「もちろんあなたにも話すつもりだったわ。ただどう話したらいいものかわからなくて、ていうか、先にトレヴァーと話をすべきなのかも、あの子に機会を与えるべきなのかもしれない、とか思ってね」と彼女。

「機会って、なんの？」と僕は訊ねる。

「わたしとのあいだだけの秘密にしておいてやる機会ってこと。止めるって約束したら、わたしに信用してもらえる、許してもらえるんだって、あの子にわからせてやる機会よ」

「だけどあいつは息子だぞ」と僕は言う。「僕は父親だ。たとえそれがあいつの秘密であっても、二重の秘密として僕と君とのあいだの秘密でもあるべきだろ。どんなものだろうと、あの子の秘密を僕はつねに知ってなくちゃならないんだ——知らないふりはするけどね」

「その二重のってところをもう一回言ってくれよ」話を理解しようとして、マークが頼む。でも僕は無視する。

「そういうものだろ」と僕はデブに言う。「いつもそうだったじゃないか」そして、不安で切詰った気分になって、「そうだったよね？」と付け足す。

だって、僕たちはほんとうに信じ合っているんだから、デブと僕とはね。そして、こんなふうにひとつの質問に大きなものがぶらさがっているように感じるなんて、長い、長いあいだ覚えがない。僕はデブの表情を読もうとする。すると何かひどく複雑なものが過ぎる、何か一連のものが。それからデブは僕の足元の床にそのままますとんと座り込む。

「わあやだ」とデブ。「わたしものすごくハイになっちゃった。なんか、あっというまに。なんか、なんか」そしてデブは笑い出す。「なんか、マイクみたく（Like Mike 映画「ロスト・キッズ」の原題）」と彼女は言う。「なんか、カイク（ユダヤ人）みたく」と言って、デブはえらく真面目な顔になる。「わあやだ、わたし、完全におかしくなってる」

「警告しておくべきだったわね」とショーシャナ。

彼女がそう言うのを聞きながら、僕は最初に吸い込んだ一息を溜めて、その発言の陰にどっと湧き上がってくる妄想を早くも必死で払いのけようとしている。マークはマリファナタバコを取り戻し、物事の順番に敬意を払ってそのままショーシャナに渡す。

「何を警告しておくって？」と訊ねる僕の声は甲高く、鼻にはまだ甘い煙が残っている。

「これは君のお父さんのマリファナじゃないってことだよ」とマークは答える。「ＴＨＣ（マリファナの主要活性成分）のレベルがね。なんていうか、そうだなあ、あのほら僕たちの子供の頃のやつ？　この新しい水耕栽培物はね、僕たちが子供の頃のやつを一ポンド吸ったみたいな感じなんだ」

「わかるなあ」と僕は言う。確かに、猛烈に、猛烈にわかる。そして僕はデブといっしょに床に座って妻の両手を取る。ご機嫌な気分だ。でも、頭のなかでそう思ったのか声に出したのかわからない。だからもう一度言ってみる、今度はちゃんとはっきりと。「ご機嫌な気分だ」と僕は言う。

「洗濯物入れのなかで見つけたの」とデブ。「そのマリファナ、そこから持ってきたのよ」

「洗濯物入れのなかで？」とショーシャナ。

「何か隠すには洗濯物入れが一番だ、なんて、いかにも十代の男の子が考えそうなことよね」とデブが言う。「服はきれいになって、たたまれて自分の部屋に出現する。そして誰かが洗濯物入れを空にしてるんだなんてこと、あの子には思い浮かばないのよ。あの子にとってあそこは、この世で一番人気《ひとけ》のない、忘れられた空間なの。つまりね」とデブは説明する。「洗濯物入れの底にミントタブレットの缶があるのを見つけたってわけ。ぎっしり詰まってたわ。マリファナが溢れんばかりにね」デブは僕の両手をぎゅっと握りしめる。「これで仲直りできた?」

「僕たちは仲良しだよ」と僕は答える。僕たちはまたチームだ、これでまた彼ら対僕たちだ、みたいな気分だ。だって、ショーシャナがデブにマリファナタバコをまわすと、デブはこう言うんだ。「あなたたち、コーシャじゃないキャンディーの缶に入ってたマリファナを吸うなんてこと、ほんとに許されるの? ほんとにだいじょうぶなのかしらねえ」そしてそれはまさに、ちょうど僕が考えてることと同じだ。

「彼女、フェイスブックもやってるんだろ」と僕も言う。「それも許されないことだ。この人たち、とってもいけない敬虔派なんだなあ」と僕は言い、妻と二人で笑う。大笑いする。

「まず第一に、わたしたちはこれを食べてるわけじゃない。吸ってるのよ。しかも冷たい接触でしょ、だからどっちにしろたぶんだいじょうぶよ」とショーシャナは言う。

「『冷たい接触』?」と僕は訊ねる。

「まあね」とショーシャナ。「それはいいから、床に座ってないで立ちなさい。ほらほら」そして夫婦それぞれが僕たちに手を差し伸べて立ち上がらせる。「さあ、テーブルに戻りなさい」とショーシャナ。というわけで、いったん立ち上がった僕たちはまたテーブルに座る。

「あのね」とマークが口を開く。「外の世界において敬虔派であることは、恐ろしく面倒なんだ。無礼なことを言われるよりひどいのが、一般市民による絶えざる取り締まりだな。あのさ、どこへ行っても僕たちはじろじろ様子を窺われてるんだ。教会儀式に則った、市民による逮捕を執行せんばかりにさ」

「ああいう人たちったら！」とショーシャナ。「ついこのあいだもね、こっちで、空港から来るときのことだけど。ユーリがオシッコしたくてマクドナルドに寄ったの。そしたら野球帽かぶった男が、入ろうとするこの人に近づいてきて言ったの。『あんた、そこに入るのは許されてるのかい？』って、こうよ」

「ウソでしょ！」とデブ。

「ほんとよ」とショーシャナ。

「べつにそういうのを面白く思わないってわけじゃないんだ」とマークが言う。「ついやりたくなるんだよね。あのさ、エルサレムにはモルモン教徒がいるんだ。拠点を持っていてね。神学校だ。自分たちの場所を持つのはかまわないけど手を伸ばしてはいけないってことに——政府との取り決めで——なってて。布教はだめなんだよ。ともかく、僕はそのうちのひとりと仕事の付き合いがあるんだ」

「ユタ州の人？」とデブが訊ねる。

「アイダホだよ。ジェベダイア（アニメ「ザ・シンプソンズ」の舞台である都市スプリングフィールドの創設者とされる人物）って名前なんだよ、マジで——信じられるかい？」

「信じられないね、イェルチャムとショーシャナ」と僕は答える。「ジェベダイアとはまたとんでもない名前だ」マークはぐるっと目をまわしてみせ、僕にマリファナタバコの残りを寄越す。許しを求めることもしないで、彼は立ち上がって缶を取り、タンポンをもう一つ取り出そうと彼の妻のバッグに手を突っ込む。彼は今や落ち着き払って、僕の家ですっかりくつろいでいる。そして僕にはこれが、白パンのことやうちに客が来てうちの息子のマリファナをぜんぶ吸ってしまっていることよりもさらにちょっと気になる。デブもきっと同じようなことを考えているんだろう、こんなことを言う。「この話を聞かせてもらったあとで、わたし、トレヴにメールしてあの子が早くに帰ってきたりしないようにしておく」

「そのほうがいいね」と僕。

「あのね、練習が終わったらまっすぐ帰りなさいってあの子に言うつもりなの。でなきゃ、友達と晩御飯を食べてきてもいいけど、九時までには帰りなさい、それ以上は遅くなっちゃだめってね。そしたらあの子、十時までにしてくれってせがむわ。なにがなんでも家に帰れってあの子に言っておけば、わたしたちは安全よ」

「なるほど」と僕。「いい計画だ」

「それでね、ジェブがうちに食事に来てコーラなんか注いでると、僕も同じく宗教警察みたいなことをやっちゃうんだ。我慢できなくてさ。言っちゃうんだよね、『おいジェブ、君はそんなの飲んでいいのかい？ コーラとか飲んでいいわけ？（モルモン教ではカフェイン入りの飲料は禁止）』ってさ。毎回言っちゃうんだ。なんていうか、抑えられないんだよね。人間って、自分の規則を破るのは気にしないのに、他人の規則破りにはえらく厳しいんだよな」

「で、あの人たち、コーラを飲むのは許されているの？」とデブが訊ねる。

「さあ」とマーク。「ジェブはただ、『君が考えてるのはコーヒーのことだろ、それにどっちにしろ、大きなお世話だよ』って言い返すだけだ」

「エルサレムで起こることはエルサレムに留まる（本来は、「ラスヴェガスで起こることはラスヴェガスに留まる」というラスヴェガス観光局のキャッチコピー）」と僕は言う。だが、むこうにはきっとあのコマーシャルがないんだろう、二人ともちっとも面白いとは思っていないみたいだ。

　そしてわがデブ。彼女は自分を抑えきれない。「あのスキャンダル、知ってる？　モルモン教徒がホロコーストの犠牲者リストをあさってるって」

「ほら『死せる魂』の話みたいに」と僕は説明する。「ゴーゴリの小説みたいな話なんだけど、現実なんだ」

「僕たちがそんなの読んでると思う？」とマーク。「敬虔派になってからにしても、なるまえにしてもさ？」そう言いながら彼は僕にマリファナタバコを手渡すので、なんだかちょっと挑戦的かつ滑稽な感じだ。それから、一方が他方の邪魔になることもないので、酒も一杯注ぐ。

「あの人たちは死者の記録を手に入れて」とデブは説明する。「そして、やり始めたの。ユダヤ人として死んだ人たちをモルモン教徒に改宗させ始めたのよ。六百万人もの人たちを本人の意思に反してね」

「で、君たちはそれが気になるわけ？」とマークが問いかける。「そのせいで、アメリカのユダヤ人は夜も眠れないわけかい？」

「それってどういう意味？」とデブ。

「つまり――」とマーク。

だがショーシャナがそれを遮る。「どういう意味なのか、この人たちに言っちゃだめよ、ユーリ。なんでもないってことにしておきなさい」

「僕たちはちゃんと対処できるよ」と僕。「対処することに興味すら覚えるね。こいつが」と僕は漠然とミントタブレット缶のほうを指し示しながら言う。「僕たちの心を成熟させてくれた。どれほど高度な概念であっても楽しめる状態だよ」

「高度《ハイ》な概念ね、だってわたしたち、ハイなんだもん」デブはちっとも冗談っぽくない真剣な口調で言う。

「おたくの息子さん、なかなかいい子のようだね」

「この人たちの息子さんのことなんか持ち出さないでよ」とショーシャナ。

「うちの息子を持ち出さないで」とデブも言う。今度は僕が手を伸ばして妻の肘を抑える。

「言ってくれ」と僕。

「息子さんは」とマークは続ける。「僕にはユダヤ人らしく見えない」

「よくそんなことが言えるわね」とデブ。「何が気に入らないの？」だが、デブの心を乱した様子よりも僕の反応のほうが注目を集める。僕は大笑いを始め、皆がこっちを向く。

「なんだよ？」とマーク。

「君にとってのユダヤ人？」と僕は返す。「帽子に、ひげに、ドタ靴。君にとってユダヤ人らしく見えるってことは、言わせてもらえばさ、ものすごく窮屈なことなんだ。たぶん、ほら、オジー・オズボーンとか、キッスの連中とか、彼らがポール・サイモンに『あんたは、僕にとってはミュージシャンらしく見えない』って言うようなもんだぜ」

「服装のことじゃない」とマークは答える。「空白のなかで人生を築いていくってことだよ。車でここへ来る途中で何を見たと思う？　スーパーマーケット、スーパーマーケット、ポルノ本の店、スーパーマーケット、スーパーマーケット、射撃練習場」

「フロリダ州民はなんてったって銃とポルノが好きなんだ」と僕。「それにスーパーも」

「あらやだ」とデブが言う。「それってあの『ゴールドバーグ、ゴールドバーグ——アタ』っていうのみたいね。まるで同じだわ、言葉は違うけど」

「この人、あのリズムが好きなのよ」とショーシャナが口を挟む。「しょっちゅうやるの」

「僕が言いたいのはね、真面目に聞いてもらえるかどうかわからないけどさ、ひとつの恐るべき犯罪という基盤の上だけにユダヤ人性を確立することはできないってことだよ。アイデンティティに不可欠な印としてのホロコーストへのオブセッションのことさ。君たちの唯一の教育の道具としてのの。なにしろ子供たちにとっては、ほかにはつながりがないんだから。ユダヤ人として結びつけてくれるものは何も」

「へえ、ずいぶんな言い方ね」とデブ。「それに、見方が狭すぎるわ。ユダヤ文化ってものもあるのよ。文化的に豊かな生活を送ることだってできるでしょ」

「それがユダヤ人としての生活ということなら、違うね。ユダヤ人性というのは宗教だ。そして宗教には儀式が付き物だ。文化なんて無価値だよ。文化なんて現代社会に構築されたものだ。だからこそ固定しない。つねに変化し続けるし、数世代を束ねるには弱い。金属片を二つ取って、きちんと溶接する代わりに接着剤でくっつけるようなもんだよ」

「それっていったいどういうこと？」とデブが訊ねる。「実際のところ」

マークは自分の主張をはっきりさせよう、教え諭そうと、指を上げてみせる。「どうしてイスラエルではバスもトラックもすべて、タクシーでさえすべてメルセデスなのか知ってるかい？」

「そりゃあ、罪の意識に基づいた大幅な値引きをしてくれるからだろ？」と僕は答える。「でなきゃ、ユダヤ人を運ぶ車両を作るのはメルセデスが一番うまいから——彼らがある種のコツを心得ているからかなあ？」

「イスラエルでは、僕たちは健全で確固たるユダヤ人だからだよ。だから、ドイツ車を運転したりドイツ製のシーメンスのラジオをつけてヘブライ語のニュースを聴いたりするのは僕たちにとっては何でもないことなんだ、戦後すぐでさえね。ブランドに基づいたアパルトヘイトを押し付ける必要もなければ、記憶をきちんと整理しておこうとせっせとシンボリックな努力を重ねる必要もない。だって僕たちは僕たちの親の戦前の暮らしそのままに暮らしているんだから。そしてこのことはすべてにおいて役立っている、僕たちの結びつきにおいてもね、結婚とか、子育てとか」

「あなたたちの結婚生活のほうがわたしたちのよりいいって言いたいわけ？」とデブが問いかけ

る。「本気なの？　あなたたちが規律に従って生活してるから、ってだけのことで？　それが結婚生活をより強固なものにするってわけ——どんなカップルのあいだでも？」

「僕が言いたいのは、君のご主人は妻が秘密を持ってるんじゃないかと気に病んで浮かない顔をしたりはしないだろうってことだよ。そして息子さんは、マリファナを吸ったりするまえにまず君のところへ来るだろうってことだ。結びつきがね、きちんと定義されているからだよ。はっきりしているからだ」

「ちゃんと溶接されてるからね」と僕。「接着剤でくっつけるんじゃなく」

「そうだ」と彼は答える。「ショーシャナもきっと同意してくれるはずだ」ところがショーシャナはそれどころじゃない。リンゴとナイフで注意深く作業中だ。彼女は小さなリンゴ・パイプを作っているのだ、タンポンはぜんぶ使ってしまったので。

「おたくの娘さんたちは？」とデブが訊ねる。「あなたたちに何でも話すんなら、娘さんたちはマリファナを吸うまえにまずあなたたちのところへ来たの？」

「うちの娘たちには僕たちが育った世界の汚れはついていないからね。そんなもんには関心がないよ」

「と君は思ってるわけだ」僕は言う。

「とわかってるんだよ」彼は答える。「僕たちが気にしてるのはべつのことなんだ、僕たちが心配してるのはね」

「聞こうじゃないの」とデブ。

「やめましょうよ」とショーシャナが言う。「だって、わたしたち酔っぱらってるのよ、ハイになってるの、すばらしい再会の最中なのよ」

「君がご主人に話すなって言うたびに」と僕。「ご主人が何を言いたいのかますます聞きたくなるんだけど」

「僕たちが気にしてるのは」とマークは話し始める。「過去のホロコーストじゃない。現在のホロコーストだ。この世代のユダヤ人の五十パーセント以上を呑み込んでしまうやつのことだよ。僕たちが心配してるのは異教徒との結婚だ。これは現在進行中のホロコーストなんだ。どっかのモルモン教徒が殺された六百万人相手に馬鹿げたことをやってるのなんか、心配する必要はないんだ。君の息子がユダヤ人と結婚するかってことを心配すべきなんだよ」

「嘘でしょ」とデブ。「嘘でしょ。異教徒との結婚をホロコーストって呼ぶの？　とてもじゃないけど――だってねえ、ショーシャナ。だって、まさか……本気で並べちゃうわけ？」

「僕の気持ちを聞きたいっていうんなら、それが僕の気持ちだ。だけどこれは、いや、君の場合にはべつに当てはまらないけどね、男子の場合はべつだけど。君はユダヤ人なんだから、君の息子さん、彼は僕と同程度にユダヤ人だ。僕以上でも以下でもない」

「わたしだってユダヤ人学校へ通ったのよ、新生毛むくじゃら男《ボーンアゲイン・ハリー》さん！　わたしに決まりを説明してくれなくてもいいわ」

「僕のこと『ボーンアゲイン・ハリー』って呼んだ？」とマークは訊ねる。

「呼んだわよ」とデブは答える。するとデブもマークも笑い始める。二人とも、「ボーンアゲイン・ハリー」というのはここしばらく耳にしたうちでいちばん面白いと思っているのだ。するとショーシャナも笑い、それから僕も笑う。笑いというのは伝染しやすいのだ――そしてハイになっているときは倍伝染しやすい。

「うちの一家が、わたしの大事な可愛い息子がホロコーストにむかって進んでいるだなんて、ほんとに思ってるわけじゃないでしょ？」とデブは訊ねる。「だって、そんなのあんまりだもの。せっかくのすばらしい一日がすっかり陰っちゃうじゃない」

「うん、ほんとに思ってるわけじゃないよ」とマークは答える。「すばらしい家にすばらしい家族、その大柄な若い男のために君が作りあげた見事な家庭だ。君は紛れもない良き主婦《バラブスタ》だ」とマーク。「本気で言ってるんだよ」

「そんなふうに言ってもらって嬉しいわ」とデブは言う。そして彼女は首をほとんど直角に傾げて嬉しそうな愛らしい笑顔を見せる。「あなたを抱きしめてもかまわない？」とデブは訊ねる。「とっても抱きしめたい気分なの」

「だめだよ」とマークは答えるが、ものすごく気を遣ってる口ぶりだ。「だけど僕の妻なら抱きしめてもかまわない。それでどう？」

「とってもいい考えだわ」とデブは答える。ショーシャナがマリファナを詰めたリンゴを僕に寄越し、僕はリンゴからマリファナを吸い、女二人はぎゅっと抱き合って前後に飛び跳ねたりこっちへ傾いたりあっちへ傾いたり、僕はまたも二人が倒れるんじゃないかと思う。

「気持ちのいい日だなあ」と僕。

「まったく」とマーク。そして僕たちは二人とも窓の外へ目をやり、完璧な空に広がる完璧な雲を二人で見つめる。僕たちはこれを見つめ、これを楽しみ、一瞬のうちに空が暗くなるのにも目を凝らす。あまりに突然の変化なので、ご婦人方も抱き合っていた体を離して見つめる。陽光の突然の変化はそれほどにも急激だ。

「ここじゃこんなふうなのよ」とデブが説明する。すると空が口を開け、滝のような熱帯の雨が一直線に打ち付けるように降ってくる。騒々しく屋根を叩き、騒々しく窓を叩き、ヤシの葉は曲がり、水が沸き返ったようになってプールに浮いているものが跳ねる。

ショーシャナは窓辺に行く。マークもデブにリンゴを渡して窓辺に行く。「うわあ、ここじゃいつもこんななの？」とショーシャナが訊く。

「もちろん」と僕は答える。「毎日こんなだよ。降り始めと同じく、あっという間に止むんだ」

そして二人は、窓に手を押し当てる。それからしばらくのあいだそうしていて、マークが振り向いたかと思うと、あの気難しげな男が、タフな男が、泣いているのがわかる。雨に泣いているのだ。

「わかってもらえないだろうけど」と彼は言う。「水のたっぷりある土地で暮らすのがどんなものか、忘れていたよ。これは何にも勝る恵みだ」

「僕たちのところにあるものが君たちのところにもあればなあ」と僕。

「そうだな」と彼は言い、目を拭う。

「外へ出ない？」とショーシャナが言う。「雨のなかへ、ね？」

「いいわよ」とデブが答える。するとショーシャナが僕に目をつむってくれと頼む。ぎゅっとつむっていてくれと。僕だけに。そしてじつは彼女は素っ裸になるつもりなんだろうと僕が思っていると、「目を開けて」という彼女の声がする。

彼女はただかつらを取っただけで、代わりにトレヴの野球帽をかぶっている。

「今回の旅行にはかつらはひとつしか持ってきてないの」と彼女は説明する。「トレヴが気にしないといいいんだけど」

「あの子は気にしないわよ」とデブが言う。こうして僕たち四人は雨のなかへ出ていく。僕たちは裏庭で、焼け付くような暑い日に、冷たい、冷たい雨にびしゃびしゃ打たれている。こんな天気だし、ハイになっているし、酔っ払っているし、おまけにああいういろんな話をしたあとだし、なんだかとびっきりいい気分だ。それに本当のところ、あの帽子をかぶってると、ショーシャナは二十は若く見える。

僕たちはしゃべらない。ふざけたり笑ったり跳ね回ったりするので忙しいのだ。そしてなんとなく僕はマークの手を取り、ダンスみたいなことを始め、デブはショーシャナの手を取ってあっちも自己流のジグをやっている。それから僕がデブの手を取ると、あの二人は互いに触れ合ってはいないものの、僕たちはともかくも繋がっていない円になる。僕たちは雨のなかで自己流の輪舞《ホーラ》を踊り始めている。

もう何年も、こんなに晴れ晴れと馬鹿みたいに自由な気分になった覚えはない。このしかつめらしい、息が詰まりそうなほど禁欲的な人たちが我が家を訪れているのに僕がそんなことを言うなんて、誰が思うだろう。するとデブが、僕の愛する妻が、またも僕と同じことを考えていたらしく、顔を雨に打たせて、みんなでぐるぐる回りながらこう言う。「ねえショーシャナ、これってかまわないの？　男女が混ざって踊ることにならない？　これって許されるの？　あとで誰かが嫌な思いをするのは困るわ」

「わたしたちならだいじょうぶ」とショーシャナは答える。「わたしたちは結果を背負っていくわ」この質問のせいで僕たちの動きは鈍くなって止まるが、誰もまだ離れようとはしない。

「古いジョークみたいだな」と僕は言う。そして、どのジョークだと誰かが訊くのを待たずに披露する。「どうして敬虔派は立位でセックスしないのか？」

「どうして？」とショーシャナが訊ねる。

「男女混合のダンスにつながる恐れがあるからさ」

デブとショーシャナは呆れ果てたという顔をしてみせ、僕たちは手を放す。降り出したときと同じく瞬く間に雨が消え失せ、このひと時ももう終わりだとわかったからだ。マークはその場に立ったまま、唇をきゅっと引き結んで空を見つめている。「あのジョークはうんと、うんと昔からある」と彼は言う。それからこう続ける。「男女混合《ミックス》のダンスって聞くとミックス・ナッツを思い出すなあ、それにミックス・グリルとか、インサラータ・ミスタ（ミックス・サラダ）とか。『ミックス・ダンス』って聞いたらやたら腹が減っちゃったよ。この家にあるコーシャな物があの漂白したアメリカのパンだけだとしたら、パニックだな」

「君は腹ぺこなんだな」と僕。

「その診断は当たってる」と彼。

デブはこれを聞いて拍手し始める。お祈りをするように手を胸に近づけて、小さな拍手だ。

「きっと信じられないわよ」とこの上なく晴れやかな顔でデブはマークに言う。「どれほどのものが待っているか」

僕たち四人はびしょ濡れになって食料貯蔵室に立ち、床に雫を垂らしながら棚を漁る。「こんな食料貯蔵室って見たことある?」とショーシャナ。「ものすごくおっきい」彼女は両手を左右に伸ばす。確かに広い、それに確かにたっぷり備蓄されている。夥しい量の食料に、夥しい菓子類、十代の男の子の群れをしょっちゅうもてなす家にふさわしく。

「核の冬にでも備えてるの?」ショーシャナが訊ねる。

「彼女が何に備えているのか僕が説明するよ」と僕。「彼女が本当のところどれほど強迫観念に取り憑かれているか、知りたいかい? 彼女が実際どれほどホロコーストの話をするか知りたい? つまりさ、どれほど真剣か――どの程度なのか?」

「どんな程度でもないわよ」とデブが言う。「ホロコーストの話はもう済んでるでしょ」

「聞かせてよ」ショーシャナが頼む。

「彼女はいつも僕たちの秘密の隠れ場所のことを考えてるんだ」僕は説明する。

「まさか」とショーシャナ。

「たとえばね、ここを見てくれよ。食料貯蔵室と、隣は浴室になっていて、車庫へ通じるドアがある。ぜんぶ密閉してしまったら——たとえば、この小部屋の入口を石膏ボードで覆ってしまったら——ぜったいわからないだろう。ぜったい気づかない。あの車庫の内側のドアをうまく覆ってしまったら、そうだなあ、正面には道具類を掛けて、裏の蝶番を隠して、なんなら自転車とか芝刈り機を立てかけたりすれば、ここは閉ざされた空間になる。水道とトイレもついてるし、それにこれだけの食料もある。誰かがこっそり車庫に入って物品の補給をしてくれるなら、家を貸すことだってできるんだ、ね？　まったく何も知らないべつの家族を住まわせるんだよ」

「あらやだ」とショーシャナ。「わたしの短期記憶はあんなに子供を産んだせいで消えちゃってるかもしれないけど——」

「それとマリファナのせいで」と僕。

「そのせいもあるわね。だけどわたしは覚えてるわよ。ちゃんと覚えてる、わたしたちが子供の頃、この人ったらいつも」ショーシャナは話しながらデブのほうを向く。「あなた、いつもわたしにそういうゲームをさせてたわよね。場所を選ぶの。そしてね、もっとひどくて、もっと暗いのは——」

「やめてよ」とデブが言う。

「君が言おうとしていることはわかってるよ」とショーシャナに言いながら、僕は正直なところわくわくしている。「あのゲームだろ？　あの途方もないゲームを君とやってたんだろ？」

「違うってば」とデブ。「もうたくさん。やめましょう」

するとマークが——コーシャかどうか確かめるのに没頭し、百カロリースナックの包装をつぎつぎ破り、容器のなかのローストピーナツをつまんでは食べ、皆で食料貯蔵室に入ってからは「フィグ・ニューマン（イチジク入りクッキー）ってなんだい？」と訊いた以外は一言もしゃべっていなかったのに——動きを止めて、こう言う。「そのゲーム、やってみたいな」

「ゲームじゃないわ」とデブ。

デブがそんなことを言うのを聞いて僕は嬉しくなる、それこそ数年来、まさに僕が彼女に認めさせようとしてきたことなんだから。あれはゲームじゃないってこと。真剣そのものの、一種の準備で、僕としてはふけりたくない進行性の病的行動であるってことだ。

「アンネ・フランク・ゲームでしょ」とショーシャナが言う。「違う？」

妻がひどく狼狽えているのを見て、僕は妻を擁護しようと全力を尽くす。「いや、あれはゲームじゃないよ。アンネ・フランクについて語るときに僕たちが語ることだっていうだけで」

「そのゲームじゃないってやつは、どんなふうにやるんだい？」とマークが訊ねる。「何をするの？」

「『正義の非ユダヤ人《ライチャス・ジェンタイル》（ホロコーストの際にユダヤ人を助けた人々）』ゲームよ」とショーシャナ。

「『わたしを匿ってくれるのはだあれ？』ゲームだよ」と僕。

「第二のホロコーストが起きたとしたら」降参したデブがおずおずと話し始める。「真剣な探求、思考実験をわたしたちはやってるの」

「そういう遊びなのよね」とショーシャナ。

「つまり、アメリカでホロコーストが起こった場合に、キリスト教徒の友人たちの誰がわたししたちを匿ってくれるだろうかって、ときどき話し合うのよ」

「どうもわからないなあ」とマーク。

「わかるに決まってるでしょ」とショーシャナが言う。「ぜったいわかるわよ。たとえばこうなの。もしショア（ユダヤ人大虐殺）があるとするでしょ、またショアが起こって、わたしたちがエルサレムにいるとしたら、今が一九四一年で、イスラム教指導者が好きにやっているとしたら、あなたの友達のジェベダイアはどうするかしら？」

「あいつに何ができるっていうんだい？」とマークは訊ねる。

「わたしたちを匿うことができるわ。自分や家族、自分の周囲にいる皆の命を危険にさらしてね。そういうゲームなの。あの人——現実問題として——あの人あなたのためにそうしてくれるかしら？」

「あいつはそういうことには頼りになるよ、モルモン教徒だから」とマークは答える。「この食料貯蔵室なんか目じゃない。昇天とか何かそういったことに備えて一年分の食料を備蓄しておかなきゃならないんだ。水もね。一年分だ。それともシーツ越しにセックスするんだったのかも。いや、待てよ」とマーク。「それは僕たちのほうだったな」

「いいわ」とデブが言う。「やめましょう。さあさあ、キッチンへ戻りましょうよ。ユダヤ教の食事戒律を遵守する店から出前を取れるのよ。外の芝生の上で食べたらいいわ。ジャンクフードだけじゃなく、ちゃんとしたディナーをね」

「いやいや」とマークが言う。「僕はやるよ。真面目にやるつもりだ」

「で、その男は君を匿ってくれる？」僕は訊ねる。

「それに子供たちも？」とマーク。「彼がエルサレムに秘密のモーテルか何か僕たち十二人を収容できる場所を持ってる、みたいに考えればいいわけ？」

「そうよ」とショーシャナが答える。「あの人たちの神学校とかね。そうよ」

マークは長い、長いあいだ考えている。フィグ・ニューマンを食べながら考えている。目を見開いている様子から、彼がすっかり夢中になっている、本当に真剣になっているのがわかる――極端なほど真剣に。

「うん」と言ったマークは実際に胸がいっぱいになっている表情だ。「うん、ジェブは僕たちのためにそうしてくれると思う。あいつは僕たちを匿ってくれる。すべてを危険にさらしてでもね」

「わたしもそう思うわ」とショーシャナは微笑む。「わあ、おかげで――大人として――人の真価がよりわかるようになるわね」

「そうだね」とマーク。「ジェブはいい男だ」

「今度はあなたたちよ」とショーシャナが僕たちに言う。「あなたたちの番」

「だけどわたしたちの共通の知り合いって、もういないじゃない」とデブが答える。「わたしたちいつもは近所の人たちのことを話すの」

「通りの向かい側のご近所さん」僕は彼らに話す。「あれはじつにいい例だな。ご主人のミッチ、彼は僕たちを匿ってくれるだろう。僕にはわかる。彼は正義のためなら自分の命を投げ出すだろうな。だけど奥さんのほうは……」と僕は説明する。

「そうなの」とデブも言う。「この人の言うとおり。ミッチはわたしたちを匿ってくれるでしょうけど、グロリアは、彼女は精神的に参っちゃうわね。ある日ご主人が勤めに出てるときに、奥さんがわたしたちのことを通報するわ」

「じゃあ、あなたたち同士でやってみればいいじゃない」とショーシャナが言う。「もしあなたたちの片方がユダヤ人じゃなかったとしたら？　もう一方を匿う？」

「やってみよう」と僕は言う。「僕が非ユダヤ人になるよ、僕のほうがそれで通りやすいからね。足首丈のデニムのスカートがまだクローゼットにある大人の女性だなんてさ――あっという間に捕まっちゃうよ」

「いいわ」とデブは答える。それで僕はまっすぐに立って、面通しのために整列してでもいるかのように背中を反らせる。僕は顎を上げてその場に立って、妻がじっくり顔を見られるようにする。妻がしっかりと見て、考えて、必要な資質が自分の夫に本当に備わっているかどうか判断できるように。僕には本当にそれほどの強さがあるだろうか、僕にはそうするほどの思いがあるだろうか――そしてこれは軽い質問ではない、さりげない質問ではないのだ――彼女と、それに僕たちの息子を救うためなら自分の命を危険にさらせるほどの強さが？

デブは見つめ、そしてデブは微笑み、僕の胸を軽く押す。「もちろん、この人はそうしてくれるわ」とデブは言う。それから半歩進んで僕たちのあいだの距離を無くすと、僕を固く抱きしめたまま離さない。「今度はあなた」とデブが言う。「あなたとユーリがやるのよ」

「そんなことをしてなんの意味があるんだ？」とマークが言う。「想像するだけだとしたってさ」

「ほらほら」とショーシャナ。「とにかくそこに立って、わたしが確かめるあいだ良き非ユダヤ人になってなさい」

「だけど、もし僕がユダヤ人じゃなかったら、僕は僕じゃなくなるよ」

「それは確かだな」と僕。

「彼も賛成してるぞ」とマークは言う。「僕たちは結婚もしてないよ。子供たちも生まれてない」

「もちろん、そんなふうに想像すればいいのよ」とショーシャナ。「ほら」と彼女は言い、食料貯蔵室のドアのところへ行って閉める。「さあ、わたしたちは二度目のホロコーストで、サウス・フロリダで動けなくなってるの。あなたはユダヤ人じゃなくて、わたしたち三人を自分の家の食料貯蔵室に匿ってるの」

「だけど、僕のことを見てくれよ！」と彼は言う。

「わかったぞ」と僕。「君はＺＺトップのバックグラウンドシンガーなんだ。彼らを知ってる？あのバンド、知ってるかな？」

デブが僕を放す、僕の腕を叩こうとしてのことだ。

「さあ」とショーシャナが言う。「そんな感じでわたしたち三人のことを見てみて。ここはあなたの家で、わたしたちはあなたに保護されて、この部屋に閉じこもってるって感じでね」

「僕がそうしてるあいだ、君は何をするんだ？」とマークが訊ねる。

「わたしは、わたしたちを見つめるあなたを見つめるの。想像してみるの」

「わかった」と彼は答える。「やれやれ、さあ始めよう。僕は立ってて、君は想像するんだね」

そして僕たちはそうする、僕たち四人で。僕たちはその場に立って自分の役割を演じ、皆本当に夢中になってしまう。皆本気で想像する。デブは彼を見ている、彼は僕たちを見ている。そしてショーシャナはただひたすら自分の夫を見つめている。

僕たちはずいぶん長いあいだその場に立っていて、どのくらい時間が過ぎているのかよくわからないが、食料貯蔵室のドアの下の隙間から差し込む光がほんのわずか変化している——外の陽光がまた弱まっているのだ。

「で、僕は君を匿うかな？」彼は本気で訊ねる。そしてその日初めて、僕のデブがやるように手を伸ばすと、妻の手に自分の手を重ねる。「僕はそうするかな、ショーシ？」

すると、ショーシャナが子供たちのことを考えているのがわかる、シナリオにはなかったのだが。彼女が想像することの一部を変えたのが見て取れる。それから一呼吸おいて、うん、と答えるが、笑ってはいない。うん、と彼女は答えるのだが、それは彼には僕たちに聞こえるのと同じように聞こえるらしく、彼は今や何度も何度も訊ねる。だけど僕はそうするよね？　君を匿うよね？　たとえ生きるか死ぬかでも——君は助かって、そうすることで僕だけが殺されても？　僕はそうするよね？

ショーシャナは手を引っ込める。

彼女はそれを口にしない。彼も口にしない。そして僕たち四人の誰も、口にできないことを言うつもりはない——この妻は夫が自分を匿ってはくれないと思っているということを。どうすればいい？　これからどういうことになるのだろう？　だから僕たちはそんなふうにして突っ立っている、四人で、あの食料貯蔵室で抜き差しならなくなって。ドアを開けて、僕たちが閉じ込めたものを表に出すのが怖くて。

姉妹の丘

Sister Hills

Ⅰ　一九七三年

エルサレムから東へさほど遠くないところにある丘の上で、遠くに埃が舞い上がるのを見たハナン・コーエンは、戦争だと思った。贖罪の日なので道路は空っぽ、砂漠へ向かって疾走する車両の一団から昇る土煙が意味するものはひとつしか有り得ない。ハナンはもっとよく見ようとして、片手を目にかざして日差しを遮った。ひげをなびかせ、白い長衣をまとって肩衣を羽織った彼は、そんなふうに——あの古代の丘陵に囲まれて——立っていると、時を超越した人間のようだった。

彼は、妻と十代の息子三人とともに暮らしている一間だけの小屋へ戻った。服を脱いで軍服を身に付け銃を手にしたので、彼が何を見てきたのか誰も訊ねる必要はなかった。

息子たちが言った。「僕たちも行くよ。何か手伝えるだろうから」

「母さんといなさい」とハナンは答えた。

だがリーナには夫にそんなことを決めてもらう必要はなかったので、こう言った。「父さんについて街へ行きなさい。祖国の非常時に、あんたたちにも何か役に立てることがあるかどうかやってみてごらん」

ハナンも頷いて了承した。そして彼は三人の息子とともに戦争に向かって歩み去った。


リーナはその夜、夫と息子たちのことが心配で眠れなかった。この新しい簡素な住まいのおかげで不安には拍車がかかった。オリーヴの木立の真ん中にあるこの小屋には、水道も電気もない。周囲の山並みになんとか呑み込まれずにすんだ電波信号も、木立に遮られてしまう。質素極まる家には電話は引かれていなかった。

暗くなって断食を終えたリーナは、玄関を出て小さな谷を渡り、もうひとつの丘へ上っていってみようかと考えた。もう一方の小さな丘の頂にはもうひとつ小屋があって、べつの家族が住んでいる。数マイル四方でユダヤ人はこれだけだ。その家には夫と妻と生まれたばかりの女の子が暮らしていた。夫のスコーテはハナンの友人で、二人で計画を立て、土地を買い、ともにこのサマリアの地（川西岸《ヨルダン》）に入植して、自分たち二家族を基盤にしてここに強大な都市を築き上げようと決心したのだ。

スコーテも土埃を目にしただろうとリーナは考えた。となると、イェフーディットは赤ん坊の娘を連れて夫といっしょにいちばん近い道路まで行き、そこで戦いに加わる夫と別れたと考えるのがもっとも理にかなっている。自分もそうすればよかったとリーナは心底思った。順調な時でさえ、ここはひとりでいるのに安全な場所ではないのだ。小屋には携帯用無線電話機があったので、リーナはイェフーディットに呼びかけてみたが、どの周波数帯でも応答はなく、傍受通信の切れ端が稲妻のように聞こえてくるだけだった。リーナは谷を渡るのは止めることにした。もう一方の丘の上に行ってみたら誰もおらず、夜の闇のなかをひとりで戻る羽目になるのは嫌だった。リーナはドアに背を向けて座り、窓に目を据えた。膝にライフルを置いて詩篇を唱え、ちょっとでも何かが自分の丘に上がってきそうな動きはないか見張った。朝までそうしながら、がっしりした枝々で木の葉がかさかさいう音に彼女は幾度となく脅かされた。そしてさらに、見えないものに怯えた。窓辺の木に遮られた広がり続ける開拓地の渦に。

手を洗い、祈りを捧げたあとで、リーナは斧を手に、これからする作業がどれほどのものか検分しに外へ出た。それはここの木立のなかでもいちばん大きな木で、周囲が丸四メートルあった。ついで梢を見上げた彼女は、ここの木立のなかでもいちばん大きな木で、これなら征服できると思った。木は、彼の国の人間と同じく、かくも頑丈な割には想像よりもずっと低かったのだ。リーナは両手に唾を吐きかけた。斧を手にすると、ありったけの力で木の、瘤のある根元目がけて振り下ろした。幾度も幾度も切りつけたが、作業はほとんど進まなかった。疲れ果てて、あくまで堅い幹にこれ以上切りつけられなくなり、惨めな気分になると、彼女は木のむこうの丘の端に見える下のアラブ人の村に目をやった。そうしてはまた斧をふるった。

この凛々しい三児の母が作業しているのを、髪をぎゅっとひっつめてスカーフをかぶり、丘陵に囲まれたこのすばらしい丘に君臨している姿を、リーナの立っているところからモアブの紫の山並みまで見渡せるくらいよく晴れた日に見たら、その心に重くのしかかるものがあることになどまったく気づかないことだろう。岩だらけの斜面の下を繰り返し見ていた彼女が、痩せこけた若者が古くからある磨り減った段丘を上ってくるのを見つけて、斧を地中に隠して地べたからライフルを取り上げていなかったとしたら、それに気づきはしなかっただろう。

リーナは弾を一発装塡した。銃の台尻を肩に据え、ジグザグに上ってくる少年に狙いを定めた。心臓を撃ち抜かなくとも銃身を突き出せば同じくらい簡単に丘から突き落とせそうなほど近くまでくると、少年はアラビア語で言った。「俺の木を切るのは止めろ」

リーナはアラビア語を話せなかったし、返事する気もなかった。そこで少年は同じことをヘブライ語で繰り返した。

今度も、何も言わなかったも同然だった。リーナは、これから会話を始めるかのように訊ねた。

「あんた、誰?」

「俺は」と少年は答えた。「あんたの近所の者で丘の下にいる」

「なら、丘の下にいなさい」とリーナは言った。

「そうしてただろうさ」と少年は言い返した。「だけど見上げたら、あんたが元には戻せなくなることをやろうとしてるのが見えたんだ」

「あれは、あたしの国の、あたしの土地にあるあたしの木だ。あたしが切り倒したいと思ったらあたしの好きにできるんだよ」

「あれがあんたの木なら、去年の採り入れのときに、俺はあんたの姿を俺の側で見かけたはずだ。そのまえの年も見ただろうし、その十年まえも、百年まえもな」

「あんただって百年まえにはここにいなかっただろう。それにどっちにしたって」とリーナは言った。「もっとまえまで振り返らないとじゅうぶんじゃないよ。この土地についての契約はうんと古いんだ」

「あんたが今言ってるのと同じく意味をなさない、神話上の主張だ」

ここで少年は、戦闘機の編隊の影が頭上を過ぎるあいだ口を噤んだ。それからもうちょっとのあいだ待った。空をつんざく轟音が続くのがわかっていたのだ。

「あんたにもわかるさ」と少年は言った。「ユダヤ人の法廷がこの丘を俺たちに返すことになるんだから。どっちにしろ、決めるのは裁判じゃなく戦争でってことになるみたいだな。明日か、明後日には、この木はヨルダンか、エジプトか、それとも神の思し召しがあれば祖国パレスチナのものとなるだろう」

「明日には」とリーナは言い返した。「その木は丘のふもとに転がってるだろうよ。そうしたら、あんたはそれを家族といっしょにどこでも好きな国へ運んでいけばいいさ」

これを聞いて少年の顔は、また戦闘機が通過したかのように暗くなった。空は晴れ渡ったままだったのだが。

「そのオリーヴの木の枝一本でも丘の下に落ちているのを見つけたら」と少年は今や指を突き立

てて言った。「俺がお前を木のあったところへ埋めてやるからな。この先一度でも斧をふるってみろ、言っとくぞ、お前を呪ってやる――お前の家を呪ってやる」

「あんた、心臓に銃を向けられてるのに、えらく気の強い子だね」

「なんの理由もなしにぶっぱなす植民者ならもうとっくにぶっぱなしてるだろ」

こう言うと少年は踵をかえし、丘を下っていった。少年が半分降りたところでリーナは不本意ながらも呼びかけた。「ねえ坊や」と彼女は叫んだ。「お兄さん！　あたしたち、この戦争でほんとに負けてるの？」


その朝ずっと、リーナは件の木に切りつけた。斧をふるうたびにあの少年の呪いを、脅しを思い出し、今日木を切り倒したら、少年は本当に今夜自分に襲い掛かるだろうかと思った。だがその木は木目の詰んだ木だった。それに彼女の斧は研ぎが足りなかった。そしていくら彼女が強健であるとはいえ、この仕事を成し遂げるとしたら腕をもっと強くするか、少なくとも一晩休む必要があった。やり終えることはできないとわかると、リーナは小屋へ戻った。彼女はテーブルのマグカップと皿を片付けると、テーブルを横倒しにした。それからそれを窓に立てかけてシャッター代わりにし、椅子をぐるっと部屋の反対側へ向けた。リーナは窓に背を向けて座り、銃を膝に置いて、夜になると板の隙間から星が見えるほどちゃちな作りのドアに目を据えた。

その夜遅くドアを叩く音が響き、あの村の少年が仕返しに来たに違いないとリーナは思った。眠気でぼうっとしながらも彼女は即座に立ち上がり、銃を肩に置いて指を引き金にかけ、恐怖のあまり強く引き絞ってしまい、夫か息子が帰ってくることだってあり得ると気づいたときには止めようがなかった。まさにその瞬間、というしかないほど分けようのない僅かなあいだに、彼女は銃身を上へあげて屋根のタイルを撃った。

隣人のイェフーディットがドアの向こう側で悲鳴をあげるのがリーナの耳に聞こえた。彼女は駆け寄ってドアを開けながら、一気に一ダースもの祈りを唱えて友人を殺さずにすんだことを感謝した。赤ん坊を連れたイェフーディットを無事なかに入れてまたかんぬきをかけると、リーナは手提げランプの芯を明るくし、目の前の女のほうへ掲げた。すると、イェフーディットが腕に抱いている赤ん坊がぐったりしているのが見て取れた。抱えている様子から、子供はすでに死んでいるのだろうとリーナは思った。

「その子——」とリーナは言いかけた。

「病気なの」とイェフーディットは言った。「熱が千度もありそう。治療法はぜんぶ試したし、お祈りもみんな唱えたのよ」それから、恐慌状態をきたしている彼女はこう言った。「どうしてこんなところへ来ちゃったのかしら？　いったい誰の呼びかけのせいで、この国の再建があたしたちに負わされるわけ？　オリーヴと敵に囲まれて二家族だけで。こんなことになるまえにスコーテに言ったのよ、『緊急事態が起きて、電話もなく、道もなく、まわりには丘しかないところで孤立しちゃったらどうするの？　赤ちゃんが生まれたあとで何か起きたらどうするのよ？』ってね」

「いっしょに下まで歩いていってあげましょうか？」リーナは時計のほうを見ながら言った。

「日が昇るまえに交差路のところへ行ける」

「遠すぎるし、あまりに危険よ。それにもうわかってるでしょうけど、この子が生きるか死ぬかは今夜が勝負だわ」

「あたしに抱かせて」とリーナは言った。そして子供を受け取ると、白くなった石炭のように熱かった。唇は深くひび割れ、羊皮紙のように剝けていて、小さな目は乾いて生気がなかった。この子が助かるとはリーナには思えなかった。彼女は赤ん坊を母親に返すと、自分の寝床に畳んであった毛布を取りあげた。

「何をしてるの?」とイェフーディットが訊ねた。

「あんたが横になれる場所を作ってるの。そうしたらあんたが寝てるあいだ、あたしが赤ちゃんを見ててあげられるでしょ。夜通し交代でこの子の世話をすればいい」

「誰かといっしょにいたくて来たわけじゃないの。泊めてもらいに来たんじゃないわ」

「ならば、あんたがまだやってないことで何かあたしにできることってある?」

「この子を買ってもらえるわ」

「どういうこと?」とリーナは訊ねた。

「元の国でやってたでしょ——起きようとしていることの裏をかくために。あたしのおばあちゃんもそうやって死の天使の手から逃れたのよ」

「ページが塵になるまでいっしょに詩篇を唱えてあげる」とリーナは言った。「でも、迷信や呪術はねえ?」

イェフーディットは赤ん坊の後頭部に片手をあてがうと、リーナ自身がもしかしたら死神のべつの姿かもしれないとでもいわんばかりに、子供を支えていたほうの肩をむこうへ向けた。

「わからない？」とイェフーディット。「でなきゃどうして贖罪の日に、神はあたしの夫を戦争へ行かせたりなさるの？　そうしておいて、それから送り届けたばかりの恵みを取り返そうと、あたしの家庭に手を伸ばしたりなさるの？　しかも、あたしが家族全員と別れてきたあとでそんなことを。忘れられていた丘の上に移住してきたあとで、イスラエルを完全なものにするために幸せを犠牲にしたあとで。いや、罪があるのよ。あたしが気づいていない悪いことがあるんだわ。だけどそれはあたしの悪よ。この子は、ここでこうしてひとり、まったく汚れがないのよ」

「そしてあんたは、赤ちゃんを売ればそんなに高い熱も下がると思ってるんだ」

「この子がもうあたしの娘でないなら」とイェフーディットは説明した。「二束三文で売ってしまうほどこの子があたしにとってどうでもいい存在なら。この子が本当にべつの母親のものなら、関心を示すそういった力も、わざわざ手を出す価値がないって思うんじゃないかしら。もしこの子が本当にもうあたしの子じゃないならば」何らかの暗雲が自分の上に漂っていることを認めながら、イェフーディットは言った。「なんであれやってこようとしているものは、どこを見たらいいのかさえわからなくなるかもしれないでしょ」

　リーナは頷いて承諾した。本がいっぱい入った野菜の箱のなかの、ハナンと彼女が金を隠している一冊を探した。彼女は札束を取り出した。それをイェフーディットに差し出すと、相手はいちばん上の価値のない紙幣を一枚取った。「二《シュティ》プルトット（千分の一《ポンド》）」とイェフーディットは言った。「パン一斤に払う以上のお金をこの子の代金として受け取る気はないわ」そしてイェフーディットはその紙幣をリーナに返すと、取引に備えて背筋を伸ばした。「この子はこの家の娘でありますす」とイェフーディットは言った。「この先この子に対する権利は一切主張しません」彼女はひどく熱い赤ん坊をリーナに渡し、代わりにあの一枚の紙幣を受け取った。「ただひとつ」とイェフーディット。「ささやかなお願いがあるんだけど」

「なあに？」リーナの目は取引の重大さに潤んでいた。

「この取引を結ぶにあたって、この子が大人になるまで、あんたにこの娘を育てる負担をかけたくないの。あたしがこの子の母親みたいにして——母親じゃないけれど——世話します。愛情をこめて育てて、イスラエル流の教育を受けさせて、自分の命よりこの子の命を大事にします。あんたがそうさせてくれるならね。この条件、承知してもらえる？」

「できないわ」とリーナは答えた。するとイェフーディットの顔に恐怖が広がった。「あたしの娘が大きくなるまであんたに貸してあげる」とリーナは言った。「ただし、二人とも今夜ここで寝るならの話だけどね。あたしの娘がこんなひどい病気のままあたしから離れてあんなに暗くて寒い夜の闇のなかへ出ていくなんて、駄目だからね」

「もちろん、もちろん」とイェフーディットは答え、近寄ってきた。「取引は取引よ」そしてイェフーディットは燃えるように熱い赤ん坊——ぐったりして泣くこともできない状態の——をあいだにはさんでリーナを抱きしめた。リーナの耳元でイェフーディットは囁いた。「戦っているあたしたちの夫を、神よお守りください。そして戦争をしているあたしたちの国をお守りください。この小さな娘を、神よお救いください。それからこの家に神のみ恵みを、そしてあんたのことをいつもお守りくださいますよう。それにあたしたちの新しい都市にみ恵みを、今はまだ姉妹の丘のふたつの小屋だけですが」

「かくあれかし」とリーナは言った。「ありがとう」と彼女は友だちの頬にキスした。

イェフーディットは体を離し、顔の涙を拭った。「馬鹿げた迷信だと思うでしょうね」と彼女は言った。「でも、あたしは言葉の力を信じてるの」

リーナは隅に並んでいる水が満たされた牛乳瓶のほうを見た。「うちの息子たちがひどい熱を出したときには、氷水に浸けて体を冷やしたものだけど」

「氷があれば」とイェフーディットは答えた。「あたしだってやってるわ」

「なんとかする方法は必ずあるものよ」リーナは銃を手に取ると自分の地所の北の端へと歩いた。そこには風にさらされている高い岩があった。リーナは暗いなかで岩に登った――どのでっぱりにもすでに馴染んでいたのだ。気温が下がるあいだに冷えるようそこに置いてあるガソリン携行缶を彼女は取り出した。毎朝陰にしまいこんでおく、土を相手に働くときの彼女の飲み物だった。リーナは岩の上に立ってキャップを外した。容器を曲げた肘で支えて、ヨルダンから何か戦闘の気配がないか確かめる。彼女は缶を傾けると、ごくごくとたっぷり飲んだ。そして、骨まで沁みる水の冷たさに癒された。

リーナが眼を開けると、膝に銃を置いて椅子に座っていて、傍らには詩篇が、そして玄関のドアはすでに開けられて朝の光が差し込んでいた。外に出てみると、イェフーディットが丘の西端の木の下に座って腕に抱いた赤ん坊を揺すっており、足元には小型のマシンピストルが置かれていた。リーナの足音にイェフーディットは振り向き、友人に微笑みかけたが、その様子から、夜のあいだに赤ん坊の容態が良くなったことがリーナにはわかった。

「ほら」とだけイェフーディットは言って、むかい側の丘にある自分の小屋のむこうの、ずっと先の谷へと降りていくほうを指さした。そこには地形に紛れて見え隠れしながらこちらへ向かってくる疲れた様子のイスラエル兵士の姿があり、彼が広げた地図に日があたると、眩く輝いた。

「奇跡だわ」とリーナは言った。

「奇跡ね」とイェフーディットも言った。リーナはまず友人の銃を手に取ったが、それから一発ぶっぱなすのを思い直した。彼女は小屋に戻ると、発炎筒を手に戻ってきてキャップを取り、そして飛び跳ねながら兵士にむかって金切り声で呼びかけた。彼女は発炎筒を振り回し、丘の端から高く放り投げた。すると兵士が手を振った。

兵士は駆け足で丘の上にたどり着くと、両手を膝に支えて息を整え、それから背筋を伸ばして片腕で頭部の汗を拭った。

「偶然ここへ来合わせてくれるなんて、奇跡ですよ」とリーナが言った。「病気の赤ん坊がいるの、それに病院へ行かなくちゃならない女の人が。ジープはありますか？　あの女の人はこんなところを歩いては行けないんで」

「道路から一キロくらいのところに停めてあります。そこから先は坂が険しすぎて進めなかったんです」

「あの人を連れてって」リーナはそう言って兵士を押しやった。「急いで行ってちょうだい。どのくらい時間が残っているかわからないんだから」

「あの人はお連れします」兵士はそう言ってシャツをズボンに入れ、ズボンをブーツにたくしこみ、それから気を付けの姿勢をとった。「ですがまず最初に」と兵士は言った。「あなたがたのどちらがリーナ・バラクですか？」

リーナはまた兵士に触れたが、今度は寄りかかるためだった。「ということは」と言う彼女を支えようと、イェフーディットが駆け寄ってきた。「あたしには奇跡はないってことですね」

夫が死んだという知らせを聞かされたリーナは言った。「ありがとうございます、勇敢な兵隊さん。今度は息子たちを見つけて、父親を埋葬するように言ってやってください。母親は家で待機してるって」そして彼女はここで、これ以上遅くなるといけないから谷へ下りなさいとイェフーディットに身振りで合図した。

「葬儀があります」と兵士は言った。「ジープには三人全員乗れますよ」

「周りを見てごらんなさい」と彼女は答えた。「あたしたちのすばらしい入植地は家が二つに二家族なんですよ。母親が二人ともいなくなったら、あたしたちが築きかけてるものをぜんぶ失うことになる。とたんに丘の下のご近所さんたちがまた上がってくる。それに、ユダヤ人の土地がアラブ人の手に戻るがままにしておくのは、この土地を一度も取り戻さないことよりさらに許しがたい罪なんじゃないかしら。この丘の上でのあたしたちの戦いは、あたしの夫を奪った戦いに少しも劣らないのよ。さあ教えてちょうだい、若い兵隊さん」とリーナは言った。「この戦争で、あたしたちの側はどんな具合なの？」

小屋にはリーナが覆うべき鏡は一枚もなかった。シャツの襟はもうすでに破れていた。喪に服していることを示すに相応しく生活を厳しくしようにもやりようがないので、彼女は本を入れてある木箱に座って、嘆き悲しんだ。そのあと二日間、彼女は小屋の戸口に腰を下ろし、家族を失ったことに気づいてくれそうな旅人が通りかかるのを待った。

喪に服して三日目、リーナは三人の息子たちが丘の頂上に登ってきたのを目にしてほっとした。彼らは生活必需品を背負い、一群の少年たちを従えていた。

息子たちは母とともに泣き、それから脇へ退いて、初めてやってきた少年たちがそれぞれ歩み寄って、リーナをシオンの嘆く者たちのなかへ迎え入れられる（「神があなたをシオンとエルサレムの嘆く者たちのなかで慰めてくださいますよう」という悔やみの際の決まり文句から）ようにした。

事情を説明したのは長男のイェルミヤフだった。「ここにいるのは僕たちのイェシーバの男子たちだ。ミニヤン（正式礼拝を行うのに必要な十名以上の人数）が揃うように来てくれたんだ、そうすれば父さんのために家でカディッシュ（追悼の祈り）を唱えられるからね」

そして二男のマティヤフが、童顔に毅然とした表情を浮かべようとしながらこう言った。「皆、父さんと父さんの思い出に敬意を表して誓いをたてたんだよ」

それからいちばん背の高い少年が、誓約が報告されてちょっと大胆になり、口を開いた。「僕たちもここを自分の家にします。そして僕たちひとりひとりが十人ずつになるまでこの丘から下りることさえしないつもりです。僕たち七人が七十人になるまで」

彼女の末子、バル・ミツバー（ユダヤ人の男子が十三歳になるときに行われる成人式）を済ませたばかりのツキが歩み寄って彼女を抱きしめた。「ほらね、母さん、僕たちの入植地は大きくなるんだ」

「そうだわねえ」とリーナは答え、服喪中のどの家にも一時は現われるあの楽しい空間へと入り込んだ。「そしてほんの何週間かまえに」と彼女は息子の上唇の和毛に軽く触れた。「あたしたちは男三人から男四人になったところなのにねえ」皆が笑い、それから皆真面目な表情になって、息子たちは母を囲んで床に座った。嘆き悲しまない七人はそのまま、丘の上で石ころを片づけたり草を抜いたりテントを張ったりしに行った。

Ⅱ　一九八七年

あの日のことは、その先何年も語られることになった。姉妹の丘がどうやって都市になったのか。その物語を聞いた人たちは深く感動し、その女の赤ん坊はどうなったのか、ハナンはどこに葬られたのか、リーナは再婚したのか、あのアラブ人の男の子は例の木のことで果たしてまたやってきたのか、訊ねることさえ忘れてしまうのだった。あの犠牲とあの女性のハールーツ（祖国の建設、発展に献身するイスラエル移民）らしい入植への献身の伝説に、そしてまた入植地へ戻る彼女の息子に従ったあの七人の少年たちの伝説に、皆ひたすら魅せられてしまうのだった。

この物語の輝かしさは現地の実情によっていや増した。ほんの十四年後、彼女の末子が生きてきた時間のきっかり半分で、この入植地がここまで成長したとは信じがたいことだった。

舗装された道路が通り、学校がふたつにコーレール（トーラー研究のための高等機関）とシナゴーグがひとつずつ。そして、当地に惚れこんだ（その後より大きな愛が彼の心を揺るがしてしまったのだが）テキサス出身のとある福音伝道者のおかげで、彼らの入植地にはヨルダン川西岸地区全体でただひとつのアイススケート場を備えたスポーツセンターが寄贈されていた。

それは土地の輪郭と完全に融合した都市で、あの二つの丘の側面を家並みの輪の連なりが流れ落ち、かつての棚田をしのばせた。完璧に調和のとれた赤い屋根と白い壁が谷底まで達し、東側にあるあのアラブ人の村のすぐ近くまで迫っていたので、防衛上の緩衝地帯として村の畑を占領せざるを得なかった。この輝く新しい都市は、ひとつはオリーヴが茂り、ひとつは木の生えていないあの二つの緑の丘の頂を背景にして、いっそう美しく見えた。創設者二家族のものである二つの丘の頂は、最初の二つの家族が戻ってきたときとほぼ同じであるように見えた。コンクリートも舗装された道路も、街灯も玉石も、公共のベンチも郵便ポストもほっそりした常緑樹も、すべてがあの二つの丘の頂へと道路がうねうね上っていって終わりになるところで止まっていた。それはまるで——もっとも敬虔な者でさえつい言ってしまうように——二つの山のてっぺんに緑の乳首がのっかっているみたいだった。

だが、水道と電気がついたほかは、リーナの小屋は同じままだった。彼女の地所で唯一認められる違いはといえば、南端にある二階分の高さのポールで、上には開戦を告げるサイレンが設置されており、それと北端には、例の巨大な岩の上に、何らかの方法で内部からせり上がってきたかのように、石のオベリスクが屹立していた。それは町の追悼碑《アンダータ》だった。表面には戦死した村の男たちの名前が刻まれていた。

あの姉妹の丘の最初の犠牲者はハナンだったが、彼の名前だけであってくれたらと皆どれほど願ったことだろう。インティファーダがヨルダン川西岸地区をずたずたにする頃には、あの石に刻まれたリストはかくも新しい土地にしては長すぎるほどになっていた。八三年にトリポリで死んだリーナの長男イェルミヤフの名前も、それにまた、家へ帰る彼についてきて結局戦闘で彼の傍らで死ぬことになったあの七人の先駆者の少年たちのうち二人の名前もあった。そして、ほんの数日まえ、すでに一家はこれほどの悲劇を負わされているというのに、リーナは二男を、今は大人になった童顔のマティヤフを失っていた。彼はもうすぐ三十で、やっとその春婚約したところだった。もちろん、マティヤフの名前はそのリストの他の八人にまだ付け加えられてはいなかった。

下のアラブ人の村で投石事件があり、経験の浅い兵士数名がむこうの涸れ谷《ワジ》で身動きがとれなくなってこの種の接近戦にお手上げ状態となったので、町の男たちが戦闘に馳せ参じたのだ。そしてこの乱闘の最中にどうしたものか、リーナは息子を失ってしまったのだった。彼女のマティ、彼女の戦士を。本物の戦闘でさえなく、催涙ガスと石とゴム弾だけだったのに。リーナはまだ信じられなかった。あの力強い息子が石を投げる男の子たちに敗れるだなんて。

彼女はなおも服喪期間《シヴァ》で座っていた。そして夫を失って三日のあいだアブラハムその人のようにひとりで戸口に座っていたときと違って、今回は小さな都市の住民が彼女の家を通り抜けていった。町はずっとそのルーツのすぐ傍にあったので、創設者に対して信仰にも似た敬愛の念を抱いていたのだ。

もっとも遠くから訪れたのは彼女の末子のツキ、残った最後の息子だった――だが、彼はすでにリーナにとっては彼独自の意味での犠牲者となっていた。ツキはハイファから車で来たのだが、彼はそこでリベラルな世俗主義者のゲイとして暮らしていた。彼はイェシーバで出会った男の子と共同でアパートを借りていた。そしてツキは母親に、バルコニーから水面を見渡せるのだと目をきらめかせて話した。

自分と同様この植民地の創設者である息子を見ると、人が一生のあいだにかくも変わるものかとリーナには信じられない思いだった。息子はそこに座って、初めて被ったみたいにヤムルカを頭にのっけて町の人々を迎えている。ツィツィース（礼拝用ショールの四隅に付ける房飾り）が垂れるべきところにはボタンダウンのシャツから黒のTシャツがのぞいていた。そして彼の腕にはイルカのタトゥー――テルアビブの浜辺に座ってビールを飲むクズどもの目印になっているようなやつ――が世間の皆の目に晒されていた。

息子からどんな生き方をしているか聞かされたとき、息子がパートナーと呼ぶ男の子とはぜったい会わないと彼女は誓った。するとツキは、それは問題ない、自分は二度とイスラエル本土からグリーン・ライン（敵対する二つの共同体の境界線）を越えて占領地に入ることはしないと誓ったから、と言ったのだった。息子の残る唯一の兄が死んだとき、彼女は息子が会いに来てくれるだろうとは思わなかった。それなのにこうして息子は傍らにいる。そう思うと彼女は手を息子の手に重ね、それから二人は指を絡めあった。息子にむかって彼女は言った。「マティのためにこうして来てくれてありがとう」

「兄さんと、それに母さんのためだよ」と息子は答えた。それから立ち上がると、彼が死者のために祈りを唱えるのを聴こうと木立のなかに集まった男たちのところへ行った。

Ⅲ　二〇〇〇年

世の変化ときたら、とても信じられない。さらに十三年が過ぎ、あの姉妹の丘は今では大都市にそびえ立っている。新しい土地が小さな橋となって、入植地は西部のより新しいコミュニティーと合併し、今では、軍の地図の上ではバーベルのように見える。そしてこれこそ、今やこの地域を防衛すべく派遣されるイスラエルの大隊が使うニックネームなのだった。新しい領土に加えて小さな宗教大学ができ、法律の学位を少人数に対してつぎつぎと与えていた。フードコート付きのショッピングセンターがあり、そのなかのシネコンではあらゆるアメリカ映画が上映されていた。洒落たデザインのホテルと歴史博物館、心臓移植以外はなんでもできる病院もあった。そして新しい都市と古い都市とを繋ぐ道路の両側では、何ドゥナム（千平方メートルに相当する土地の広さの単位）にも渡って温室でトマトの水耕栽培が行われていた。ロボットが水やりをし、タイ人労働者が手入れをし、苗はなぜか根っこがいちばん上になって成長し、丸々とした実はぶら下がるのだった。

理想主義者たちの中心グループはあの膨張する入植地にまだ残っていた。あの最初の七人の少年たちの家族が、そしてあとに続いた七十人がいた。ラビ・クック（イギリス委任統治領パレスチナの初代アシュケナジム系主席ラビ）の熱心な支持者が、保守的なメシアニストが、それにあらゆる種類の敬虔なシオニストがいた。だが、それでもこの入植地がこうして郊外住宅地に変貌してしまうのを押しとどめられなかったのだ。ブーゲンビレアに覆われたバルコニーの奥には、大きな大学で教えるためにベエルシェバ（イスラエル南部の都市）へ車で通う大学教授やエルサレムのテクニカル・パークへ毎日通う起業家タイプ、そしてまたベン・グリオン空港がセントラル・バスステーションであるかのごとくヨーロッパへランチに飛んでは同日の夜遅くに戻ってくる投資家たちが住んでいる。そしてそうした新しい地域住民のなかには、創設時からの住人、農民や戦士たちには理解しがたい小集団がいた。日本やインドやアメリカの時間で生活しながら売買したりコードを書いたりして、陽光のなかへ出ることすらなしに大家族を養っている、青白くてしまりのない腹の、健康な大人の男たちだ。

彼らは税制上の優遇措置を求めてやってきた。広さを求めてやってきた。眺望や新鮮な空気を求めてやってきた。それに、トマト――逆さまに、しかも太陽を見ることもなく育つ――が、それでもなお古巣のテルアビブ、シェインキン通りでレストラン、オルナ&エラのしゃれたサラダに入っていたどれよりも味がいいからなのだった。

アヘレトは床まであるスカートに手首まであるシャツを身に着けた敬虔な娘だったが、本人の選択とは裏腹に世俗的な魅力を持っていた。彼女は丘の上の女子校で学び、兵役は町の高齢者支援で済ませた。いちばん年上の妹がエルサレムで下宿するようになり、父親が入植活動のために、長期間にわたりアメリカを旅して広報活動（彼の使命）をし、家に送金（必要なこと）すべく派遣されると、彼女は外に出ずに母親を手伝って八人いるきょうだいのいちばん下の子を世話し、家を切り盛りした。増築したり部屋を継ぎ足したりした奇妙な迷路のような家だが、休日に全員が集まるとそれでもあふれんばかりになるのだった。こうした謙虚な選択のおかげでアヘレトは二十七にして未婚のままで、このコミュニティーではオールドミスと目されていた。

物干し綱から取り込んだばかりの、まだ強張った洗い立ての衣類でいっぱいの洗濯籠を抱えて家のなかに入ったアヘレトは、家の奥の部屋から部屋へと誰かが動き回っているのを目にした。最初は泥棒かと思ったものの、目が慣れてくると、シルエットから町の老女の誰からしいと見分けがついた。「奥さん！《グヴェレット》」と彼女はさほど無礼でもない口調で呼びかけた。「奥さん、何か御用ですか？　うちの家で何をしてるんですか？」その言葉に女は耳をそばだて、彼女のぴりぴりしたエネルギーがどっとアヘレトに押し寄せ、女はそのすぐ後ろから波に乗るようにしてやってきた。

「あんたのお母さん」と女は叫んだ。「あんたのお母さんはどこ？」と彼女は訊ねた。

「洗濯物を干してます」とアヘレトは答え、壁越しに物干し綱のほうを指さした。

「おいで、おいで」と女は言ってアヘレトの腕を摑み、先に立ったり後になったりしながらすごい勢いで二人して家をぐるっと回っていった。

口には洗濯ばさみを咥え、濡れたソックスを手に持ったイェフーディットは、急ぎ足で近寄ってくる二人を見て首を傾げた。

「あたしが買ったのはこの子？」アヘレトを引っ張りながらリーナは叫んだ。「この子があたしの子？」

そして、自分が死にかけたときの話を聞かされたことがなかったアヘレトは、自分を引っ張る女の質問よりも自分の母親の答えのほうにもっと驚いた。イェフーディットはソックスを籠に落とすや洗濯ばさみを口から抜き取り、こう答えたのだ。「そう、そうよ。それがあんたの子よ」


二つの丘は永遠に向き合っているとはいえ、二つの家族の生活と二つの家族の運命の相違のせいで、両者のあいだには地理的なもの以上の距離ができていた。あの頂に彼女がいることをいまだに知っている者にとって、リーナはオリーヴの木立のなかに住む老女でしかなかったが、一方、子だくさんのイェフーディットは、入植地の隆盛に乗じて活気あふれる生活を送っていた。

イェフーディットは、多大な犠牲を払ったにもかかわらず苛酷な人生を与えられた同胞姉妹である創設者のことを忘れはしなかった。数ヶ月おきにリーナの様子を見に行き、そしてイェフーディットはいつも、自分がケーキとか料理したチキンを入れた袋を手に提げていることに気づいて驚いた振りをするのだった。リーナに忠実ではあったものの、様々な苦労のせいで彼女が頑なになっているのがイェフーディットにはわかっていた。孤独な暮らしを送るほかの人たちを訪れるときにはイェフーディットは子供たちを伴っていたのに、木立のなかのリーナを訪れるときにはもう長年のあいだ子供たちの誰かを連れていくことはなかった。このため、リーナは長いあいだイェフーディットの娘に目を留めたことはなく、アヘレトのほうも、母親からバラクの奥さんと聞かされていた女の人については同じだった。

　リーナはアヘレトの腕を放し、スカートのポケットから小さなノキアの携帯を取り出した。それは携帯電話の基地局が建ったときにスーパーが配った夥しい数の携帯とまったく同じものだった。彼女はそれを、見つめただけでなかの通話が読み取れるはずだとでもいわんばかりにイェフーディットとその娘に掲げてみせた。

「ツキが」と彼女は言った。「あたしの最後の息子が殺されたの」

　この国のどの国民もそうだが、イェフーディットとアヘレトはその日の最新の全国ニュースをちゃんと承知していた。レバノンでもガザでも何もなく、ラジオでその時間の最初にテロリストの襲撃が報告されることもなかった。静かな九月の朝だったのだ。

　だが、ツキを殺したのは外部の力ではなかった、政治でも、宗教でもなかった。彼の命を奪ったのはイスラエル自体の内なる悪疫、数々の長い戦争における流血や憎悪をぜんぶ合わせたよりも多くのイスラエルの子らの命を奪っていたものだった。「ぶつけられたの」とリーナは言った。

「海岸の幹線道路で。時速一八〇キロで運転していた男の子に、道路からはね飛ばされたの」

「真の審判官《バルク・ダイン・エメス》をほめまつれ」とアヘレトは言い、それから「あなたに神のお慈悲を、ご愁傷様です」と付け加えた。

「座って、座って」とイェフーディットは言い、洗濯した衣類を入れる籠をひっくり返してリーナを座らせた。「また悲しいことが」と彼女は言った。「ひとつの家庭にいったいどれだけ降りかかるのかしら」そう言いながら彼女は軒下へ行くと、家の横にたくさんあるミントの小さな苗からやみくもにむしり始めた。彼女はむしった葉をアヘレトに突き付け、湿った塊になったものを娘の両手のなかに落とした。「行きなさい」と彼女は言った。「リーナに熱いお茶を淹れてきてあげて」

アヘレトが走り去るまえに、リーナがスカートを摑んだ。「お茶は要らない」とリーナはイェフーディットに言った。「あたしたち、長居するつもりはないから」

そしてここで、自分の子供時代の病気の話を知らず、結ばれた契約のことも知らなかったアヘレトは、先刻耳にした会話とともにこの言葉についても考えた。

アヘレトは子供の頃、母の膝を枕に横になっては、指で髪を梳ってくれ、そして自分が物心つくまえの話をしてくれとせがんだものだった。イェフーディットがいつも大きな誇りをもって話してくれたのが、昔々ここには神がずっと以前イスラエルに与えてくださったのにイスラエルが長らく忘れていた無人の山が二つあったのだという話だった。そしてある日、勇敢な二家族がこの二つの山にやってきて入植した。最初の家族には三人の若い息子がいて、夫婦だけでこの丘にやってきたもう片方の家族には、この入植地の未来にとってアダムがイヴを見出したようにすばらしい贈り物となる女の子が生まれたのだった。

アヘレトは今や母親をじっと見つめ、そしてその表情から自分が聞かされていないべつの物語があることを悟った。

「こっちをごらん」とリーナはスカートをぐいと引いてアヘレトの視線を自分のほうへ向けさせた。「あたしをごらん、この顔を。これからは、あんたはこっちへ質問するんだよ」

そしてリーナはスカートを強く引っ張った。アヘレトを座らせようとしたのではなく、自分が立ち上がろうとしたのだ。立ち上がって、アヘレトを見つめながら、彼女は言った。「おいで」

「お願い」とイェフーディットは言った。「こんなこと、まさか本気じゃないわよね？　今日という日も——そりゃあ、あなたは悲しいでしょうけど——べつに何も変わりはないのよ。ツキは、この事故のまえからもう、あなたにとってはとっくにいなくなってたじゃないの」

「子供が離れてしまったということは」とリーナは答えた。「子供が従順じゃない、子供が頭も心も切り離されてしまっているということは、子供がぜんぜんいないということと同じじゃない。あんたはいつも賢い女だったね」とリーナは言った。「そして、ここで起きることはこれっぽっちも同等ではない。でもすぐにあんたも、初めて、あたしが三度繰り返してどんな気持ちになったか、ほんのうっすらわかるでしょうよ」

「あれは冗談だったのよ」とイェフーディットは、慌てふためきながら自分たちのかつての取引のことをそう言った。「何もかもくだらない迷信だわ。あんた自分で言ったでしょ——三十年ほどまえだけど、昨日のことのように覚えてるわ——昔の故郷の馬鹿げた儀式、心配でたまらない母親のゲームだって」

「取引は取引よ」とリーナはイェフーディットに言った。それからアヘレトに言った。「娘よ、おいで」

あの女は最後の息子を葬ったところだ。あの女は頭がおかしくなったんだ。そして、すべてを彼女とともにくぐり抜けてきたイェフーディットは、この巨大な都市を彼女の傍らで築いてきたイェフーディットは、娘にあの女を家まで送っていかせても、あの女が喪に服すのを手伝わせ、留まらせて、慰めたり、なんなら食事を作ってやったりさせても悪くはないだろうと思った。考えてもみてごらん。新生活を始めた時点で夫を殺されて。二人の息子は英雄として命を落とし、彼女にとってはすでに失った息子だった三番目は、道路の端からはね飛ばされて。そしてイェフーディットはここでこうして、九人の子に恵まれて全員が健康で幸せで、愛する夫はうんと遠くにいることが多いものの代わりにユダヤ人を次々と送り込んでくる。善意から、イェフーディットはアヘレトをリーナに付けて送り出した。そしてアヘレトは、物語の半分だけしか聞かされず、半分しかわかっていなかったものの、従順な娘で、誰かが苦しんでいるときには風変わりな世話が隣人の肩にかかってくることもあるのだということを理解していた。

二人で丘を下り始めながら、アヘレトは母のほうを振り返った。何か合図してくれないかと期待して、この油断のない女の監視のもとで敬意を保ち続けながらも、意思の疎通を図ろうとしたのだ。するとリーナが言った。「娘よ、あんたが訊ねようとしている質問はわかってる。答えは簡単よ。あんたは子供の頃あたしに売られたの。だからね、どの点から見たってあんたはあたしのものなんだよ」

「お母さん！」アヘレトは自分を抑えることができずイェフーディットに呼びかけた。

だが、またも娘のスカートを摑んでぐいと引っ張り、「なんだい？」と言ったのはリーナだった。

「悲しみで頭がどうかしているのです」スーパーでつきまとうイェフーディットにラビは言った。彼女はラビをつかまえようと、まずシュール（ユダヤ教会）に電話し、ついでコーレールに、それから学校に電話すると、ラビはスーパーへひとっ走り買い物に行っていると秘書から告げられたのだ。イェフーディットはそこで、慈善活動を行う学生たちに供するアイスクリームの箱をいっぱいに盛り上げたカートを押すラビを見つけたのだった。ラビは言った。「私たちが正しいことをするのはそれが正しいことだからです――だからといって子供たちがご褒美をもらえないということではないですからね」聞かされた話については、こう言った。「喪が明けたら、お約束しますよ、誓うとまでは言え《ベリ・ネイダー》ませんがね、バラクの奥さんはそんなつまらない約束を拘束力のある契約と見做すことなどとうていないだろうと」

　イェフーディットは冷凍食品コーナーの通路に立って、泣きだしそうな顔をしていた。ラビは、いかにも思慮に富んだラビらしく頷いた。彼は背が高くほっそりしていて、年をとってもひげは黒いままだった。彼は二十は若く見え、それで優しく微笑みかけられると、別種の落ち着きが、夫のような落ち着きがイェフーディットには感じられ、彼女自身の夫が遠く離れたところにいる今このとき、おおいに心を満たされた。

「こんなことはおっしゃりたくないでしょうが」とラビは言った。「ここだけの話として、何年も孤独な生活を送ってきたリーナの心が頑なになっているのをあなたが恐れているのではないかと指摘するのは、悪言《ロシュン・ホレ》にはあたらないでしょう」

「あたしはそれを恐れているんです」とイェフーディットは答えた。

「ならば違う種類のシナリオを提示してみましょうか。たとえあの人があなたをラビ法廷へ引っ張りだしたとしても、あなたがこの件で裁きの場《ベイス・デイン》に立たされることになったとしても、あんなことが有効だなんて想像できますか?」彼女が答えないでいると、ラビはまた言った。「私があの人の味方をするなんてことが、想像できますか?」

「いいえ」とイェフーディットは答えた。

「ならば、あの女性なくしては、そして同様にあなたなくしては、今この場所にこうして私たちが暮らしているという偉大なる奇跡はなかったのだということを思い出しましょう。そしてたとえあの人がこの地の創設になんの貢献もしていなかったとしても、たとえ――めっそうもないことですが――奪ったり、害をなすことしかしてこなかったとしても、それでもなお、この悲しみのときにあの人を憐れんであげることはできるんじゃないでしょうか? とりわけ、喜びよりは悲しみのほうをずっとたくさん味わってきた女性なのですからねえ?」

「そうですね」とイェフーディットは答えた。だが、その表情から疑問は拭いさられていなかった。

「言ってごらんなさい」とラビは言った。「なんですか?」

「教えていただけますか、指導者さま――言葉はちゃんと理解できるんですが――自分の娘を連れ去られておきながら、憐れむというのはどういう意味なんですか？」

「つまりですねえ、服喪の期間が終わるまでアヘレトをあの女性の傍にいさせたってかまわないんじゃないでしょうか？」

イェフーディットは答えようとしたが、ラビは手を挙げて黙らせた。「アイスクリームを食べさせたあとで、男の子たちを祈りに行かせますよ。女の子も何人か手伝いにやりましょう。あなたの娘さんはひとりぼっちにはなりません。それに、そんな幻想を抱くことでリーナがこの週を生き延びられるのなら、しばらくのあいだ好きにさせてやったって悪いことはないでしょう？」

「そしてもしあの人があきらめなかったら？」

「そうしたら、あなたはラビ法廷を招集することになりますが、それについては私自身が長を務めます。そしてお約束しておきますが、たとえあなたが私のところへ来るのが安息日の一時間まえであろうと、私はあと二名のラビを見つけて、皆ですぐさま問題に決着をつけます。ですが、このコミュニティーの二人の母親のうちの片方である、最後の息子を亡くしたばかりの母親を、今日裁きの場に引っ張り出すつもりは、私にはありませんよ」

「わかりました」とイェフーディットは答えた。「アヘレトがかまわないと言えば、リーナの喪が明けるまでいっしょにいさせます」

服喪の期間は、マティのときとは違っていたし、イェルミヤフのときとも違っていた。むしろ彼女が夫のハナンを亡くしたときのほうに似ていた。町に新しくきた人たちはリーナのことを知らなかった。それに堅牢な信仰心を持つミズラヒ教団（シオニズム運動の一翼を担うイスラエルの宗教団体）の人たちは、彼女自身が息子と縁を切ったときに彼女の息子のことを忘れてしまっていた。町の他の多くの人たちは、口に出しはしなかったものの、あの子は悪の道にはまったがゆえに罰せられたのだと感じていて、母親のもとを訪れたらそんな思いが顔に現われるかもしれないと懸念した。そこで彼らはほかのことに精を出し、訪問はまたの日にしようと自分に言い聞かせ、しまいに弔問の期間は過ぎてしまった。

またも、リーナの小屋でのミニヤンは丘の下のイェシーバから派遣された有志の男の子たちで構成されることとなった。主な違いは、彼女を元気づけようと女の子たちもいっしょに派遣されてきたことと、それにもちろん、アヘレトがいて世話をしてくれることだった。

リーナはアヘレトに話しかけるとき、「娘よ、お茶を」とか「娘よ、ビスケットを」とか言った。そしてリーナといっしょに腰を下ろしている快活な女学生たちには、なぜこの女の人が息子の死を嘆いているのに娘のほうは兄のために泣かないのか、不可解だった。女学生たちに、リーナは言った。「すごく長い話なの、なんであたしひとりが喪に服すために座っていて、あの子の妹は喪に服さないのかって話はね」

あの一部屋だけしかない小屋の簡易ベッドで眠るアヘレトにとっては、夜ごと屋外トイレへ歩いていくのが唯一の安らぎだった。水道はついていたものの、トイレは家とはべつになっていた。そこへ行く途中、アヘレトはこっそりと追悼のオベリスクが建っている巨岩のほうへ行くのだった。町の戦没者の名前を懐中電灯の光で読んでは、自分の犠牲など小さいと思うのだ。

イェフーディットは毎日弔問のために、そして自分の娘だった女の子が元気でいるか確かめるために訪れた。彼女は服喪期間最後の礼拝のために簡素なケーキを焼くことを引き受けた。そうすれば遺族が服喪から立ち上がってまず最初に家から出るときにその場にいられるからだ。

アヘレトを傍らに陽光のなかでたたずんで、イェフーディットはリーナが、一週間が終わったことを表す伝統的な歩みとして丘の上を一周するのを黙ったまま見つめた。リーナがまた戸口に戻ると、イェフーディットは彼女の長寿と健康を祈り、それからアヘレトの手を取って言った。

「さあ、行きましょう」

リーナが家にやってきてアヘレトを引っ張っていったときにイェフーディットがしたのとちょうど同じように、リーナはもの問いたげに首を傾げた。「あんた、あたしの娘をどこへ連れて行くの?」とリーナは問いかけた。「喪の一週間が終わったって絆は終わらないよ」

イェフーディットはこのときのために計画を立て、頭のなかで絶え間なく練習していた。彼女はポケットからリーナが払ったあのときの紙幣を取り出した。これまでずっと記念にとってあったのだ。

リーナは笑った。「リロット?」と彼女は言った。「もう使える通貨でさえないじゃないの」

「ならシェケルで払うわ、でなきゃドルで。希望の値段を言ってちょうだい」

「この子みたいな娘の値段を?」とリーナは問い返した。「いったいどんな母親が自分の娘を売るっていうの?」

「なんであたしがそうしたか、知ってるでしょ」とイェフーディット。「この子を救うためよ」

「あんたがいつそうしたかってことも知ってる。それに何が変わったかも知ってる」リーナは周囲のすべてを身振りで示した。「何年もまえに、あたしたちはこの二つの丘にどれだけ払った？で、上にのっかってる都市を買うのにどのくらいかかるか、考えてごらん。わかるでしょ、イェフーディット――あたしにはこの娘しかいないの。この子はあたしの安らぎで、この世の富ぜんぶと引き換えにだって、あたしはこの子を売ったりしない。この子はあたしの慰めなの」――そしてここでリーナは足を踏み出し、アヘレトの頬にそっと触れた。「あたしの命」

それからリーナの触れ方は変化し、その手をアヘレトの手首に回すと、きつく握った。

「お母さん」とアヘレトは、今やほんとうに怯えて大声で呼んだ。

するとまたも、その呼びかけに答えたのはリーナだった。

巨大なオリーヴの木の下に三人のラビが座っていた。プラスチック成形の椅子に腰を下ろした三人の前には、プラスチックのテーブルが置かれていた。リーナは彼らの法廷に出頭するようにという命令を、かくも明々白々な事件は事件ではまったくないという理由で拒否した。そしてラビ・キーゲル（あのアイスクリームの人物）が、彼女のもとへ裁判官たちを連れていこうかと申し出ると、リーナは「誰かが来るようになるまえから、うちのドアは来る人すべてに開かれています」とだけ答えた。

かくしてラビたちはプラスチックの家具をスバルの屋根に結わえつけて、道路が終わるところまで上ってきて、いちばん日陰になりそうなこの木の下に位置を占めたのだった。ラビたちの誰も見てみようなどとは思わなかったので、その木の根元にある、この二十七年のあいだにケロイド状になって癒えている傷には気づかなかった。

ラビたちの真向かいにはアヘレトとその母イェフーディットが立っていた。そして家から持ってきた椅子に、アヘレトのもう一人の母リーナがラビたちと向き合って座り、自分が発言する番を待っていた。イェフーディットが熱っぽく、緊迫感をみなぎらせてしゃべったが、リーナは聴いていなかった。彼女はただじっとキーゲルの両側にいる二人のラビを見つめていた。キーゲルがリーナより十歳年上だとしたら、その右側のラビはもう十歳年上だ。左側の子供のラビはといえば、リーナにはもうバル・ミツバーを済ませているとは思えなかった。こうして自分を裁く場に座らせるまえに、彼女としては、あの子のズボンを下ろして、少なくとも毛が三本は生えているか確かめてもらいたいところだった。

イェフーディットは話し終えると、またもリーナが彼女の娘を買ったときに払った一枚の紙幣を差し出した。ラビたちはそれを自分たちの前のテーブルに置いて石を一個重しにのっけた。

「男の子が」若いラビを指さしながら、リーナはそう言った。「エルサレムが分断されていた世界を知らない子供が。大イスラエル（占領区をも領土に含めた呼称）で育って、統一された都市の神殿の丘のふもとで祈ることができ、ヨルダン川を心配なく渡ってゴラン高原の頂上から自分の国を眺めることができる子供が。それがこうしてあたしの土地で、サマリア（古代パレスチナの北部地方）の中心で、裁きを行おうと座りこんでいる、自分が生まれるまえに捧げられた犠牲のおかげで」

キーゲルが口を開こうとしたが、あの若いラビがその腕に手を置いて、自ら答えた。

「その通りです」と少年ラビは言った。「ですが、今生において私はすでに基準を満たしています——ですから、この法廷に当然払われるべき敬意を払っていただけませんか」

「で、それはどんな敬意なんですか？」とリーナは訊ねた。

「法に伴う敬意です。あなたは犠牲を払った」とラビは言った。「あなたは戦った。そして私はその戦いを私なりに続けます。私たちをごらんなさい。私たちはユダヤ人の国で暮らし、ユダヤ人の政府を持っています。しかるにその誤てる俗世の法廷は私たちが建てた家々を取り壊すためにユダヤの兵士たちを派遣するのです。彼らは私たちの兄弟を自警団として逮捕する、神に与えられたものを守っているだけなのに。そしてそうした同じ判事たちが、同じ法廷が、アラブ人にユダヤ人の権利を与えるのです——人をこの国の国民とするにはパスポートさえあればいいとでもいわんばかりにね。あなたはあなたの戦いを戦った、そして今度は私たちが私たちの戦いを戦うのです。この国に、ユダヤの法に則って、聖なる御方——神は褒むべきかな——の思し召しに従って人を裁くことのできる方法があることを、私は有難く思っています」

「神の思し召しに従ってあたしを裁くつもりなの？」

「私たちは卑しき人間の理解できる範囲の法に基づいて裁きます」

「それを聞けば十分」そしてリーナは椅子から立ち上がった。彼女は三人のラビに歩み寄った。イェフーディットと、そしてアヘレト、彼女の娘のほうを見た。

「ここからそう遠くないところで」とリーナは話し始めた。「エサウは疲れて腹をすかせて狩りから戻り、長子としての権利を鉢いっぱいのレンズマメと交換してしまいました。まさにこの二つの丘のあいだで、あたしたちの父であるアブラハムは、三歳の雌牛と、三歳の山羊と、三歳の雄羊と、三歳の山鳩と、鳩の雛を取り、鳥以外はすべて裂き、神との約束どおりそれらを禿鷹の目にさらして置いておき、そのことで、この国全土の権利は我々に与えられるのです。そして銀四〇〇シェケルでアブラハムは自分が葬られる洞窟を買いました――そこを巡って、今日のこの日まで我々はアラブの隣人相手に血を流しているのです。さて、教えてください。こうした神と人間との契約、どこにも書かれておらず、ただ記憶されているだけの契約は、いまだ有効なのでしょうか?」

するとラビたちは互いに顔を見合わせ、そして右側のひどく年取った、白いひげの口のまわりが茶色く変色したラビが言った。「今日という日を神の名を汚す日としてはならない。我々の現代社会のつまらぬ事柄を聖書の時代になされたことと較べたりしてはならない」

「あたしはただ、神が我々にこの国を与えて下さった口頭による契約は有効なのか、そうじゃないのかって訊いてるだけです。敬意をもって、尊敬の念をもって訊いてるんです」

「神との契約の場合には書類は必要ではない。そしてあなたの挙げる人と人との契約――それもまたトーラーに記録されており、これまた一語一語、一文字一文字、神によってモーセの耳に囁かれたものだ。答えよう、それらは有効であり、疑問の余地はなく、そしてまた、較べてはならない」

ついで口を開いたのはキーゲルだった。「お訊ねしたいのだがね、グヴェレット・バラク。あなたに神の名を汚すつもりがないことはわかっています。この問題についてぴりぴりした雰囲気になっているのは知っています。ですが、物事を正しく見てみましょう。物事を正しい大きさにしておきましょう」

これに対して金切り声をあげたのはイェフーディットだった。「あたしの娘を、あたしの娘の人生を――小さいものとして扱わないでください」

「あたしの娘だ」とリーナが訂正した。「あたしの娘です、ここがあたしの都市であるのと同じように、この法廷があたしの家で開かれているのと同じようにね。あたしたちの古の契約のことを関係ないと退けたいなら、じゃあ現代の話をしましょう。イェフーディット夫婦があの人たちの丘を買って、あたしたち夫婦があなたがたの座ってるこの丘を買ったその最初の日から、すぐ下の村のアラブ人たちは正当ではない契約だ、売る権利のない親戚から買ったんだって言ってきたんですよ」

「アラブ人のやり口だ」とラビ・キーゲルは言った。

「ならば、あたしたちの都市は嘘の上に築かれてるんですか？　ここは三千年も経ってるわけじゃなく、三十年です。あの連中が彼らのした契約が正当なものじゃないって主張すれば――今係争中のものと同じ年に結ばれた契約がね――あたしたちは自分たちの家を明け渡すんですか？　自分たちの都市を明け渡すんですか？　あの連中だって――あなたがたのテーブルでひらひらしているその紙幣みたいに――受け取っただけの額を喜んで返しますよ」

「ユダヤ法廷は」と若いラビが言った。「ユダヤ人と異教徒とのあいだのものとは違います。それに、戦争状態の人々のあいだのものとも違います」

リーナはイェフーディットとアヘレトを見てから、目の前のラビたちに視線を移した。

「わかりました」と彼女は言った。「これは正当な法廷じゃありません。あなたがたは喪に服している孤独な婆さんを騙そうとしてるんだ。判決はもう下されてる、そうなんでしょ？　あたしが勝てるはずがないんだ」

「いや」とキーゲルが言った。「あなたが正しければ、母親であると認められますよ」

「そう約束してください」とリーナは言った。それからイェフーディットとアヘレトを指さして言った。「この法廷《ベイス・ディン》の決定に従うってあの人たちにも約束させてください。この件を感情で解決されたくはないんです。これが効力を有する法廷なら、そして正当な法廷なのなら、あたしはこの件を何が正しいのかで解決してもらいたいんです」

「そうしましょう」とキーゲルは言った。

「あたしたちは法廷の決定に従います」とイェフーディットも言った。

「あの子から」と娘を指さしてリーナは言った。「あたしはそれをあの子から聞きたいね」

「わたしはこの都市の創設者です」とアヘレトは言った。「あなたがた二人と同様に、そしてそれ以上に。わたしはこの二つの丘に生まれて、この二つの丘に還るつもりです。ほかの土地は知りません。ほかの世界も知りません。それがラビの決められることならば、それがこの土地の法ならば、それならそれでかまいません。わたしの人生は、神の御手のなかにあります。わたしはこの法廷の決定に従います」

「明日は新年祭です」とリーナが言った。そしてこれを聞いてイェフーディットは青ざめた。これまでの人生で、いったいいつ祭日を忘れたことがあっただろうか？　子供たちが皆家に帰ってくる、料理を始めねばならない。それから彼女は考えた、自宅のテーブルに並ぶのは八人だろうか九人だろうか、と。「明日から、あたしたちは十日間の畏れの日々に入る、誰が生き誰が死ぬか神がお決めになるときです。あなたがたそれぞれが正直に判断を下すと誓ってください、でなければ生命の書から名前が削られることになってもかまわないと。そうすれば、あたしも——約束します——あなたがたの言うのがどんなことであろうと、受け入れます」

ラビたちは自分たちだけで話し合った。皆正直に判断を下すつもりだった。皆正直な男だった。だが、不必要な誓約をするのは危険な前例となる。軽々しくできることではなかった——それに、簡単に意見がまとまることでもなかった。

「そういうあまりに極端なことは避けたいのですがね」とキーゲルはリーナに言った。

「ではあなたがたを信用することはできません」

彼らはまたも話し合い、しまいにやっと合意に達し、若いラビが言った。「私たちは正直に判断を下します。さもなければ生命の書から名前が削られることになってもかまいません」

「ならば、たった一つ簡単なことを指摘させてもらわないと」とリーナは言った。「そうすればこの問題は解決します」

ラビたちは、話しなさいと頷いた。

「あなたがた三人の敬虔な人たちがあたしに対して自分たちはコーシャを遵守していると認めるなら、あの娘はあたしのものだということも認めることになります」

「前者は」とキーゲル。「後者に繋がらない」

「ところがそうなるんです」と彼女は言った。「あなたがたは、イェフーディットとあたしの契約は象徴的行為だとか言ってあたしに反対するつもりなんでしょ。あたしとイェフーディットの契約を契約と見做すことは到底できないからってね」

「こうだとかああだとか断定はしたくないですが」とキーゲルは答えた。「論理的な人間をその方向へ導く事実はたくさんありますね」

「ならば、もう一度お訊ねしますが、あなたがた三人はコーシャを遵守していますか？　何を食べたらいいかという規則を故意に破ったことがありますか？」

「私たちは故意にそんなことをしたことはありません」と若いラビは答えた。

「明日は新年祭です」とリーナは言った。「あなたがた三人はユダヤの祭日を祝いますか？　ユダヤの掟を忠実に実行していますか？」

またも若いラビが答えた。「そう思ってもらって差し支えないでしょう」

「ならば教えてください」とリーナは言った。「あなたがたがこの土地におけるあたしの行為は正しいものだと明言し、それに対するアラブ人の要求は無視しようとなさるなら。聖書に記された契約を、それらがそうであったという証明は信仰しかないのに、永久に法的効力を有するものとして受け入れようとなさるなら。お訊ねしますが、手短に言えばですね、毎年過ぎ越しの祭りに、ハーメッツ（酵母を含む食品。過ぎ越しの祭りのあいだは禁止）を異教徒に売って、屋根の下にその痕跡が一切あってはならないという命令を破らないようにするとき、信者たちが全員やってきて『ラビ、ユダヤ人が家にパン屑ひとつ置くことさえ禁じられているこの週のあいだ、自分たちの家で暮らせるように、禁じられているものはすべて異教徒に売ってください』と言うとき、その契約は本物ですか？」

「これはしきたりです」と若いラビは答えた。「そしてその契約は他の契約同様正当なものです」

「そしてこれまでのあいだずっと、世界のどこかでただ一人の異教徒でも、正当な権利として自分のものであるものを戸棚を開けて持っていくためにユダヤ人の家に入ってきたという話を聞いたことがありますか？　そんな事例をご存知ですか？」

ラビたちは互いに顔を見合わせ、そして答えは否だった。

「ならば教えてください。あなたがたがこれまで生きてこられたあいだ世界のどこでも一度も遂行されたことのない契約に基づいてハーメツを売ることは、それでもそれはあなたがたから見れば有効な契約であると言えますか？　それとも、じつはあたしたちそれぞれが――あなたがたのそれぞれが！――過ぎ越しの祭りのたびにハーメツを所持していたのだと、そしてあの祭日をほんとうに命じられたとおりに祝うユダヤ人はひとりもいないのだと認めますか？」

「めっそうもない！」ラビたちは言った、三人全員が。

それから年老いたラビが言った。「あんたはまたも神を汚そうとしておるな。だがまあ言わせてもらうなら、そうだ、その契約は有効だ、遂行されようがされまいがな」

「もしその契約が有効なら、あなたがた三人がそれでもなお自分はコーシャを遵守していると言えるなら、じゃああたしの契約だって同じく有効だと認めなくちゃなりませんよ。一方の側が彼女の権利を行使することがけっしてないと思われるからといって、その権利が彼女のものじゃないってことにはなりませんからね」

そしてここでラビたちは囁き交わし、三人全員がペンを取り出して互いにメモをやり取りし始めた。ひどく気遣わしげな顔だった。裁判官というものは自分の心がどのように判断するかはわかっていても、常に法に対して責任を負っているからだ。それに彼らは、彼ら三人は誓っていた。命にかけて誓っていた。恐ろしい約束をしてしまったのだ。

「それから、これはどうですかねえ」とリーナは言った。「バル・ミツバーの年齢の小さな男の子が可愛い女の子に冗談で『君は僕の妻だ』と言って、女の子にブレスレットをしるしとして与えたら――」

「離婚の手続きをします」と若いラビが答えた。「まえにも行ったことがあります。そうです、口に出して、そして贈り物が受け取られたら、二人は結婚したことになります。世の中の他のカップルと変わりません」

「たとえどちらもが本気じゃなかったとしても?」とリーナは訊ねた。「二人の若者が遊びでやった無邪気な冗談でも?」

「たとえそれでも」とラビ・キーゲルが答えた。

「あたしが言ってるのはまさにそれなんです」とリーナは言った。「契約というものは、どちらの側もその項目を遂行する意図があるってことを必要とはしないし、両者がその契約を理解できるほどに成熟していることさえ必要じゃないんです。そして過ぎ越しの祭りのあれみたいな象徴的な契約も同じで、実際に使うことはないと思いながらサインしますが、神の目からすれば他の契約同様有効なんです。というわけで、今回の事例では、あなたがたの目の前のテーブルにある金は契約がなされた時点でなんらかの価値があったかどうかということを判断すればいいだけなんです。この法廷が求められているのはそれだけなんです。あなたがたが信仰心篤い人たちなら、神の法に従っているのなら、この娘はあたしのものだということに議論の余地はありません」

「奴隷と同じく、ということですがね」キーゲルは指を立てて言った。「そういうことになるんですよ」

「なんとでも好きに言ってください。ですが、この娘はあたしのものです」


アヘレトは暗闇のなか、丘の西端に立っていた。新年祭の晩餐は終わっていた。そして彼女は木立の端へ来て、向かい側の丘を見つめていた。そこには忘れられてはいないことをアヘレトが確かめられるよう母が窓辺に灯しておいた明かりが見えた。

その夜は判決から二晩目で、服喪の週のあいだあの女の世話をしていたあの最初の日々とはまるで違っていた。アヘレトは絶望しており、そして——自殺は禁じられている、重大な罪なので——彼女としては自分にとって世界が終わることをひたすら祈るしかなかった。どうかわたしを生命の書から削ってください、と彼女は願った。どうぞこの週にわたしの運命を決めてください。どうか頭上の空が崩れ落ちてきますよう。

するとちょうどそのときだった、あたかもアヘレトの祈りが聞き届けられたかのごとく。とはいっても、空が落ちてきたのではなく、地面が、丘全体を呑みこんでやろうと企てたかのように揺れたのだ。頂上のアヘレトが立っている側からは何も見えなかった。ハナンがヨム・キプル戦争（第四次中東戦争）へと向かう装甲部隊が進んでいくのを見つけたときのように、遠くに埃が舞い上がることもなかった。

大きな戦闘が勃発した物音が響いてきたのは小さな小屋のもう一方の側からで、二つの丘の上に立っていない者には誰にでも、自分たちはすでに囲まれていると思えたかもしれない。ある種の残響は射距離から外れて飛びだすのだということはなかなか頭に入らないものなのだ。

アヘレトは、家のそちらの側には二度と立ちたくなかった。そこは自分の運命が決定された場所だった。彼女の二人の母が周りの木々のように堅苦しく、姉妹の丘そのもののように揺るがずに、ラビの前に黙って立っていた場所だった。

家をまわってあの大きな木を通り過ぎ、端に立った彼女の目に映ったのは、これまで見たことのないような、イスラエル内部で荒れ狂う戦闘だった。下の村は文字通り燃えていた、イスラエルの攻撃によってではなく、新たな種類のパレスチナの怒りが解き放たれたことによって。彼女が生まれてこのかたあちこちに伸びてきたバイパス道路は封鎖され、道端のいたるところでタイヤが燃やされていた。軽火器の音が、最初は断続的に、それから、すでに到着していたイスラエル兵と戦おうと、そんなにいるとは彼女が思っていなかったほどのアラブ人たちが湧き出てくるにつれて、頻繁に響いた。空にはエルサレムの方角からまっしぐらに飛んでくる軍のヘリコプターの、ブラックホークやコブラのライトが見えた。そして、敵に見られないように攻撃を開始しようとヘリコプターがライトを消すと、何も見えなくなった。この国のあらゆる終焉を彼女は想像してきたのだが、今回のようなものは予測していなかった。創設以来、この国が国境の内側でこれほどの暴力の嵐が起こるのを経験したことがあったとは思えなかった。

　そのときだった、リーナが傍らにいて、自分のと同じウージーを手渡そうとしていることに彼女が気づいたのは。

「もしかして」とアヘレトは言った。「国じゅうがこんななのかしら？」

「またインティファーダだよ」とリーナは答えた。「ほら」と彼女はパレスチナ自治政府の車両を指さしながら付け足した。「どこのおめでたいユダヤ人があの連中に銃を持たせてもだいじょうぶだなんて考えたんだろうね？　それに、また祭日に攻撃だよ」リーナは木のほうを向くと、下で本当に激しくなっている戦闘を見下ろした。リーナは言った。「今夜切り倒すんだ。もう二度と、こっそり忍び寄ったりさせるもんか」

　リーナは小屋へ駆け戻った。そして、祭日の晴れ着姿のまま、斧を手にしてまたやってきた。

「今夜は祝日《ヨム・トフ》ですよ」とアヘレトは言った。「禁じられています」

「緊急時にはこういう措置は許されるんだよ」彼女は斧を自分の娘に渡そうとしたが、娘は受け取らなかった。

「わたしはしません」とアヘレトは言った。「兵士たちが戦っています。アラブ人はまだこの丘に上ってきてはいません。それに、もし戦闘がこちらのほうへ移動して来るとしても、わたしたちのところまでやってくるのが窓から見えたからって生き延びる助けにはなりませんよ」

「生意気な娘だね」とリーナは言った。「あたしが自分でやるよ」そしてリーナは袖をまくりあげ、繰り返し木に切りつけた。リーナは何時間も斧を振りおろしていたが、この状況では戦闘にかき消されて、山々に響く木を切る音は誰の耳にもひとつも届かなかった。

今回は、リーナは疲れたからといって止めはしなかった。腕ががくがくになったからといって止めはしなかった。彼女は老いに邪魔させるつもりはなかった。体の痛みや、息切れにも。やりすぎだからもう今晩は止めにしたらどうだとアヘレトが小屋から呼びかけるのさえ気に留めなかった。リーナはあの木が倒れるまで止めなかった。そしてその木が地面にぶつかる音を聞いて、朝の光のなか、アヘレトはまた外に出たのだった。

娘が目にしたのは倒れた木と、そしてその横に倒れているリーナだった。彼女の母親は片手に斧を持ち、もう片方の手は斧を掴んでいるほうの腕を胸越しに握りしめていた。リーナの顔は弛緩していて、激しい痛みは明らかに片側だけのようだった。そしてこの女——一晩のうちに百も年を取り、ひどく苦しげに呼吸している——の目に怯えが浮かんでいるのがアヘレトには見て取れた。

アヘレトは憐みを覚えた。彼女は屈んでリーナの脈を測った。まえに書いたとおり彼女は兵役をこの二つの丘の高齢者支援で済ませていて、年を重ねた住民を襲う病気には精通していた。

「あたしは死ぬの？」とリーナは訊ねた。

アヘレトは考えてみた。そして正直な答えを——彼女には確信があった——返した。「いいえ。いいえ、死にません」

「救急車を呼んでちょうだい」とリーナは頼んだ。

「はい」とアヘレトは答えたが、それは諾うはいではなく、よく考えた末のものだった。アヘレトはリーナが現在置かれている状況と、それを自分自身の状況とどう比較するかということを夢中で思いめぐらしていた。「もちろん呼びますとも、お母さん。でも、当面の問題は、いつ呼ぶかってことです。つまり――あなたの言うとおり――生死にかかわる状況の場合は、祭日に電話をかけることは許されます。ですが、あなたがまだこうしてこちら側にいるという事実からすると、危険はすでに去ったのかもしれません」

「あたしは」とリーナは言った。「心臓の発作だと思うんだけど」

するとアヘレトは答えた。「そのとおりだと思います。でも、命にかかわるほど大きな発作なら、ほぼ間違いなくあなたはとっくに死んでいるはずです。思うに今問題なのは、わたしの限られた知識からすると、あなたにどのくらいの回復が期待できるか、ということです。そこのところで、迅速さが肝要になるんです」

「どういうことなんだい、娘よ？」地面に横たわったリーナは、狼狽えた、困惑した表情で訊ねた。

「たぶん、急いで助けを呼べばあなたはまた完全に元気になるでしょう。もとのままに戻れます。これは生死にかかわる問題じゃありません。これは、生き方の質にかかわる問題です。もしわたしが祭日が終わるまであなたをこの木の横にほうっておいたら、電話を使うことが許されるようになるまで待っていたら、けっしていい結果にはならないでしょうね。あなたが今力が入らないと感じるなら、お母さん、苦しいと感じるなら、言っておきますがね、水を飲もうとコップを口まで持っていくだけでさえ、この丘を背負っているように感じられることになるでしょうよ。心臓に疾患があって肺に水がたまっているお年寄りを、わたしは見てきました。あんなのは生きる価値のある生活じゃありません」

「十戒のひとつ」とリーナは言った。「汝の父母を敬え。敬いなさい」

「神の掟を破れと親に言われた場合はそうしなくてもかまいません」

「電話しても許されるよ！　なんであろうと」そしてリーナはまたもちょっと息を切らせた。「生きるか死ぬかなんだから」

「でも、こうして一分一分過ぎていくあいだも、まだ生きてるじゃないですか。いいえ、とてもそんな状態だとは思えませんね。あの三人の賢いラビに祭日のあとで集まってもらって、判決を下してもらえばいいわ。わたしが法に従って正しいことをしたのかどうか、あの人たちが教えてくれるでしょうよ」

「忌々しい女だね」とリーナは言った。

「『忌々しい娘』でしょ。この屋根の下に来てまだそれほど経たないけれど、わたしはもうすでにあなたから、どうやって自分の思いどおりにするか学んでます。あのもうひとつの家にいたら、こんな考えは浮かびもしなかったでしょうけどね。さあ、よく聞きなさい、簡単なことよ。あなたがわたしを自由にしてくれるなら、今すぐ電話します。あなたを病院に入れて、そして——約束します——あなたがまた自分の足で立てるようになるまで看病します。あなたの娘としてではなく、イスラエルの娘、この入植地の娘としてそうします。あなたが債券を換金するようなことをしなかったかのようにあなたに接します。わたしを自由にしてください、そうすれば電話します。わたしを自由にしてください、そうすればあなたはかなりの確率でまた歩けるように、暮らせるように、普通の生活に戻れるようになります。わたしを自由にしてください、そうすればあなたは自分で服を着られるように、自分で歩けるように、この先残されている人生を楽しめるようになります。そうなりたくはないですか？　取引しませんか？　わたしの自由と引き換えにあなたの自由を」

「必要ないね」と短く苦しげな息をしながらリーナは答えた。「あれこれする必要はない、歩く必要はない」

「どうしてまたそんなことを？」アヘレトは叫んだ。

「あたしには面倒をみてくれるあんたがいるからね」

Ⅳ　二〇一一年

ドミトリとリサは丘の端に立って分離壁の果てしない連なりを見つめている。「この地域じゃ大部分はただのフェンスなんです」というのが彼らの不動産屋の言い草だ。「だけどここでは、あの村がすぐ近くですし、反撃の最初の頃は凄まじかったですからね、ぜんぶ鉄筋コンクリートの壁を巡らせたんです。防衛手段としてはこれ以上のことはできませんよ。そしてそんなこと考える必要さえないんですからね。本当ですよ、忘れていればいいんです。この一帯はほぼ十年のあいだ静かです。とはいっても、この地域では誰も不用心ではいられません。何か始まったりしませんように——ほら、まっすぐ弾が飛ぶようなところはないし、狙撃される心配もないし、ベッドの下に隠れる必要もない。第三次インティファーダが起こったって、お約束しますよ、そいつはあなたがたの生活のなかには出現しません」

「それとインターネットだけど」とドミトリが言う。「こんな辺鄙なところでも、この建物は高速インターネット回線が来てるんですか？」

「各戸にね」と不動産屋は答える。「それにむこうには」と彼は丘の端の巨岩の上のオベリスクを指さす。「あのむこうに隠れてますが、信号ブースターがあるんです。だからたとえ自分のルーターがなくとも、町全体で無料のWi-Fiが使えるんです。それにここからドバイまでのあいだで最高の携帯電話サービスもね。上もごらんになりますか？」

「上を見てみましょうよ」とリサが言い、それから自分の発音を謝る。「とても信じてもらえないでしょうけど」と彼女は言う。「わたしたち二人は同じウルパン（ヘブライ語を集中的に教えるコース）のクラスで恋に落ちたんです——彼のヘブライ語はわたしよりずっと上手だけど」

「ロシア人は覚えが早いんですよ」と不動産屋はドミトリに微笑みかけながら言う。ドミトリはぎこちない笑顔を返す。

　アパートの建物のなかへ入りながら、リサは壁を振り返る。「あの、あの人たちの生活はだいじょうぶなんですか？」と彼女は訊ねる。「あの壁のむこう側では、パレスチナの人たちにまともな扱いをしてるんですか？　わたしたち、どっちかって言えば左寄りなんです。あのう、広いほうがいいから、ここに住むことにしたんです、予備の寝室が欲しくてね。でもね、あのう、アラブの人たちには申し訳なく思ってるんです、ああいった検問所とかのことで」

ドミトリは、今度は本物の笑顔を浮かべている。「彼女は過激派のあいだで暮らしたくないんだ」と彼は言う。「彼女はアメリカのチェリー・ヒルの出身でね。むこうじゃなんでも公平にってことを気にするんですよ」

「過激派？」と不動産屋はそんな意見にすっかり驚いた表情だ。「いいえ、ここではいつも、七〇年代からずっと、この町は隣人たちとうまくやってきてるんです。ずっと友好的な関係で、お互いの結婚式に出席したりしてね。ここじゃごく親しくしてたんです、第一次インティファーダが勃発するまではね。それまでは、どこまでがこっちでどこからがあっちなのか、誰も知らなかったんです」

「だってわたしたち、政治はごめんなんです」とリサが言う。「つまりその、建物はきれいだし、この土地も――ただもうすばらしいわ。でも、わたしたちは入植者じゃないんです。それに、あいったものに囲まれていたくはないんです」

ここで不動産屋は、二人の新しいキッチンになるかもしれないところを、新しい居間になるかもしれないところを案内し、自動式セキュリティー・ブラインドを上げるボタンを押す。不動産屋は二人を彼らの新しいバルコニーになるかもしれないところへ連れだしながら、そのあいだずっとしゃべり続ける。

「例の頭のおかしいレビンガー（ヘブロン近郊キリヤト・アルバへの入植の先頭に立ったユダヤ教正統派のラビ）みたいな入植者のことをおっしゃってるんなら、そんなのはぜんぜんいませんよ」と彼はまっすぐリサに話しかけ、リサは耳を傾ける。ドミトリは会話が通りすぎるままにしておいて、所有者みたいな態度で手すりにもたれかかって外を眺めながら、この景色がもうすでに自分のものであるかのような顔をしている。

「ここに頑固な人たちはいるかって？」と不動産屋は問いかける。「もちろん！　頑固な人はたくさんいます――あらゆる良きイスラエル人と同じ人たちが」彼はバルコニーの下の小さな小屋を指さす。小屋の周囲にはこのアパートのカーポートが建てられている。「あそこのおばあさんは」と彼は話し、リサとドミトリは彼の指を追う。「あの人は土地を売って金が入ったら助かったのに、これっぽっちも開発業者に買い取らせようとはしなかった。そういう類の揺るがないものがあるんですよ。そしてね、真の地の塩（この世の腐敗を防ぐ立派な人）以外のどこからそれを得るというのです？」

彼の言わんとするところを証明するかのように、小屋の戸口から老女の座った車いすが、やつれた中年女に後ろから押されて傾斜路をごろごろ降りてくる。

「見えますか？」と不動産屋が言う。「麗しいですなあ。ああいう人たちがここを築いたんです。あれこそ古いタイプの住民たちですよ。病気の年取った母親と、その世話をするために自分の人生を投げ出す娘。ここへ来るたびに、私はあの車いすの母娘が他人のことなど気にも留めずに動き回るのを目にするんです。あなたがた二人はここで楽しく暮らせますよ」と彼は言う。「お約束します。この丘の上こそ、暮らすべき場所ですよ」

僕たちはいかにしてブルム一家の復讐を果たしたか

How We Avenged the Blums

ロングアイランドのグリーンヒースへ今出かければ、ズヴィ・ブルムが襲われた校庭がおおよそ当時のままであることがわかるだろう。あの公立学校の鐘は相変わらず週末を通して鳴り響くし、僕たちがホッケーをしていた敷地の裏の茂みもまだある。唯一の違いはジャングルジムから尖ったネジや端のギザギザがなくなり、校庭から冒険的要素がすべてはぎ取られて、破砕タイヤの雪で女々しく詰め物をされたり覆われたりしていることだ。

ブルム三兄弟のいちばん下のズヴィ・ブルムが足を踏み入れたのはこの敷地だった。その週のあいだ僕たちは、僕たちのイェシーバの駐車場で遊んでいたが、そこではスラップショットを打つと砂利が飛ぶ。だが、安息日の午後には危険を冒して公立学校のひび割れのないきれいなアスファルトの上でやった。試合に最初にやってきたズヴィは自分のヘルメットをかぶり、金属製のフェイスガードをきちんとつけていた。手袋をして、スティックを持っていた。

ズヴィは僕たちほかの仲間が来るのを待ちながら架空の試合をやって一汗かいていた。フェイントをかけて想像上の相手を迂回したあとで、彼は突然、本当にぴたっと止まることとなった。僕たちがもっとも恐れていた少年が目の前に立っていたのだ。それはグリーンヒース地区の反ユダヤ主義者で、友達をずらっと引き連れていた。反ユダヤ主義者とは、そのときまではある種の了解があった。僕たちはあいつがいると殴られたような顔でこわごわ歩き、すると僕たちを実際に殴りたいというあいつの欲求は満たされるように思えていたのだ。

反ユダヤ主義者はズヴィのフェイスガードを、チビのブルムがボーリングのボールででもあるかのように摑んだ。

ズヴィはいじめっ子とジャングルジムのむこうを、金網のフェンス越しにクロッカス・アヴェニューのむこうのほうを、僕たちが現われないだろうかと、十人かそれ以上の男の子たちがヘルメットをかぶって、スティックを振り回しながら姿を見せないだろうかと願いながら見た。僕たちが軍隊のごとく到着していたら、どれほどよかっただろう。

反ユダヤ主義者はズヴィのフェイスガードを放した。

「お前、ユダヤ人か？」と彼は訊ねた。

「さあ」とズヴィは言った。

「自分がユダヤ人かどうか知らないのか？」

「うん」とズヴィは答えた。彼はホッケースティックでアスファルトを引っ搔いた。

いじめっ子は自分の友達のほうを向き、皆の疑わしげな眼差しを確かめた。

「母親から聞いたことないのか?」と反ユダヤ主義者は訊ねた。

ズヴィは重心を移し、地面を引っ掻き続けた。「話に出たことないもん」と彼は答えた。

反ユダヤ主義者が考えるあいだ確かにかなりの間があいたのを、ズヴィは覚えていた。ズヴィは思った——そう願っていたのかもしれない——道路をやってくる僕たちの最初の一人の姿が見えた、と。

僕たちが着いたときには、彼は気を失っていた。殴られて意識を失い、ヘルメットはかぶったままで、スティックと手袋はなくなっていた。僕たちは捜査術に長けていたわけではまったくなかったが、すぐさま彼は敗北したのだとわかった。そして、彼は自分の下着によってブランコのボルトから吊るされていたので、ついでにパンツ股間食い込みの刑が執行されたことも知ったのである。

彼は死んでいると僕たちは思った。

僕たちは、電話をかけるための十セント硬貨さえ持っていなかった。安息日には金は禁じられているのだ。僕たちはかなり長いあいだ、何もせずにいた。やがてベリルが泣き始め、そしてハリーがヴィルムスタイン家へ走り、一家はムゼー(安息日の使用が禁止されている物)である車のキーを取りにいきながら、誰が緊急時の運転をすべきか議論した。

僕たちの敵は半分ユダヤ人だという噂も囁かれていた。あいつの家は僕たちの学校の裏の袋小路にあった。そして反ユダヤ主義者とその家族の憤怒は、あいつが僕たちといっしょに僕たちのイェシーバの幼稚園に数ヶ月通ってイスラエルの小さな息子として歓迎されていたのに、ユダヤ人なのは彼の父親だけであることをラビたちが発見した際に目覚めたのだと言われていた。件の男児は異教徒と見做され、教室を追われて、決まり悪そうな母親に家へ連れ帰られたのだ。ラビ・フェダーブッシュは、両手にくっついたまだ湿り気のある無害なフィンガーペイント用絵の具を舐めている男児とその母親の後ろで、裏門の掛け金をかけたのだった。

僕たちは皆その話を知っていて、あいつにとってはどんなだったんだろうと僕は思ったものだ、フェンスの向こう側で成長する——大きくなる——のは。あいつの母親は家を出入りするときに僕たちのほうを見ることがあった。母親は僕たちの年齢でも読みとれるような感情は何も表さなかった——よく腰に片手をあてがっては、ただそのまま歩いていくだけだった。

ズヴィが打ちのめされたあと、警察が呼ばれた。

僕の両親ならぜったいそんなことはしなかっただろうし、あんな事件が世間に知れ渡るままにはしておかなかっただろう。

「どんないいことがあるんだ?」と僕の父親は言った。ズヴィの両親はすでに息子の被害は打撲傷だけだと結論を下していた。骨は折れていないし、脳震盪も起こしていなかった。

「反ユダヤ主義者にいちいち警察を呼んでいたら」と僕の母親は言った。「もうひとつべつの警察が要るわよ」ブルム一家の考えは違っていた。ミセス・ブルムの両親はアメリカ生まれだった。彼女はコネチカットで育ち、公立校に通っていた。彼女は制服に不信の念は一切抱いておらず、公の機関というのは自分を守ってくれるために存在するのだと信じていた。

パトカーがゆっくりと丘を降りてきて、そのあとからブルム一家が列になって続いた。両親と三人の息子、チビのズヴィはガーゼに包まれた頭を高くあげて、一行は行進した。

警察は、網戸タイプのドアを開けて片足で押さえる反ユダヤ主義者の母親と話をした。尋問のために息子が戸口へ呼ばれたあとで、ミセス・ブルムとズヴィが手招きされた。二人は近寄ったが、三段あるレンガの階段には足をかけなかった。

言葉に言葉がぶつけられた。糾弾する母親と息子、反論する相手方親子、そして目撃者はいない。警察は逮捕せず、ブルム親子は告訴しなかった。その日反ユダヤ主義者に要求された懲罰は、母親らしい叱責という形に帰着した。

件の男児の母親は警官を見て、ブルム親子を見て、それからあいだを隔てる三段の階段を見た。母親は息子の襟首を摑むと、やりやすい高さまで屈ませ、顔に平手打ちを食わせた。

「黒ンボだろうと角のあるガキだろうと」と母親は言った。「小さな子を殴るんじゃないよ」

くるぶしまであるデニムのスカートに白いキャンバス地のスニーカーの女の子と、だぶだぶのオックスフォードシャツに頭の横に縫い付けたみたいにヤムルカをだらんとかぶった男の子が集まっていることを除けば、グリーンヒースは他の町と同じだと、僕たちはずっと思っていた。父親たちには平日の儀式があった。夕方、彼らがロングアイランド鉄道の客車から降りると、手がポケットにつっこまれ、そしてヤムルカがさっと定位置に戻るのだ。殴打事件は僕たちに、こういう違いは小さなものではないということを思い出させた。

僕たちの親はブルックリンで生まれ育った。彼らはグリーンヒースに僕たちのためのユダヤ人のシャングリラを築き、ブルックリンが与えてくれていたものはすべて与えてくれたが、たったひとつ大事なものが欠けていた。それはスティックボール（子供が路上でゴムボールと棒きれでする野球のような遊び）や缶蹴り——郷愁度は高いが、なくてもべつにかまわない——ではなかった。いや、それは僕たちにはない資質、タフさだった。十三歳と十四歳の男の子の集団である僕たちは、健康で礼儀正しく育っていたが、僕たちの親は息子が軟弱であると思っていた。

怯えてしまった僕たちもそのとおりだと思い、それでエース・コーエンを頼ることになったのだ。彼は町でいちばん大柄なユダヤ人で、僕たちの六年先輩だった。僕たちが知っているユダヤ人のなかでいちばん強くて、マリファナを吸っていて逮捕歴のある唯一の人間で、壊れたバイクとアステロイドの業務用ゲーム機を持っていた。コインパネルを開けておいて、二五セント硬貨一枚で際限なくプレイし、終わると硬貨を取り出すのだ。彼に憧れる僕たちは、自分たちが十九か二十になったら親の家の地下室から出て行きたくなったり大学へ行きたくなるかもしれないとはとても思えなかった。僕たちには彼がいい暮らしをしているとしか思えなかったのだ——心配事もなく、仕事もなく、自分専用のアステロイドがあって、ベッドの横には小型冷蔵庫が置かれ、そこにいつも自分用のリングディングズ（クリームを挟んだチョコレートケーキ）が冷えているのだ。

「俺の問題じゃないからな、ユダヤ少年諸君」というのが、僕たちのためにあの反ユダヤ主義者をぶちのめしてくれと頼みにいったときの彼の返事だった。「暴力は暴力を産む」と彼はボタンを叩きながら言った。「お前たちよりは大人で、賢いんだ——俺がやめとけって言うときはそのとおりにするんだな」

「警察を呼んだんだ」とズヴィは話した。「うちの両親と警官といっしょに、あいつの家へ行ったんだよ」

「まずかったなあ」とチビのズヴィを見下ろしながらエースは言った。「なあ兄弟、お前のためにはまずかった」

「ユダヤ人であるってことはなかなか微妙なんだ」とエースは言った。「気にすればするほど状況は悪化する。忘れるんだ、いいな。どうしても戦うって言うんなら、すくなくとも自分たちでそいつと戦え」

「あんたがやってくれるほうが簡単なんだけどなあ」と僕たちは言った。

「それになあ、お前たちの反ユダヤ主義者があれほどデカいんだ、ぜったいあいつにも、正比例して同じくもっとデカい友達がいるぞ。エスカレートする」とエースは言った。「エスカレートが始まる。お前たちだって、ほんとに俺が必要になるほど事態が悪くなるのは嫌だろ」

「だけどもし僕たちがほんとに必要としたら?」と僕たちは訊ねた。

エースは答えなかった。僕たちはがっくり気落ちしながら彼のもとを去った——エース・コーエンには、アステロイドの線画を撃破させておいて。

彼らは皆、僕たちにとって英雄だった。ロシアの虐げられた人々はひとり残らず。僕たちはケーブルテレビで『脱走大陸／自由への国境は雪原の彼方』を観て、雪に覆われたツンドラを横断して逃げるためには、囚人二人は三人目を誘い込み、途中でそいつを食べることができるようにするのだということを学んだ。少年の僕たちは感動し、犠牲について空想にふけり、同級生の誰を貪り食ったらいいか思いめぐらした。

　一九八〇年代、僕たちの親はレフューズニク（ソ連における出国を許可されないユダヤ人）の自由のための戦いに力を入れていて、本人が望もうが望むまいがロシアのユダヤ人はすべてレフューズニクなのだった。僕たち子供は世界中の恵まれないユダヤ人のためにリバーシブルのベスト付きの三つ揃いスーツを寄付した。そして必要なときには、僕たちは学校から連れ出され、ソ連の同胞の釈放を訴えるデモにバスで連れて行かれた。

　ズヴィが襲われた直後に、グリーンヒースに僕たちのレフューズニクがやってきた。ボリスはロイヤル・ヒルズ・イェシーバの用務員として勤めていた。彼は教職員控室のタオルディスペンサーの詰替をしていたときに、僕たちのもめごとのことを耳にした。ボリスはロシア人であり、かつユダヤ人で、ブレジネフの軍隊で兵役に就き、おまけにイスラエルの軍隊にもいた。彼はグリーンヒースから来る教師たちに自分が同情していることを告げ、僕たちの苦境について憤慨の念を表明した。まさにその金曜日、教師たちがミシュナー（タルムードの基となったユダヤ教の口伝律法。二世紀末に編纂）のテープを聴きながら乗り合わせるシボレー・ノヴァに席が一人分余分に作られたのだった。

　ボリスは安息日を過ごすために町へやってきて、そしてまたもう一度やってきたが、たとえ彼が一日に二十四時間眠り、眠っているあいだもものを食べていたとしても、彼を泊めてものを食べさせ、さらに食べさせたいと思っている家族のうちのほんのわずかばかりもこなしきれなかったことだろう。

親たちは自分たちのレフューズニクを迎えて感激していた――単純作業労働者であるとはいえ、生活のために箒を動かす若い男だ。母親たちがＡＭＩＴ（Americans for Israel and Torah の略、イスラエルの教育団体）の聖地ツアーに出かけて、ユダヤ人がバスを運転したりツィッツィースを着けた男が郵便配達しているのを目にして以来、彼らがこれほど興奮したことはなかった。ボリスはグリーンヒースのシャランスキー（ソ連の反体制運動家、作家。出国後はイスラエルで閣僚を務める）で、僕たちの親は、僕たちの状況についての彼の極端な見解は至極妥当であると考えた。彼の時にめちゃくちゃな英語のおかげでその言行録には独自の重みが加わった。「フーリガンが腹を立てると」と彼は言ったものだ。「うんと酒を飲んでると、反ユダヤ主義が噴き出す」

最初の、非公式の自己防衛レッスンは、ボリスがラリー・リプシッツの家でインテレビジョンのホッケーをしたり、ラリーにタバコを吸うことを教えたりした日に行われた。ラリーが地下室の床にのびて一瞬息ができなくなり、喉をぜいぜいいわせて、レッスンは終了となった。「幾ら？」と彼はボリスに訊ねた。「幾らって何が？」とボリスは訊ね返した。彼は珍しくためらいを見せたが、必死で呼吸しようとしていなかったらラリーも気づいていたかもしれない。「レッスンだよ」とラリーは言った。そしてここは奇跡の国アメリカ、チャンスの国なのだった。ロシアでは、誰かの腹にパンチをくれても金にはならない。月謝が決められ、ラリーが口コミで広めた。

それはまた、「ヴァーディットのピザとファラフェルの店」を出たバリー・パールマンが僕たちの敵に襲われた日でもあった。彼がテイクアウトしたものは奪われた。ヴェジタリアン春巻き（何料理であろうとコーシャを売るすべての店の主要商品）は齧られた。大きなピザとタヒニ・プラター（ゴマペーストを添えた皿盛り料理）は通りに撒き散らされた。バリーは殴られ、それから隙を見て店へ駆け戻った。店主のヴァーディットはチビのパールマンにくっついたソースを拭いてやった。彼女はパールマンの注文をぜんぶ作り直し、ピザしか勘定につけなかった。パールマン家は面倒を望まなかった。警察は呼ばれなかった。

バリー・パールマンが二番目に申し込んだ。ついでクライン兄弟とやぶにらみのシュロモ。シュロモの母親は昨今の風潮ゆえに息子を送り込んだのだが、本当のところは僕たちから身を守るすべを息子に学んで欲しいと思っていた。

僕たちが形成する戦闘集団を学校のラビたちに認めてもらう必要があった。彼らはイスラエルの建国がニリ（スパイ組織）やハガナー（軍事組織）、そしてかつての地下組織の助けを借りてなされたのを思い起こした。彼らはメシアのいないユダヤ人国家をさほど是認しているわけではなかったが、僕たちの提案をコミュニティーの創設者で僕たちのイェシーバの長老であるラビ・フェダーブッシュに告げても構わないと許可してくれた。

ラビは承認してくれたが、しぶしぶとだった。老人を責めるべきではない。空手のことなど、何も知らなかったのだから。老人がよく知っているもっとも近いスポーツはレスリングで、ラビの知識によるこれは——グレコ＝ローマンスタイルだった。したがって彼の異議の要点は、僕たちは割礼を受けていない者と公然と、しかも裸で取っ組み合うことになる、というものだった。提案が言い換えられ、僕たちは古代イスラエル人たちを砂漠で襲ったアマレクの子孫と戦うために訓練を受けるのであり、ハマン（ペルシャ王の宰相でユダヤ人の敵）（彼の名に呪いあれ）の現代の落とし子に向き合う準備を整えようとしているのだと聞かされるや、これは反ユダヤ主義者と戦うためなのだと聞かされるや、ラビはわかったと頷いた。「コサック族だな」とラビは言い、そして認めてくれたのだった。

それは必ずしも正真正銘の武術というわけではなく、イスラエルの護身術クラヴマガとロシアの格闘術、それにボリス自身の際限のないめちゃくちゃな攻撃法を合わせたものだった。彼は僕たちに紙を折りたたんでそれを使って目をえぐりだしたり喉を切り裂いたりするやり方を見せてくれ、そして常に胸ポケットに回路計をペンのようにクリップで留めて移動するようにと言った。できれば、行く先々に新しい銃を用意しておくんだ、とボリスは僕たちに助言した。「神の御手」での仕事としてアルゼンチンにいるナチを探し出し、そして——そいつの戦争犯罪を裁く役を務めて——有罪と断定し、両目のあいだに弾を撃ち込んだりしているあいだにこういうことを学んだのだと彼は断言した。

僕たちは殴ったり蹴ったり、踏みつけたり嚙み付いたりすることを教わり、一方で、郊外の武術教室すべての要となる支柱——対立を避けられる場合は避けること——は取り払われた。ボリスは僕たちに一歩も引くなと言った。「最悪の場合は」と彼は教えた。「負けたみたいに手上げといて、タマぁ蹴れ」

数週間レッスンを受けた僕たちは、自分たちの力を悟り始めた。ボリスはあのひ弱な男の子ラリー・リプシッツをブルム兄弟の真ん中のアーロンと組ませていた。二人はラリーの家の裏庭で、ほんのわずかばかりの猛々しさを見せてぐるぐる回りながらジャブを繰り出して戦った。ボリスは太鼓腹――あたかも彼の力のすべてを発している場所であるかのような、他のすべての部分に力を供給しているひとつの筋肉組織であるかのような、良好な健康状態の権化である彼の腹――の上に両腕を載せて、横のほうに立っていた。

ボリスは芝生に唾を吐くと、前へ進み出た。「お前たちは戦ってるんだぞ」と彼は言った。「戦え」彼は片足をアーロンの尻に当て、対戦相手目がけて突き飛ばした。「あとで友達。今は勝つ」ラリー・リプシッツはもっと大きな男にふさわしい金切り声をあげると、さっと優雅に僕たちが初めて見るすばらしい大ぶりのキックをかました。それはスパーリング相手の一撃などではなく、ショルダーフェイクとありったけの力をこめての一撃で、リプシッツの裸足の親指の付け根のふくらみがアーロンの腎臓まで食い込んだ。ラリーは手を差し出さなかった。チャンピオンのように後ろに下がると両の拳を高々と突き上げた。アーロンはいちばん近い木へよろよろと歩くと、僕たちにトレーニングの最初の成果を示した。彼はズボンを下ろし、狙いを定め、そして、言っておくが、僕たちにとってはまさに水がワインに変わったようなものだったのだ、アーロン・ブルムが血の小便をたれたときには。

ユダヤ人は戦いの準備を整えておかねばならないと煽るときにもっともよく使われるのが、マサダの物語（死海西岸の山頂にあるイスラエルの古代城塞。ローマ軍に包囲されたユダヤ人たちが降伏を潔しとせず集団自決した）、山城で自決した禁欲主義的なイスラエル人一派の最後の抵抗についてのエピソードであることは興味深い。戦いは雄々しく遂行されたが、敵の姿はなかった。ユダヤ人たちは勇敢に自分たち自身を害したのだ。ローマ人の犠牲者は麓における野営の鬱屈で死んだ者たちだけだった——砦を襲撃して皆殺しにしてやろうと砂漠で八ヶ月にわたって坂道を築き、たどり着いてみるとすでに終わっていたのだ。

イスラエル軍の新兵は基礎訓練を終える際、あの山に登ってこだまを響かせながら叫ぶ。「つぎのときは、マサダはぜったいに落ちないぞ」ボリスは僕たちにもグリーンヒース池の縁で同じことをやらせたが、流れが遅くなっている水域はねっとりした緑のスープのようで、なんの音も返ってはこなかった。

いやがらせは大抵、ブルム兄弟とその家に向けられた。これは彼らの住まいが反ユダヤ主義者の家に近かったせいなのか、警察を呼んだためか、はたまた反ユダヤ主義者が公衆の面前で顔をひっぱたかれたせいなのか、僕にはわからない。ブルム兄弟が標的として選ばれたのは、彼らがいじめっ子の目に、僕の目に映るのと同様に映ったからじゃないかとつい思ってしまうことがある。いじめ心を誘ういかにも犠牲者っぽいタイプで、小柄なのだ。そうこうするうちに、ブルム家の郵便受けがM80エアガンで吹っ飛ばされ、ブルム家の実用的な車のタイヤが四つとも切り裂かれた。玄関への通路にはシェービングクリームで鉤十字が描かれたが、誰かが証拠を記録するまえに雨で洗い流されてしまった。

僕たちが反ユダヤ主義者と出くわすと、必ず侮辱的言辞が投げつけられ、パンチが繰り出された。ラリーは今や伝説となったキックを使うことなく打ちのめされた。彼は震えながら払っている金に見合うだけのものをボリスに要求し、自分は今や生命の危険を感じているのだときっぱり言った。ボリスは一笑に付した。「そんなに簡単にはいかない」とボリスは彼に請け合った。「撃たれても生きてる。刺されても生きてる。そんなに簡単に死なない」

僕の父親は虐待の現場を目撃した。ブルム家の三兄弟が通りを渡る権利を獲得するために這いずり回って一セント銅貨を拾っているところへ行き合わせたのだ——いじめっ子とその友達が強要したのだった。父は男の子たちを追い散らし、ブルム三兄弟だけが残ったが、三人は顔を赤くして、手には熱い銅貨を握り締めて立っていた。

もっとも由々しい襲撃は、ブルム家の出窓を粉々にしたショットガンによる銃撃だった。僕たちはそれを暗い時代の始まりとしたが、薬莢に詰められていたのは岩塩だけだった。

僕たちの訓練と、それにトリックのテクニックもレベルアップされた。僕たちは型と組み合わせを覚えた。足並みを揃えて行進し、走り、跳び、そして無言で転がることを覚えた。

並んで仰向けに寝て足を上げ、頭も上げ、腹部の筋肉を収縮させながらボリスの講義を聴き、その間ボリスは川を石伝いに渡るように腹から腹へと踏みしめながら、僕たちの上を走った。平和は、とボリスは主張した。恐れによって維持される。「反ユダヤ主義者がひとりもいない国はどこか知ってるか？」とボリスは訊ねた。僕たちは答えられなかった。「ユダヤ人のいない国だ」

苦闘がひとりでに終わることはない。いじめっ子は成熟しないし、自分のやり方の間違いに気づくこともないし、他者を愛するようにもならない。あいつは死ぬまで憎むだろう。死ぬまで戦うだろう。そして僕たちがあいつを殺すか、僕たちに殺されたとあいつが思うまで殴りつけるかしない限り、休戦も、平和も、平穏もないだろう。最良のシナリオでさえ限界があることを僕たちが理解していないといけないので、ボリスは再度説明してくれた。「男は殴る。彼は将来、妻を殴るようになる、息子を殴る、犬を殴る。我々としては、彼がユダヤ人を殴らないことだけを望みたい。誰か他のやつを殴ってくれたらいいんだ」

額がへこむは、上の歯茎からブレースが外れるはといった事態にもかかわらず、僕たちの親は、訓練には努力するだけの価値があると考えていたと僕は確信している。僕たちの母親は黒くなった目に押し当てるために凍ったステーキを持ってきてすぐ近くに立ち、僕たちの父親は息子の顎を傾けては笑みを隠すのだった。「なかなかの黒あざだなあ」と親たちは言いながら、息子たちの傷がステーキで覆われるのを見つめないではいられないのだった。

訓練での怪我に加えて、僕たちにはほかの挫折もあった。ひとつは作戦上のミスで、ショットガンによる銃撃のあと、僕たちは集団で反ユダヤ主義者の家に卵をぶつけに行った。物音が聞こえたような気がしたシュロモが、「反ユダヤ主義者だ！」と警告の叫びを発した。それを聞いた僕たちは悲鳴をあげ、卵を落とし、逃げ出した。これはすべて、問題の家から一ブロック以上離れたところでの出来事だった。僕たちは目標を目にしてさえいなかったのだ。

僕たちには団結力がなかった。集団でどう動けばいいかは知っていたが、仲間としてではなかった。

僕たちには練習が必要だった。

二千年のあいだ追われ続けた僕たちには、追うということが欠落していたのだ。


僕たちはイーツィー――不運なものを受け継いだイスラエル人――を通じてチャン－シクに助けを求めた。イーツィーの親は彼をペニスという苗字とともにアメリカに連れてきた。これでは親切な子供たちのあいだでさえ受けは良くない。僕たちはイーツィー・ペニスを情け容赦なくいじめ、その結果彼は異教徒の隣人、町で唯一のアジア人の男の子であるチャン－シクと本物の友情を結ぶにいたったのだ。二人とも嬉しそうに現われた。イーツィーは友達をいっしょに連れてきてくれと頼まれて喜んでいた。

そこで僕たちは、自分たちの計画を提案した。

「僕たちの練習台になってもらえないかな？」と僕たちは訊ねた。

「練習って、なんの？」チャン－シクは愛想よく訊き返し、イーツィーはその横で文字通り輝いていた。

誰も返事できないでいると、ハリーが言った。「逆ポグロムだよ」

「なんだって？」

「僕たちはとにかく君を脅かしたいんだ」とハリーは説明した。「集団でちょっと追いかけまわすんだよ。だってほら、君は違ってるからね。どんな気分かを摑みたいんだ」

チャン－シクは自分の友達のほうを見た。僕たちには彼を失いかけているのがわかり、イーツィーはすでに笑みを消していた。

そのときズヴィが、泣きださんばかりに必死の形相で懇願した。「頼むよ、君は僕たちの知ってるただひとりの違う子なんだ」

イーツィーはチャン－シクの凝視を受け止めていた。アジア人の少年が見返す眼差しは、怯えよりは失望をたたえていた。

「代わりに僕を追いかけなよ」とイーツィーは言いながら、ヤムルカとかを取り替えれば彼がチャン－シクになってチャン－シクが彼になれると身振りで示した。

僕たちは直ちに計画を放棄した。同じになるはずがない。

僕たちの不首尾に終わった攻撃のことは、実行されなかった逆ポグロム、相変わらず起きているブルム関連のトラブル、追われて学校から家へ逃げ帰ったことなどとともにボリスに報告された。岩塩はなおも僕たち全員を疼かせていた。

僕たちはシュールの娯楽室に集まった。ボリスは映写スライドとそれに付随する録音カセットをロイヤル・ヒルズにある自分の働いているイェシーバからくすねてきていた。彼はスライドをつぎつぎと映写機で映していった。テープがビーッというたびにひとコマずつ。僕たちはその映画をよく知っていた。映像がどこで靴の山から髪の山へ、死体の山から歯の山へ、櫛の山へと変わるか知っていた。その映画はヨム・ハショア、ホロコースト記念日にだけ持ち出される聖なる教材だった。

　毎年、もっとも印象的なのは再現シーンの録画だった。音響係が木片をコツコツ鳴らす、あのブーツが階段を上がってくる足音だ。まず彼らは父親と母親を演じる人たちを引きずり出す。それから、コツコツ、コツコツ、あのブーツが遠ざかっていく。

　まだ照明が薄暗いなかで、僕たちは二つの列を作る――ひとつは男子、ひとつは女子。僕たちは列になったまま教室へ行進しながら、『アニ・マアミン（「我は信ず」の意。中世スペインのユダヤ哲学者マイモニデスが詩を書いたとされ、ガス室へ追い立てられるユダヤ人たちがよく歌ったと言われる）』を歌い、頭のなかでは僕たちにむけて描き出された情景が消えないのだった。六百万のユダヤ人がガス室へ向かって行進した、二人ずつ並んで。三百万人の列が二つ、声を合わせて歌ったのだ、「我はメシアの出現を信ず」と。

　ボリスは僕たちをしめやかな二つの列に分けたりはしなかった。あの感動的な歌を歌わせようともしなかったし、同じく心を鼓舞する、「彼らが押し寄せてくるときには、我々はいなくなっている」という言葉で終わる『我々は母なるロシアを去る』を歌わせもしなかった。映画が終わると、彼はまた明かりをつけて僕たちに怒鳴った。「まるで屠られる羊だ。六百万のユダヤ人は千二百万の拳なんだ」それから彼は拳とユダヤ人の戦いから勇敢なトルンペルドール（ロシア生まれのシオニズム運動家）の物語へとさっと移行した。ボリスによると、彼はテル・ハイの戦いで片腕を失い、そしてそのまま腕一本で戦い続けたというのだった。

刺激を受けた僕たちは、まっすぐ反ユダヤ主義者の家に向かった。殴られ、嫌がらせを受けてきたズヴィ・ブルムは、自分の家の出窓の仕返しをしようと通路から大きな敷石を掘り出した。彼はその石をありったけの力で投げた。彼の運動能力はたかが知れていたので、石は左に曲がって家の壁にあたり、ひどく大きな音をたてた。僕たちは逃げた。相変わらず完遂できなかったとはいえ、相変わらず退却したとはいえ、僕たちは意気揚々と、はやし立てたり怒鳴ったりしながら勝ち誇って走り去った。

つぎのレッスンの開始時には新たな活力がみなぎっていて、そのレッスンはまた、新しい回の始まりでもあった。僕たちは並んで、今では年四回となった授業料をボリスに払った。彼は三ヶ月分の金を片手で受け取ってはもう片方の手でひとりひとりの背中を叩き、「まだリーダーじゃないけどな、君たちは一人前の男になったぜ」と言った。ボリスはこれをユダヤ教保守派の男の子にも言った、エリオットがレッスンに参加するのは初めてだったのだが。それから彼は僕たちの上首尾だった作戦のことを口にした。「反ユダヤ主義者はさらに激しくやり返してくるぞ」と彼は言い、強力な攻撃だけがこの紛争を終わらせることができるのだと断言した。花火を打ち上げるのがふさわしかろう。

僕たちは町の境界となっている有料道路へ出かけた。スーパーの裏の路地で、僕たちはボリスの訓練で教わった製法とアビー・ホフマン（アメリカのユダヤ人政治活動家）の本から破りとった数ページを参考にせっせと爆発物作りに取り組んだ。僕たちは発煙弾を作ったが煙が出ず、焼夷弾は発火しなかった。製法そのものが間違っているのではないかと僕たちは疑ったが、ボリスは、本当に何も覚えないやつらだなあと言いたげに首を振った。

僕たちは爆弾を作り続けた。夢中で取り組み、ボリスはそれぞれの攻撃の時間を計っては、時々「遅すぎる、とっくに死んでるぞ」と叫んだ。するとエリオットが自分の調製したものを、ぼろ布で栓をした瓶を持って立ち上がり、宣言した。「爆弾はこうやって作るんだ」

証明するために、彼はぼろ布に火をつけて後ろへ振りかぶり、瓶を投げた。炎の尾のおかげで容易に追える瓶が高く飛ぶのを、僕たちは見つめた。ぶつかってガラスが割れる音がしたが、何も起こらなかった。「だからなんなんだ」とアーロンが言った。「あれは爆弾じゃない。定義によれば、爆弾ってのはドカン！　と爆発しなきゃならないんだぞ」僕たちは作業に戻り、やがてボリスが「レッスンは終わりだ」と言った。すると黄色い光が空の暗闇を削り始めた。暖かい黄色の光と、そして煙が。「爆弾じゃないよな」とエリオットが、誇らしげに、そしてまた同じくらい怯えた顔で言った。彼の瓶はティーアモ・シガー&スモーク店にぶつかっていたことがわかった。瓶は店の裏のゴミに火をつけたのだ。ドライブスルーの窓が炎に包まれていた。「ときにはもっとも単純なものがベストなんだ」とボリスは言った。それから「レッスンはこれで終わりだ」と。僕たちが狼狽え始めると、彼は言った。「火は何からでも出る」そのまま、僕たちの金でポケットをいっぱいにし、そしてすでに僕たちの心も頭もすっかり虜にした状態で、ボリスは歩み去った。彼は燃えている店に向かったが、あまりに炎に近づいたので僕たちは目を塞いだ。自分の教えに忠実に、ボリスは向きを変えて走ることはしなかった。立ち止まりもしなかった。

彼がロイヤル・ヒルズに戻ってもう一日働いたのは確かにわかっている。僕たちの親が口にしたのは「グリーンカード」という言葉だけで、ボリスはどんどん西へ、シカゴまで行き、新しい生活を築いたということだった。

ミスター・ブルムはまだ職場にいた。ブルム三兄弟は自宅の窓ひとつずつにそれぞれ張り付き、闇を注視していた。三人は真っ昼間に自分たちだけでトイレットペーパーとシェービングクリームを持ってあの丘を降りていった。三人は木々を覆い、歩道に印をつけ、自分たちのターゲットに対して郊外版タール羽の刑(犠牲者にタールをかけて鳥の羽をくっつける晒し刑の一種)をやってのけたのだ。それから三人はまた自分たちの家に駆け上がり、配置について夕方ずっと持ち場を守っていたのだった。丸一日働いて帰宅した母親は、車を車庫に入れたときに息子たちがしていなかったことにしか気付かなかった。母親は私道を、歩道の縁に空のゴミバケツが幾つか置いてあるところまで戻った。ひとつは風で倒れていた。苦難のときといえども、基本的な責任というものは変わらない。彼女はゴミバケツを引きずって取り込まねばならないような羽目に陥るために息子を三人も産んだのではなかった。

反ユダヤ主義者が暗闇でどの程度ものが見えるかについては誰も知らなかった。ただひとつ彼を弁護できるとしたら、その日うっかり忘れるまでは、記憶にある限りブルム兄弟は一日おきのゴミ出し日にはずっと自分たちだけでゴミバケツを引きずっていた。ブルム兄弟を弁護するならば——そして彼らはいつまでも弁護が必要だと感じ続けることになる——三人は窓を見張っていたのだが、家の一面は無防備だった。ともかく、砂利道の私道で金属製のゴミバケツを引きずる音がすると、反ユダヤ主義者は暗闇から駆け出し――そしてゴミバケツの音のせいでミセス・ブルムは彼が近づくのに気付かなかった。

ミセス・ブルムは当然のことながら僕たちのレッスンは受講していなかった。自己防衛については何もわかっておらず、武器にはまったく不案内だった。このけだものが、すでに腕を動かしながら目の前に出現したとき、彼女は防御の姿勢を取ろうなどとは思わなかった。両の拳を上げもしなければ、突き出す構えもしなかった。彼女がしたのは、相手の振り回す手から突き出た小さな革製の棒のようなものを見ようと最後の瞬間に振り返ることだった。それまでブラックジャックを見たことがなかったのだ。背中の筋肉に一撃が加えられると、体に走った衝撃があまりに大きかったので、彼女の眼前には無数の小さな点が現われ、脚がまるで役に立たない気がした。コネチカットだろうがなんだろうが、ミセス・ブルムはユダヤ人だった。「恥《シャンダ》だわ！」と彼女は少年に叫んだが、相手はすでに駆け去っていくところだった。

ああ、あの可哀想なブルム一家。僕たちがズヴィを見つけたように、ズヴィは自分の母親を見つけた――ボルトからぶら下げられてはいなかったが、芝生の上で体を丸めていた。家のなかで氷嚢を当て、病院も往診も拒んだミセス・ブルムは、自分が見たものを息子たちに話した。「恥《シャンダ》だわ！」と彼女はまた叫んだ。「ばつの悪い《ブーシャ》！」

息子たちも同意した。恥で、ばつが悪い。

警察に通報しようと母親が受話器を持ち上げると、アーロンがフックをぐっと指で押した。ミセス・ブルムは息子の顔を見ると、受話器をアーロンが指を離したフックに戻した。「今度は止めとこう」と彼は言った。そして今度は、ミセス・ブルムは通報しなかった。

何が起きたか僕の母親が父親に話すと、父親は信じたがらなかった。「ユダヤ人の身にどんなことが降りかかるか信じたがる人なんて、誰もいないのよ」と母親は言った。「わたしたちでさえね」父親は首を振っただけだった。「いつになったら」と母親は続けた。「反ユダヤ主義者が限度を弁えるって言うの？　あの連中はあらゆる限度を超えてしまう。グリーンヒースだって同じことよ」それから、母親までが首を振った。僕は母親に話したのを後悔した、母親が父親に話す場に居合わせたことを後悔した。親たちは口に手を当て、「ああ、悲しいかな《オイ・ヴェイ》、ああ、なんてこと《イズ・ミール》」と言うだろうと僕たちにはわかっていたが、彼らが築きあげた世界に対するかくもはっきりした幻滅を目の当たりにすることになろうとは、僕たちの誰も思っていなかったのだ。僕は顔を背けた。

僕たちは見捨てられたとはいえ、ボリスの知恵はなおも影響力を持っていた。僕たちは反ユダヤ主義者が二度と反撃してこないようにしようと思った。「反ユダヤ主義者一派」とハリー・ブルムはボリスの口調を真似ようとしながらそう決めつけた。自分の背丈の半分しかない女性を襲う少年、その女性の息子をすでに襲っている少年は、可能な場合はまた同じことを繰り返す。僕たちはズヴィを僕たちのセイレーンとして使うことにした——公立校の敷地の真ん中に彼を置いておけば、脆弱なユダヤ人の抗いがたい呼び声に反ユダヤ主義者は惹き寄せられる。僕たちは皆茂みの陰に隠れていて、一斉に敵に襲い掛かるのだ。だが顔から顔へと見回していっても、痩せこけたリプシッツと太っちょベリル、怒りに満ちたブルム三兄弟で終わりだということを考えると、たとえ集団でかかっても反ユダヤ主義者を打ち倒すことはできないと、僕たちは悟ったのだった。

ボリスは正しかった。彼が僕たちについて言ったことは真実だった。僕たちはその気になって、うずうずしていたが、リーダーなしでは役立たずだった。リーダーなしのそんな状態で、僕たちはエース・コーエンの家へ出かけた。

涙、そうなのだ。僕たちはエース・コーエンの目に涙が浮かぶのを見たのだった。彼はアステロイドで遊ぶのを止め、ベッドに戻りもしなかった。小柄なミセス・ブルムが襲われた――それは耐え難いことだった。そのような侵害行為に対しては、報復せねばならない、と彼は同意した。「じゃあ僕たちに加勢してくれるんだね」僕たちは、これで決まりだと思って言った。ところが彼は承知しなかった。相変わらず僕たちのことには一切興味ないというのだ。問題はただひとつ、ミセス・ブルムが殴られたことだ。そして同様に、問題はただひとつ、報復だ、と彼は思っていた。

彼が提案したのは一発のパンチだった。「降参だよ、怖がり坊やたち。だけど一発だけだ」僕たちはもっとお願いと彼にせがんだ。リーダーになってくれと懇願した。彼は空っぽの両手を僕たちに示した。「一発だけだ」と彼は言った。「それが嫌なら帰れ」

幾つかのことが計画どおりに進んだ。やってきた反ユダヤ主義者はひとりだった。彼が通りかかったのはとある土曜日、ズヴィと対決する気は満々で、僕たちはそれを自分たちの計画が正しいしるしであると取った。

僕たちはすでにシュールをさぼって午前中ずっとあの茂みに隠れていた。体がヒリヒリしてこわばり、関節がきしむ音で隠れているのがきっとわかってしまうだろう、胸をドキドキさせている僕たちの息遣いで罠を仕掛けたことがきっとバレてしまうだろうと思った。

そしてズヴィ——熱い太陽に焼かれながらジャングルジムと茂みのあいだのアスファルトの上にひとりでいたあの勇敢なブルムについて、なんと言ったらいいだろう？　ズヴィは三つ揃いのスーツを着て、赤いヤムルカを標的のように頭のてっぺんにのっけて落ち着き払っていたのだ。

反ユダヤ主義者はたちまちズヴィをいじめ始めた。意気込んで、怒りを募らせながら、すぐに僕たちが突入してくるだろうと思っているズヴィは、自分なりの罵り言葉を投げ返した。すばらしい瞬間だった。スーツ姿のチビのズヴィがあの山のようないじめっ子の——明らかに——真鍮のベルトのバックルに向かって、難詰すべく指を突きつけながら言い放ったのだ。「止めといたほうがよかったのにな」とズヴィは言った。その言葉は断固としていた。見事だった——非常に力強かったので、茂みにいる僕たちのところまで届き、そして明らかに、反ユダヤ主義者をすぐさま暴力をふるいそうな状態にまで突き動かした。

残念にもひとつだけ面倒な問題がなければ、状況は完璧だったろう。エース・コーエンの抵抗というささいな問題だった。エース・コーエンは動くのを渋ったのだ。僕たちは、いっしょに突撃してくれ、ズヴィを助けてくれと懇願した。「気が変わった」と彼は言った。「報復と侵害行為の紙一重の違いだ。すまんな。俺は自分の目で、実際に苦痛が与えられるところを見なきゃならん」僕たちは彼に哀願したが、自分たちだけで突撃することはしなかった。僕たちが皆動かずにじっとしているうちに、ぐいぐい押していたのが乱暴な突き飛ばしに変わり、やがて反ユダヤ主義者はズヴィ・ブルムを本気で殴り始め、しまいにズヴィは——クリップ式のネクタイは首から外れ——どさっと地面に倒れた。

そのとき僕たちは、エースのすぐ後にくっついて茂みから飛び出した。僕たちは反ユダヤ主義者を取り囲み、ズヴィは比較的簡単に身をもぎ離した。

三インチ背が高く五十ポンド重いエース・コーエンは、いじめっ子を睨みつけた。「離れてろ」としかエースは言わなかった。それから、型も気のパワーもなしに、足の構えもべつになしに、エースは拳をうんと大きくうんとゆっくり振りかぶったので、これをよけられない人間がいるとは僕たちには信じられなかった。ところがそのパンチはただゆっくりしているように見えただけだったのかもしれない、なぜならパンチはいじめっ子を捉えたのだから。彼は顎にまともにそれをくらったのだ。後ろに体を傾げることなく受けとめたのだ——彼の顎が砕けたことを僕たちが知らないうちでさえ、並外れた偉業だった。彼は一、二秒のあいだじっと動かなかった。あの下顎以外は彼の体のどこも動かなかった。下顎は、蛇の顎のように外れて、丸四分の一横へひん曲がったのだ。それから彼は倒れた。

エースは僕たちが作った円陣を押し分けて行ってしまった。円陣は、血まみれになって今や僕たちの前で身をよじっている反ユダヤ主義者の周りでまたすぐ閉じた。

彼を見つめながら、自分は常に、打ち砕くよりは打ち砕かれるほうがましだと感じるだろう——僕の弱点だ——と僕は悟った。そしてまた、僕たちを貫く低いざわめきは単なる神経過敏で、あたかも復讐には音が組み込まれてでもいるかのように、想像上の反響に敏感になっているだけなのだということもわかっていた。

そのとき僕たちが実際に共有していた気持ちは単純だった。あの日僕たちといっしょに立っていた誰もが同じことを言うだろう。反ユダヤ主義者を足元に見ながら、僕たちは皆当惑に襲われた。僕たちは押しつぶされた少年を見つめてそこに立っていた。そしていつ駆け出せばいいのか、誰にもわからなかったのだ。

覗き見《ピープ》ショー

Peep Show

アレン・ファインはポート・オーソリティー（マンハッタンにある全米最大のバスターミナル）へ行く途中でつま先をぶつけて靴に傷をつけてしまう――五百ドルも出したのに小さな切り傷が刻まれる。彼はハンカチを取り出して唾をつけ、ひと拭きごとに罵りながらつま革を磨く。

傷の、その小さな切り傷のせいで、アレンはいつもの流れから押し出されてしまう。そして彼は四二丁目の高級化された劇場や健全な店を見渡す。日中の明るい陽光のなかで家族連れが入れるような類のものだ。いかにも繁盛しそうなニルヴァーナの外にいつも立っていた客引きたちや揺れる尻、禁じられた行為やすべすべした太ももはみんなどこへ行ったんだ？ 自らの変身でアレンはひどく忙しかったので、自分の周囲で起こっている変化を見逃していたのだ。

そんな思いに彼は顔を赤らめ、いったいどうやって小さなアリ・ファインバーグが洒落た赤茶色のウィングチップを履いたアレン・ファイン先生になったのだろう、と思う。いったいいつ自分は、愛する妻、妊娠している妻、ブロンド美人で異教徒の妻、夫がクリスマスイルミネーションをどんなふうにすればいいのか知らないといって笑う妻、夫の父親の命日がやってくるとイエスの絵のついたロウソクを買ってくる妻（「小さな白いのは売り切れだったの」とクレアは言った。「イエス様をちょっと壁のほうへ向けとけばいいんじゃない？」）の待つ家へ帰ろうとしている大人の男になったのだろう？

アレンはネクタイをまっすぐにし、ブリーフケースを持ち上げる。もう一度あたりを見回して、自分に問いかける。今の四二丁目はかくも洗練されてまっとうで賑わっているように見えるが、なかは相変わらず同じなんだろうか？

すると男が言う。

「あんた」と彼は言う。「ねえちょっと」と彼は言う。「二階だよ。女の子だ。なかには本物の女の子がいるよ」

「なんだって？」アレンはそう言いながら、窓の看板に気づく。大きなネオンサインの真ん中で「25¢」の文字が輝いている。

「そのとおりだ、あんた」と男は言う。「球形の奇跡が二五セントだよ。ニューヨークでただひとつ、三六〇度の円形ステージだ。その階段を上っていけばいい、迷子にはなりようがない――矢はどれもひとつの場所に行き着くからね」

そしてアレンは入っていく、運悪く職場の同僚か隣人に上っていくのを見られたりしていないかと、一瞬ちらっと目を走らせながら。彼は階段の吹き抜けへと進み、二階へ行く。

廊下に入ると、カウンターの後ろにそびえ立つ人物と向き合う。この巨人の背後で、廊下はひとつの巨大な柱のようなものがある広い部屋につながっていて、個々のブースのドアが柱の周りに等間隔に並んでいる。

アレンは二人でおふざけに加担しているかのように、自分がここへ来たのはごくあたりまえの羽目はずしで、クレアに話せるような類のことなのだと言いたげに、男に微笑みかける。そうだ、どうにも気が咎めたら、なかに入ったとクレアに話すことにしよう。アレンは二五セント硬貨をつまみ出してカウンターの上に置く。

「一ドルだ」と男は言う。

「二五セントって書いてあるぞ」

「一ドルだ」と男は言う。彼はアレンに笑顔を返さない。

アレンは財布を探って五ドル札を抜き出し、トークンを五枚受け取る——恥ずかしくて、釣りをくれとは言えないで。

「さわって」と彼女は言う。彼女はまっすぐ彼を見据えている。彼が見えるのだ。アレン・ファインが以前来たときの記憶ではこうじゃなかった、女から見つめ返されることはなかった。カーペットを敷いた舞台には四人の女が座っていて、全員が彼を見つめながら同じように誘いかける。「さわって」と女たちは言う。「さわって」そうだ、女たちの三人はそう言う。四番目は——ちゃちなプラスチックのガーデンチェアに座っているのだが、腿が太すぎて半分に割れ、胸と同じように、だらんと弧を描いて床に向かって垂れている――本を読んでいる。彼女はメガネをかけ、ページを持って今にもめくりそうなのだが、その動作はきっとゆっくりと気怠げで、その態度と同じくうんざりした様子なのだろうとアレンは思う。

全員が裸、あるいはほとんど裸だ。二番目の女はブラを着けていて、三番目はパンティ、そして四番目は本とメガネ。アレンの目から見て美人なのは一番目の女だ。

少年時代からこっち、ピープ・ショーに足を踏み入れたことはないのだが、当時のほぼすべてが脳裏に蘇る。ひどく震えて歯がかちかち鳴り、暖めようと両手を脚のあいだにぎゅっと挟んでいたのを思い出す。凍え死ぬんじゃないか、興奮のあまり本当に死んでしまうんじゃないかと思ったものだ。そして彼はよくこの悪夢に耽っては、ブースのなかでそのままばったり倒れて死ぬという暗い空想で貴重な鑑賞の時間を浪費してしまったものだった。昔の舞台の様子をアレンは覚えている。トークンが落ち、それから歯車がぎこちなく回る音。木の仕切りが壁のなかへと上がっていくにつれて窓枠の下部から差す一条の光を、彼は覚えている。厚いガラス――汚れ、指紋がつき、激しい息遣いでいつも曇っていた――のむこうには、女たちがいた。女たちは意識しているかのように踊り、見ている客を刺激しようと体を動かした。

個々のブースはだいたい同じだ。違うのは窓だ。ガラスがないのを見てアレンはぎょっとする。女たちはただそれぞれの椅子に座っているだけで、生々しくこちらを見返している。

ステージは円形で、ブースの内壁で完全にぐるりと囲まれている。仕切りの多くは上がっていて、アレンにはそれぞれの小部屋にいる男たちがさまざまな角度で見える。とある頭の大きな中年の覗き屋は、あきらかにせっせとマスターベーションしている。アレンは横っちょのラテンアメリカ系の男と目が合う。自分のとまったく同じネクタイをしている。アレンは胸に手を当て、ネクタイが心臓といっしょに鼓動しているのを感じる。その非常にハンサムなラテンアメリカ系の男は、アレンから目を背けてブラを着けた女と目を合わせる。

彼女は立ち上がり、男のほうへ歩き、すると男の両手が窓から伸びてファンタジーの世界を貫く。アレンはこれまで穴が開くところなど見たことがない——夢の世界がぱっくり口を開けるところなど。

一番目の娘に見つめられたアレンは、自分には見られる価値がないように感じる。彼女に自分の存在を認められるのがほとんど耐えられない。いったい何を見つめているのかと訊いてみたい。「何かご用ですか?」これがどこか他の場所ならそう言っているところだ。娘は完全無欠で、アレンは彼女が欲しくてたまらない。あまりに純粋にそう思えて泣きたくなる。あの肩の形のせいで、尻の柔らかな曲線のせいで、彼のすべてが疼くとは、あまりといえばあんまりじゃないか。アレンは娘の脚を見つめる。椅子の白さに対して真っ黒だ。それから上の、彼女の顔に浮かぶ訓練された招き寄せる表情を。舞台用の顔の後ろに本物の人格の輝きがある。

「さわって」と彼女は言う。そしてアレンはさわりたいと思う——彼女が現実かどうか確かめたいと。だが彼はなおも反応せず、すると娘は彼に近づいてくる。長い脚で優雅に、彼の夢の女が。

アレンはまた震えている、少年時代のように。だって当然じゃないか? 忠実な夫、こうして手を伸ばしてさわっている彼は、常に自分の誓いを守ってきたのだから。

彼は手も指も動かさず、彼女のすばらしい肌に、温かくてほとんど熱いくらいの肌にただ押し当てている。娘はアレンの両手を取ると自分の胸に押し付け、揉みしだく。それで彼は落ち着く。彼女のやり方はプロのマッサージ師、技能を仕込まれた人みたいだ。アレンはもう何年もこれほど欲情したことはない。この小さな窓によじ登ってくぐり抜け、この女のところへ行きたい。だが仕切りが降り始める。時間が切れたのだ。一瞬のあいだに選択せねばならず、アレンは両手を引っ込める。

狼狽して壁にもたれかかりながら、あの階段を上ったことと同じく、あの女を愛撫したのは逸脱行為だ、とアレンは独りごちる。

彼は覗き見をしてみたかっただけだった。忠実な夫にして恋人、郊外へ帰宅途中の勤め人である彼は階段を上った。それがこうして数分後には、べつの男が現われる。娘たちや妻たち、それに婚姻の絆を汚す者だ。アレンはブースを出ようかと考えるが、足の力が抜けてふらふらする。それに勃起の問題がある。ポルノ雑誌のとてつもなく卑しいさまざまな描写が浮かんでくるような具合に、恐ろしく固くなっているのだ。

アレンは今にも達しそうで、動くのが怖い。自分の愉悦の非道さと向き合う必要などなしに立ち去りたい。彼はトークンを手にぎゅっと握り締めてじっとしたまま、バス停で待っているクレアのことを考える。丸く膨らんだ腹部にシートベルトを掛け、携帯用マグカップのカモミール・ティーが湯気をたてている。だが、向こう側にはあの娘がいる。かくもすばらしい。彼女の脚と肌。あのさわり方、さわる技術。彼女のことを考えると強く心をそそられ、抑制が利かなくなる。アレンは自分を解き放ち、恥がどっとなだれ込んで空虚を満たすにまかせ、空洞になっていた脚までみっしり充満した気分になる。

たちまち、たくらみが始まる。すでに裏切りは始まっている。ボクサーショーツはどうしたらいい？　こんな状態でパーシパニーまでバスに乗って、シミをつけたままクレアと顔を合わせるには。妻にジムで降ろしてもらえばいい。夕食のまえにジムだ、それで決まり。だが彼の勃起は衰えない。アレンはその状態がたちまち消え失せるほど歳をとってもいなければ、ずっとそのまま、それもこれほど目立って揺るぎない状態で、というほど若くもないのだが。

とはいえ、と彼は考える。あの天使のような娘がこんなに近くにいて、しかもトークンがまだ四枚あるのに、またなんだって衰えなくちゃならないんだ？　もうすでに敷居をまたいでなかへ入っているのだ。勃起は強さを増し、ずっとこのままなんじゃないかとアレンは不安になる。こんな状態では外へも出られない。もしも帰る必要がないのであれば、あのセイレーンが椅子から立ち上がって彼の両手を取り、それをもう一度彼女の体へと導いてくれさえするなら、それが外の世界を失ってもう二度と取り戻せないということを意味しようとも、自分はすべてを犠牲にするだろうと彼は己に認める。だが自分にそんな放埓を許しはしないぞ。トークンは入れるが、さわりはしない。靴を、そしてあの忌々しい傷を見つめるのだ。これ以上ほんのちょっとの楽しみも味わわずに、そんなことだけしていよう。払っただけのものは使ってしまうつもりだが、自己処罰は今すぐ始めるのだ。

アレンは二枚目のトークンを投入口に落とし、目を閉じて仕切りが上がる音を聞きながら、ブースの壁にもたれかかる。

沈黙。頭のなかで数を数えながら彼は待つ。一ドルではあまり買えないのだから、窓はすぐに閉まるだろう。

「おい！」

声が聞こえる。低い、耳障りな声で、なんだか非難がましいと彼は思う。「おい、君。ファインバーグ。さわりたいか？」誰の声かアレンは知っている。だが、理解するにはちょっと時間がかかる。無理からぬためらいだ。「さわるか、ファインバーグ？ オサワリしたいか？」

彼は目を上げ、体が冷たくなる。一番目の椅子に座っているのは、見た目は同じだが十五も歳をとったラビ・マンだ。彼は裸で太っていて、胸は毛むくじゃらだ。マンはあまりに太りすぎて、男の胸なのにあの娘のより大きい。

昔の学校時代のラビが他に三人、並んでいる。二番目の椅子にはラビ・リフキンが、白っぽくなった青のボクサーショーツを穿いて座っている。それからラビ・ウルフ、ツィツィースを着けているが、かつては白かった房飾りが今では椅子を背景に黄色く見える。最後の椅子にはラビ・ツァイトラーが膝にタルムードを開いて座り、黒縁の分厚いレンズのメガネをかけているので、目は小さく、頭に深く切り込みが入っているように見える。ツァイトラーは、メガネが鼻のもっと高い位置に来るように押し上げて整える。

気絶するとか即座に気が狂うとかしなかった自分に驚きながら、アレンはかかりつけの精神分析医ドクター・スプリングマイアーがこの場にいて助けてくれたらいいのに、と思う。ラビたちの再来は彼にとって、ひとりで処理するにはおおごとだ。彼はラビたちの世界から逃げ出そうと懸命に努力してきたのだし、あの世界に戻ってきてほしいなどと思った覚えはないのだ。

ラビ・マンは片足で床を踏み鳴らす。「仕事にとりかかろう、ファインバーグ。君が私にさわれるようそちらへ行こうか？　私に傍へ来てほしいかね？」

アレンは窓枠を摑み、上の溝を引っ掻いて仕切りを引っ張り下ろそうとする。「お願いです、ラビ。座っててください。頼むから座っててください」

「あたしのこと、つねってみたくないの？」マンは裏声を使う。ラビは両腕を上げて指をひらひらさせる。可憐に見せようとしているのだ。「あたしって、あの脚の長い可愛い子ほどじゃないかしら？　毛深すぎる？　大物弁護士さんにさわってもらうにはユダヤ人度が強すぎ？　ミスター・アリ＝アレン・ファインバーグ＝ファインにさわってもらうには？」

「そういうんじゃないんです」とアレンは言う。「ぜんぜんそんなことはないんです。僕は彼女にもう一度さわるつもりはなかった。もう済ませたんです」

「違うな、ファインバーグ。私のほうがよく知っている。アリ・ファインバーグは満足しない。彼は決して満足しないんだ」ラビ・マンは他のラビたちに話す。「だが、彼は果たして踏みとどまってなし終えるだろうか？　いや、彼はいつも踵を返して走っていくんだ」

いい考えだ、とアレンは思う。彼はくるっと向きを変えると、ドアに突進する。

「待て、ファインバーグ。こっちを向け。私を見るんだ。ちょっと聞きなさい」

アレンは手を下ろし、向き直り、見て、耳を傾ける。

「いつもひどく感情的だ」ラビ・マンはそう言いながら身を乗り出し、睾丸が椅子の端からぶら下がる。「いつも考えなしに行動し、自分の好きなものを追い求める」ラビ・リフキンがそのとおりだと頷く。リフキンはいつだって同意するのだ。「いいかね、ファイン——君の新しい名前で呼んでやろうじゃないか。その弁護士アタマのスイッチを入れるんだ、ファイン、そしてちょっと論理的に考えてみなさい。私がここにいて、他のラビたちも連れてきていて、私たちがここにこうしてシュビッツ・バス(サウナ)に入っているみたいに座っているというのに、そう簡単にドアからこっそり出ていけると思うかね？　ちょっとは知恵《セイキル》を使って」——ラビ・マンは自分の頭を叩く——「行動するんだな！」

いつだってもっとなんだ。ラビたちはいつもファインに、ファインが差し出す以上のものを望んできた。だが彼は目を見張るほどちゃんと振る舞っているんじゃないか？「こんなことがあるはずない！」なんてわめいてるか？　いや。彼はそこそこの敬意を払って耳を傾けている。つまるところ、これはプライヴァシーの侵害であり、宗教法上《ハラカー》の罪だ。ラビたちがどう考えようと、トークンも、ネオンサインも、街頭の男も、そろって本物の女の子を約束している——ラビたちではない。ラビたちは、事実上あぁして舞台に座っている一秒一秒を彼から盗んでいるのだ。

ラビたちは気にする様子もない。座って見つめていて、そしてアレンも見つめ返す。トークンが尽きて仕切りが降りてくるのを彼は待つ。

降りてこないので、アレンはラビたちに問いかける。落ち着いた口調で話そうとするのだが、彼の声は男子生徒っぽい不安に満ち、問いは懇願になってしまう。

「どうして」とアレンは訊ねる。「仕切りが降りてこないんですか?」

マンは、十五年まえこの少年にタルムードを教えようとしていたときと同じく腹立たしげだ。「私が言っているのはこういう類の愚かさなんだ。いったい君は、なあファイン——君は本当にこの窓は閉じるはずだと思っているのかね?」

「いいえ」とアレンは答える、哀れっぽい口調だ。「とても閉まるとは思えません」

「いらいらするなあ!」マンは今や叫んでいる。「この窓はずっと開きっぱなしになってはいないと君はわかっているし、瞬く間に閉まったりしないこともわかっているだろう。君はいい頭を持っているじゃないか、ファイン。だから教えてくれたまえ、どうしていつも馬鹿みたいな振舞いをするのかをね」

「なぜ僕があなたに話さないのかってことですか? 自分の言ってることを聴いてみてくださいよ、ラビ。いつだって攻撃的だ」

「なんだって、君を例として取り上げてみろってことかね? 神なしで生きるほうが楽だと決断したファインの選択は正しかったと言えと? 名前を変えておめでとう、これで異教徒《ゴイ》のレストラン従業員から予約の際に名前を繰り返してくれと言われなくてすむな、とでも? なあファイン、何の問題もなくユダヤ人もいない、安息日の朝に息子が気ままにサッカーができる町へ引っ越そうっていうのは、誰だ?」

「男の子なんですか？」アレンが遮る。「クレアのお腹にいるのは男の子なんですか？」

「知るもんか！　君ときたら、いつだって小さなことを気にするんだな。その子がユダヤ人にはならないという事実についてはどうなんだ？」

「それについては、僕はかまいません」とアレンは答える。

このとき、べつの仕切りが、並んだラビたちの真後ろで開く。かかりつけの精神分析医であるドクター・スプリングマイアーがそこに立って、宗教と関係のない短いひげを引っ掻いているのを見ても、アレンは驚かない。証人だ。マンは証人を呼んだのだ。

「まずはトークンを一枚」と医師は自分の患者に言う。

「トークン？」とアレン。

「私の覗き見の分は君が払ってくれるのがいちばんじゃないかと思ってね。これまで君のセラピーにおいて、私たちは金銭的な報酬に一部基づいた関係を築いてきているんだから。その信頼関係を、とりわけこんな特異な状況において危険にさらすわけにはいかないだろう」彼は申し訳なさそうな笑顔を浮かべる。

マンがあきれたという顔をするなか、アレンはスプリングマイアーのためにトークンを一枚投入する。

「ミスター・ドクター、ファインは自分の変身について問題はないんですか？」

「なくなるでしょう」とスプリングマイアーは答える。「彼はどんどん進歩しています。そしていつかは順応すると私は確信しています、自分が作り上げた人生にね――じつに良い人生ですよ。

彼はじつに良い人間です」

「そうじゃなかったとでも言いましたかね？」ラビ・マンは椅子でぐっと体をねじり、後ろの医師と向き合う。「まさにそのために私はここにいるんです。いったい何が良い少年に神を忘れさせるのか、私は知りたい。いったいなぜ良い仕事と良い人生を手に入れた少年が、どうして自分がかような慰めを求めるようなことになったのか疑問に思わないのだろう？　いったいなぜかくも愛すべき少年が——家ではあんな愛らしい妻が待っているというのに——生活のために体を売っているに違いない若い娘を撫でさするためにこんな場所へ通じる階段を登るのだろう？」

答えるのはアレンだ。「あなただ」アレンは指さしながら窓の向こうへ手を伸ばす。

ラビ・ツァイトラーが本から目を上げて上の空で言う。「さわる？」

「僕をこんなふうにしたのはあなただ」とアレンは言う。「僕がここへ来たのはあなたのせいだ」そして不当な仕打ちを受けたという気持ちを新たにしながら、彼はマンの教室を思い起こす。ラビが大きな拳をどんなふうに机に叩きつけては、来世でしか解決のつかないような問題で生徒たちをつぎつぎと非難したか。

「へえ？」マンは大きな笑みを浮かべながら言う。「私はずっと逆だと思っていたんだがね」

「僕にどんな選択が残されていたって言うんですか、ラビ？　昔ガリツィア・ラビの孫のベンジー・ウェルニックの家で遊んでいたときに、彼はいつも父親の本棚の隙間からいかがわしい雑誌を引っ張り出してきました。彼の父親がそこに隠していたんです。僕が人生の現実をシムハ・ウェルニックの雑誌から学んだとしたら、僕はいったいどうしたらいいんですか？」

ドクター・スプリングマイアーが指を上げる。「ちょっといいかな、自慰を行うのは正常なことですよ。健康的ですらあります。ああいった写真は、成人男性が所有しているのであれば、どういうことはありません」

「ですが、ガリツィア・ラビの息子ですよ。賢い人です。高校の科学の先生で。絶対的なものの世界で育った男の子が矛盾に直面したときは、どうすればいいんですか？」アレンはまたマンへ視線を戻す。「ねえラビ、あなたは僕たちにこの上なく美しい天国の絵を描いてくれて、それから、最後にはみんな地獄へ行き着くんだということを僕たちが発見するがままにしておいた。いくらかの余地を——せめてあなたが僕たちにいくらかの余地を残しておいてくれたら」

ラビ・マンはうんざりしている。彼は拳を振り、上腕のたぷたぷした肉が卑猥に揺れる。「君は疑問を持つべきだったんだ、ファイン。それが聡明な人間のすることだ。聡明な人間は自分の宗教を投げ捨てたりはしない。真っ先に自分の信仰をぐらつかせる病んだ人間になったりはしない」

「僕は病んでなんかいない！」とアレンは叫ぶ。「それに、何も投げ捨ててはいない！　あなたは真実と正義を求め、すべてが収まるべき場所に収まることを求める。だけど、中間のものだってあるんですよ、ラビ。正しくもなければ間違ってもいない。あるがままなだけというものが」

「誰がそうじゃないって言ってる？　世の中には多くの悪徳がある」マンは手のひらで両腿をさする。「このことを君自身に認めるべく、私はここへ君のために来なければならなかったのかね？　この世が君の望むような具合になっていないから君は神を捨てたのだということを知るために？」

「僕はそんなこと言ってません」

ラビ・マンは息を吐き出す。「ならば君はどんなことを言ったんだ？」

「僕が宗教から離れたのはあなたのような人間のせいだってことです」

「私」とマンは轟くような声で言う。「私だって？」それから自分を抑える。「それが君が自分に聞かせたいことだとしたら、じゃあ、それが私の知りたかったことだ」

仕切りは、油をさしてあるかのようにするすると降りる。トークンが二枚残っているアレンは、ドアにしがみつくと差し錠を滑らせて開けかけるが、ひとつのことに気がつく。仕切りはあと二回上がるだろう。ラビたちが関わっている限り、そこには常にたどるべき経路があるのだ。こちらがその経路に留まっていようと闇に迷い出ようと。これは彼らが提供する選択なのだ。そして、アレンは長年うんと苦い思いをし、嘘をつかれてきたと感じてはいるものの、彼らの王国で暮らしていられたら、と半ば思わないでもないのだ。そこでは男は信心深い場合もあるし、そうではない場合もあり、良い夫であったり悪い夫であったりする。そこでは正義の秤は常に一方の側に傾き、ラビたちは猥褻な雑誌を持っている高潔な男シムハ・ウェルニックをどう扱えばいいか心得ている。

親指でトークンの表面を撫でながら、アレンはまたドアの差し錠をかける。教師たちと向き合おう。逃げたり隠れたりした挙句自分はとりつかれているのだとわかるだけ、なんてことにはしないぞ。車を車庫に入れる際にラビに出くわしたり、ヒューズが飛ぶたびに地下室でラビを発見したりするのはごめんだ。アレンは腕時計を見る。トークンを使い切ってしまってもじゅうぶんバスには間に合う。それに、もしかしたら今度はまた女の子たちかもしれないし。マンはいなくなっているかもしれない。自分が知りたかったことはわかったと言ったのだから。

覚悟を決めて、アレンはトークンを入れる。仕切りが上がり、女の丸い脚が見える。年配の女で、彼は嬉しくてたまらない――そら、簡単じゃないか。終わったんだ。その女が自分の母親であることに気づくと、自分は間違っていたとアレンは悟る。その隣にはクレアが座っていて、パンティを穿いているが、妊娠している巨大な腹のせいでその両脇しか見えない。仕切りの多くが開いていて、催眠術にかかったかのように目を大きく見開いて腕を動かしている男たちが、アレンには見える。ヤムルカをかぶっている男がひとりいる。ガリツィア・ラビの孫息子のベンジー・ウェルニックだ。

アレンの母親はストッキングとガーターを着けている。その種の他の女たちがチップを挟んでおく場所に、彼女はティッシュペーパーをひと束挟んでいる。

「アリ、ティッシュ要る？　忘れずに持ってきた？」息子に渡そうと彼女は立ち上がる。

「座ってて」と彼は言う。「母さん、座ってて！」

「あら、そしてあんたが上等のハンカチを台無しにするのをほうっておけっていうの？　お高いスーツはもちろんのことね」

「母さん、頼むよ、何言ってるんだよ？」

「あんたの下着を毎日洗ってたからいろいろ見てわかってるって言ってるのよ」息子の妻が異教徒だなんて考えただけで嫌だというアレンの母親、結婚式には出ないと宣言した母親が、なんとクレアのほうに身をかがめ、嫁の手にふれる。「あの子、あたしが何を言ってるか知りたいんだって」と母親は言う。「糊付けしたよりゴワゴワの下着を、あたしはごしごし洗ってたのよ。床に落としたら粉々になりそうな下着をね。あのね、もしもあたしがあの地下室にいるときにロシア人が原子爆弾を落としていたら、あの子の汚れたガトケス（長いパンツ）で周りを囲って身を守れたでしょうよ」

「知ってたの？」

「もちろん。母親ですからね。だってねえ、そんなことをするのはあんたが世界で最初だとでもいうの？」

「正常なことなんだ。医者がそう言ってる。ラビだって異議を唱えもしなかった——それは罪だってわかっててね」ファインは言い分を変え、なんとかうまく言い逃れようとする。

「誰が正常じゃないなんて言ったのよねえ」彼の母親は彼の妻に話しかける。

クレアは肩をすくめ、脚を広げてベンジー・ウェルニックがもっとよく見えるようにしてやる。

「あたしが言ってるのはただ」と母親がティッシュをまた元の場所に挟みながら言う。「ちょっとは考えたらどうってことだけよ。どうして上等のスーツを台無しにするの？　どうして申し分ない結婚生活を台無しに……」そこで彼女は言葉を切る。

クレアが振り向いて、待つ。アレンも、どうか仕切りが降りてくれますようにと祈りながらではあるものの、待つ。皆、彼の母親が最後まで言い終えるのを待つ。「どうして申し分ない結婚生活を台無しにするの、たとえこんな人との結婚生活であっても?」と。だが母親は言わない。クレアは微笑んで手を動かし、義母の手に重ねる。クレアは義母の手を握り締め、「ほんとにそのとおり」と言う。

アレンは口をぽかんと開けて立っている。これは妻からの歩み寄りであり、母親による背信行為だ。母親はこれまで、自分の気に入らないことは受け入れたことがないのに。「これがラビたちの言いたいことなのか?」彼は二人に訊ねる。「人はこうやってどう対処するか学ぶのか?」

だが、答える暇はない。四番目の一ドルは尽き、窓は閉じる。

アレンは最後のトークンをそっと持っている。これを投入したらどんなに気分がいいことだろう。彼はじつのところラビとドクター・スプリングマイアーが自分を待ち受けているのを見たくてたまらないくらいだ。あきらめて、本来なら喜んで逃げ出したい状況と向き合うことにしたということを二人にみせたくてたまらない。彼は自分のポケットを裏返し、二人にむかって空っぽの手を掲げたい。アレンは最後のトークンを投入口に押し込む。

だが、窓が開くと椅子は空だ。ほかの三つにはアレンが来たときにいた女たちが座っている。彼の美女だけがいなくなっている。二番目の女性が彼に話しかける。強い、生粋のブロンクス訛りだ。

「あんたの番よ」と彼女は言い、空の座席を叩く。

アレンはすでに上着を脱ぎ、靴紐を緩めている。片方の靴でもう片方を蹴って脱ぐ。安息日用の黒いローファーを履いていた少年時代このかた初めてかもしれない。かかとを折るな、と父親に怒鳴られたものだ。

腕時計だけの裸になると、アレンは手を下に伸ばして目の前の壁に取っ手を見つける。そこにあるのをずっと知っていたかのように取っ手を握り、自分の部分の壁を開ける。蝶番は反対側に隠れているんだな、と彼は思う。

アレン・ファインはステージに上がり、空の椅子に座る。

彼は恥ずかしい、なんといっても勃起が続いているからだ。ちょっとの間隠してみてから、両手を下ろす。

自分の後ろの仕切りが開く音が聞こえると、クレアだったらいいのにとアレンは思う。母親やラビ・マンにさわられたくはない。優雅に振り向くと、見覚えのあるネクタイを締めたラテンアメリカ系の男がいる。これなら対処できる。こういうふうになら、従える。

「さわる?」とアレンは訊ねる。

ラテンアメリカ系の男は答えないが、アレンには男の願望がわかる。彼はそんなことがわかる自分の感性に、ちょっとした能力に驚く。

立ち上がったアレンは男のほうへ歩く。彼はゆっくりと、超然とした雰囲気をまとって進む。欲望の対象にちょうど似合う程度に、と彼は思う。

母方の親族について僕が知っているすべてのこと

Everything I Know About My Family on My Mother's Side

1　ブロードウェイをいっしょに歩く夫と妻を観察する。遠くから、背中を見ていてさえ、妻が滔々と弁じたて、助言しているのがわかる。見識が披露されているのだ。だが、彼女は、妻は、思いやりのある女性だ。これまた見ればわかる。数歩ごとに妻は速度を落とすと、夫のほうに手を伸ばし、肩に腕をまわして引き寄せるのだから。二人のあいだには明らかに愛がある。

2　ちょっとした活気がある人ごみを縫っていくと、進み方がはかどる。二人が小物——ブレスレットにライターに腕時計、どれも奇妙なことに革命家たちの顔が浮き彫りになっている——を並べたテーブルの横に立ち止まった隙に乗じると、ぐっと近寄ることができ、二人の関係に、その夫婦らしさの性質について疑念を抱くようになる。

3　二人はカナル・ストリートの真ん中で立ち止まる。妻は夫と向かい合う。妻の論じていることは非常な大問題なのだ。妻はまるで、信号が変わっても車の流れはそのために止まってくれるはずだと信じているかのようだ。まるで、たとえ車が押し寄せてこようと、自分の主張を通すことには轢かれるだけの価値があると言わんばかりだ。

ここで我々は追いつき、ここで我々は——女はにっこり笑って男と腕を組み、無事彼に道を渡らせてやる——妻は妻ではなく、夫は夫ではないと確信する。

4　二人はどういう関係かというと、今やはっきりしたように思えるのだが、彼氏と彼女だ。そしてあの彼女のほうは、さらによく見てみると、猫のような目でそばかすのある、ボスニア人らしい。彼女の隣に立っている十歳くらい年上の手に負えない縮れっ毛のもう片方——彼氏のほうだ——は、見たところただの小柄なユダヤ人だ。そしてその顔は、ああなんだ、その小柄なユダヤ人は僕じゃないか。

5　二人の歩き方やしゃべり方、肩がぶつかりあったり、角へ来るたびに彼が彼女の腰に手を当てたり離したりする様子のせいで、違う種類の親密さだと思い込んでしまうのだ。そこに気楽さ——ある種の安全性と呼んでもいい——が感じられるせいで、夫婦だと思ってしまう。遠くからだと、別物に見えたのだ。

6　二人が――つまり彼女と僕が――カナル・ストリートの真ん中で決着をつけた議論は、簡単に言うとこんな感じだ。僕は真剣に、そして途方にくれて、「だけど、もし君がアメリカ人で、家族の歴史なんてもんがぜんぜんなくて、子供時代のいちばん鮮明な記憶といったらホームドラマのあらすじくらいで、夢でさえ、つなぎ合わせてみたら眠っているあいだ耳のなかで流れていた映画の断片だったりしたら、どうすればいい？」
「だったら」と娘は答える。「それがあなたの語る物語なのよ」

7　彼女の家系図は、革のカバーが手袋みたいに柔らかくなるまで使い古された聖書の見返しに書き込まれている。彼女は自分の母親が育った家で育ち、そして母親の母親もその家で育っていて、信じるか信じないかはべつとして彼女の曾祖母もその家で生まれたということだ。想像してみてほしい。彼女の周囲の古びた写真の数々は、ずっとそこの壁の上で年を重ねてきたものだったのだ。
件のボスニア人が両親とともにアメリカに来るとき、彼らは聖書は持ってきたが、写真は、その写真に写っているまだ生きていた縁者とともに後に残してきたのだった。

8　僕たちはまだ通りで、失われた僕の家族の歴史のことで言い争っていて、僕はこの祖母の服で作ったキルトにくるまれていた娘にいつも言うことを言う。「へえ、あのさ、僕のおじはフランツ・フェルディナントを撃って第一次世界大戦を勃発させて、それからね、白いハイソックスを履いてバドミントンをしている僕の母親の肖像画を描くためにバルテュス伯爵がサラエボへやってきたんだぞ」これに対しては、いつも腕にパンチが一発、そして仲直りのキス。でも今回は、僕は本当の答えも欲しいんだ。

9 「あなたは自分の持ってる話を語ればいいのよ、できるだけうまくね」

「たとえそれがショッピングモールへ行く話でも？　ベーグル・ドッグやコーシャ・ピザを食べる話でも？」

「そうよ」と彼女。

「本気じゃないよね」

「本気じゃないわよ」と彼女は答える。「あなたはそんなのよりもっといい話を見つけられるわ」そして、僕を見つめながら不満げに「本当に何も知らないなんてことあるわけないでしょ！　あなたのお母さんのこと話してよ。今すぐ何かひとつ話をしてよ」

「僕が母方の一族について知ってることはどれも、完全な話にさえなりそうもないんだ」そして、彼女は僕のことがじゅうぶんわかっているので、僕のあの子はちゃんとわかってるから、この言葉は本当なんだとわかってくれる。

10 あのボスニア人、僕のビーン――じつはね、僕は彼女をこう呼んでいる――彼女は僕に自信を持たせてくれる。そんなことできっこないよ、と言いながらも、マメコガネのことや階段の吹き抜けの死体のこと、片目がガラスだった兵隊のことを僕は話し始める。「ほらね」と彼女。「つぎからつぎへと話が出てくるじゃない。語るべき歴史がどっさりと」

11 僕の母親の父親には弟が二人いて、どちらもずっとまえに死んでいた。祖父は僕にどちらの弟の話も一切してくれなかった。代わりにこんな話をしてくれた。「禁酒法の時代には、なんでも飲んだもんだ。バニラ。アップルジャック。バージニアにいたときには、森のなかに隠された製造所へ行っては密造酒を買った。いつもまずマッチを近づけるんだ。白い炎が出たらだいじょうぶ。青い炎だったら、それはメタノールだ。青い炎で燃えるのを飲むと、目をやられる」

12 アップルジャックというのはリンゴ酒だ。祖父は僕に作り方を教えてくれた。絞りたてのサイダー(果汁《リンゴ》)を用意し、広口瓶に入れて砂糖の代わりにレーズンを一房放り込む。時間が経つにつれてレーズンがまるまると膨らんでくるのを眺めながら、発酵させる。それから瓶をフリーザーに入れて待つ。アルコールの凝固点は水より低い。氷ができたら瓶を取り出し、氷をすくい取り(あるいは液体を注ぎ出し)、そして凍っていないものがすなわちアルコール――簡単なことだ。ある年の感謝祭のとき、こんな郊外住宅地でさえ急にどっとサイダーが出回る時期に、僕もやってみたことがある。僕はレーズンを投げ込んだ。じっくり待って凍らせてすくい取って、そして飲んだ。酔っ払ったとは思えない。べつにどうということもなかった。だが、目をやられることもなかった。

13　もし子供時代の僕の頭に入り込んで子供時代の僕の目から外を見たら、ユダヤ人の世界に囲まれているのが見えることだろう。親たちも子供たちも地域住民も先生も——皆ユダヤ人で、皆まったく同じように信心深い。今度は、通りの反対側のカトリックの女の子の家を見てみよう。そしてその隣の、改革派ユダヤ人の住む家を。さて、何が見えるかな？　ぼやけてる？　何もない空間？　何も目に映らないのなら、何も見えないというのが答えなら、ならば君も、僕が見ていたものを見てるんだ。

14　今では僕はかんぜんに信仰から離れているので、小さな姪は僕のことを——彼女の叔父さんのことを——あの旧弊な目で見る。姪は僕の兄にかわいらしく訊ねる。「ネイサン叔父さんはユダヤ人なの？」そうだよ、が答えだ。ネイサン叔父さんはユダヤ人だ。叔父さんはいわゆる背教者ってやつなんだ。叔父さんはおまえに危害はくわえないよ。

15　僕の曾祖父はかんぜんに信仰を捨ててしまった。そして祖父は僕になぜ曾祖父がそうしたのかわけを話してくれた。ちなみに、これは真実だ。フィクションが真実よりもより真実であるというような具合に真実なのではない。両方の領域において真実なのだ。

16　祖父が聞かせてくれた話というのはこうだ。祖父の父親と二人の少年がロシアの彼らの村で、一軒の家の屋根に上った。少年のひとり——僕の曾祖父ではない——が小便をしたくなり、その屋根から放尿した。少年が見ていなかった下のほうでは、ちょうどラビが通りかかっていた。

　物語と同じく、流れというものはすべて弧を描いてどこかへ落ちていく。少年の小便はラビの帽子にかかった。三人の子供たちは、任命された一団の前へと引き出された。少年たちは三人全員、したたかに容赦なく殴られた。与えられたその罰は曾祖父には我慢できない不当なものだった。彼はロシア語で、イディッシュで、彼なりの言い方で、思った。何もかもクソくらえ、もうたくさんだ。

17　この話をするまでは、僕が知っていたのはうちの家はグビーニアの出だということだけだった。僕の一家はそこからやってきたのだ。ところがロシア語もちょっとできる僕の愛しいボスニア人に話すと、彼女は首を振って、もしかしたら僕の知っていることはすべて、じつはじゅうぶんなものではないんじゃないかといわんばかりの悲しげな顔つきになる。「グビーニアっていうのは『州』って意味でしかないのよ」と彼女は言う。「郡みたいな感じ。グビーニアで生まれたって言うのは、州で生まれたって言うようなものね。ニューヨーク州で、とかワシントン州で、みたいに。そこの出身だっていうことはどこの出身でもあるわけだわ」
「あるいはどこの出身でもない」と僕は言う。

18　僕が母親にべつの側の系統について、僕の祖母の側のことについて訊ねているときに、母が言う。「あのね、おばあちゃんのおばあちゃんが、つまり（そしてここでやや遠くを見つめて指で数える）、わたしの母親の母親の母親がユーゴスラビアからボストンにやってきたときのことなんだけど――」で、僕は母を遮る。三十七歳にもなって、これを書きながら初めて僕は、自分の曾曾祖母が――自分の身内が――ユーゴスラビアから来たことを知ったのだ。いったいなんだってこれまで話に出なかったのだろう？　僕はびっくり仰天し、かのボスニア人に電話をかけてこう言いたくなる。「やあ、お隣さん、僕だよ、ネイサンだ。ちょっと聞いてよ」だが彼女はそんな情報を聞かせようと電話する相手じゃない――もうそうじゃないんだ。物事の移ろいは早い。永遠に隠しておける真実もあるが、しまいにそれと向き合ってみると、しまいに目を向けると……つまりその、僕とあのボスニア人は、もう終わったんだ。

19　ユーゴスラビアについては、あの情報については、母は隠されてきた物語のことで僕に同情したりはしない。母は言う。「何も文句言うようなことじゃないでしょ。知らなかったってことじゃ、わたしのほうがもっとひどかったんだから」母の叔父、僕の祖父の弟は、八歳のときに脳腫瘍で死んだ。打つ手がなかったのだ。脳腫瘍は三人兄弟のいちばん下の子の命を奪った。祖父はそのとき十二で、真ん中の弟は十、脳腫瘍で死んだ弟は八つだった。そして母は僕が生まれてこの方、頭痛を起こすと毎回心配した。僕が子供だったころ、どんなちょっとした痙攣でも発熱でも心配した。病気の発症を、幼い男の子の脳を蝕む病気を、待ち構えていたのだ。

20　そして二〇〇四年――「あの春」、と母は言う――母は「いとこのジャック」に新しい股関節、新しい肩、新しい弁膜が必要だというのでボストンへ車を走らせる。「いとこのジャック」が交換部品を装着してもらうというので、ボストンへ車で向かう。そこで彼女はジャックから違う話を、自分がそれまでずっと思っていたのとは違う話を聞かされるのだ。わずか十二歳だった僕の祖父がいちばん下の弟アブナーとコモンウェルス通りを渡っていたとき、丘を越えて車がやってきて祖父をかすめた。小さなアブナーは祖父の手からもぎ離されて倒れた。アブナーは起き上がった。アブナーは、右手以外はなんともないように見えた。右手の深い切り傷は、運転手がもっとよく確かめていれば大変だと思ったかもしれない。だが車から降りた運転手は、小さなユダヤ人の男の子がべつになんともなさそうなのを見ると、車で立ち去ってしまったのだ。

21　僕の祖父は弟を家へ連れて帰った。曾祖母のリリー（祖父の母）は愕然として叫んだ。「車だって？　事故？　この傷を見てごらんよ」曾祖母は傷をきれいにした。傷に包帯を巻いた。それからいちばん下の息子を寝かせた。曾祖母は傷をきれいにして包帯を巻いたが、医者は呼ばなかった。僕の曾祖父も医者を呼ばなかった。快方に向かっていたことだろう。熱が出てからでも、腕に鮮やかな赤い線が、腫れた静脈が走ってからでも、快方に向かっていたことだろう。男の子は回復していただろうに、そうはならず、つまり僕の祖父のいちばん下の弟はただの手の切り傷で命を落としたのだ。リリーは立ち直れなかった。彼女の夫も立ち直れなかった。僕の祖父も立ち直れなかった。だがある意味では、彼らは立ち直った。外面では立ち直ったのだから。それが脳腫瘍に変わったのだから。それは明らかに神のご意思であるものに、明らかに止めようがないものに変わったのだ。ぷっぷっぷっと三回唾を吐く（厄除けのおまじない）しか手の施しようがない病に。

22　二人の兄弟が残った。それから、十年かそこらののちに世界大戦があった。僕の祖父は法律上盲目だったので戦場へ送られる可能性はなかった。徴兵はされたが、事務仕事に就いた。

23　祖父の同僚は片目がガラスの兵士だった。夜になると、この兵士はさんざん飲み、そして、皆が自分と同じくらい酔っ払ったところで、いつものガラスの義眼を外すと、虹彩の代わりに赤い渦のなかにもうひとつ赤い渦がある――標的みたいに――やつを入れるのだ。笑いを取るためのちょっとしたいたずらだった。事情を知らない新参者に一杯飲みすぎたかと思わせるための。すでに飲みすぎているのだが。

24　祖父の弟は戦争で死んだ。祖父の弟は戦死したのだ。今までのところ、そういうことになっている。

25　僕のお気に入りの一族の逸話は血縁から聞いたものではない。それは僕の祖母の父親であるポールの話で、シオ（「いとこのマーゴ」と結婚し、続く三十年のあいだ祖父の親友だった）を経由して知ったものだ。切っても切れない仲だった。あの二人は切っても切れない仲だった。

26　「おまえの曾祖父のポールはな、雄牛並みの首だった。首周りが一八か、一九インチもあるんだ。あの男はタフな、大した野郎だった」シオはこの話を僕たちが祖父を埋葬した日に話してくれる。僕たちは墓地の近くのレストランの外にいる。皆はもうなかに入っている。シオと僕は駐車場に立っている。シオは寒いので足踏みしている。「ある日、仕事のあとで、俺とおまえのじいさんとポールとで鉄道で働く連中の行くバーへ寄った。俺たち三人がバーで腰を下ろしていると、おまえのひいじいさんのすぐ隣りの男がポールのほうを向いて言うんだ。『この店で何が困るか知ってるか？』おまえのひいじいさんはその男を値踏みする目で見る。『何が困るんだ？』とひいじいさんは訊ねる。『教えてもらおうじゃないか』するとその男が答える。『ユダヤ人が多過ぎる』とね。おまえのひいじいさんは飲んでたやつを置く。いいか、まだ座ったままなんだぞ。まだ前を向いてバーのスツールに腰掛けてるんだ。ひいじいさんはろくに見もしないで拳を固めると、そいつにガツンと食らわせるんだ——横向きに——そいつの顎をまともに殴りつけるんだ。座ったままでだぞ！　それからおまえのひいじいさんは何でもないみたいに自分の飲み物を手にとって、ぐいっと飲む。素早く一発、それで男をのしちまったんだ」シオは思い出しながら首を振る。「あのマヌケ、スツールからトウモロコシの袋みたいに転がり落ちやがった」

27　そして僕にはこの話は手に負えない。あまりにいい話なんだ。「あなたはどうしたんですか？」と僕は訊ねる。「どうなったんですか？」シオは笑っている。「どうしたと思う？」とシオ。

「俺は『ここからずらかろうぜ』って言ったんだ。で、俺とおまえのじいさんとでポールをひっつかんでそのバーからとっとと出ていったのさ」

28　だけど僕は自分の家族の歴史にどんな貢献ができるんだろう？　僕はどんな物語をこの目で見てきたんだろう？　僕は朝ごはんの話ができる。僕の祖父は料理の腕が素晴らしかった。なかでも最高なのが朝ごはんだった。熱々のコーヒーにかりっと焦がしたタマゴに黒焦げのベーコン。ベーコンは、信心深い我が家では食べなかった——でもそのにおいに僕たちの口中にはよだれが溜まった。祖父母の家に泊まると（両親と兄と僕とで）、目が覚めると家のなかには焦げたベーコンの煙が充満している。その煙はマンガみたいに指を丸くした形になって、僕たちをベッドから起き上がらせ、呼び集めるのだった。

29　破局を迎える直前のこと、ビーンと僕はポーランド人の店の一軒でチョコレートを買おうとグリーンポイントへ歩く。ウクライナ人の食料品店を通りすぎると、ビーンは自分のなかのウクライナの血を呼び覚まされる。彼女は僕に肉屋だった大おじさんの話をしてくれる。足を滑らせて豚の腿肉を煮ている大桶のなかへ落っこちたのだ。彼は即死し、八人の子供たちがあとに残された。「君のは、ひどい話でさえいいなあ」と僕は言う。「すごくひどい話よね」と彼女も認める。それから僕はちょっと考えて付け加える。「いちばんユダヤ人らしくない死に方かもしれないね」「そうね」と彼女は答える。「ユダヤ人の伝統的レシピではないわね」そしてさまざまなポーランド人の店を見回しながら僕は同意する。「伝統的といえば、そう、そのとおりだ。ユダヤ人はオーブンに入る。異教徒は火あぶりになる。そしてウクライナ人のおじさんは……」「茹でられる」と彼女。「生きたまま茹でられる」

30 シオは僕にこんな話をしてくれる。三歳のとき彼はファーロッカウェイにある一家の小さなバンガローでひとりにされた。「まだ建ってるんだよ」と彼は言う。「ほとんどぜんぶ取り壊されたんだが、あれはまだ建ってるんだ」両親の寝室で、彼は父親の枕の下に弾を込めた銃を見つけた。シオは銃を手にとった。窓に、時計に狙いを定め、それから一家の飼い犬に、ベッドの隣で寝ていたかわいいお馬鹿なビーグルの老犬に狙いをつけた。彼は引き金を引いた。シオはその犬の垂れ下がった耳を撃ち抜いた。弾は床にめり込んだ。「犬を殺しちゃったの?」と僕は訊ねた。「いや、いや、犬はぴんぴんしてたさ——耳に完全に丸い穴が開いた以外はぴんぴんしてた」サミー(その犬)はただ悲しげな白濁した目を開けてシオを見ただけで、また眠ってしまった。

31 シオがその話をするあいだ、「いとこのジャック」が僕といっしょに立っている。ジャックは話を信じない。「反動はどうなるんだ?」と彼は言う。「あんたはたったの三歳だった。部屋を横切って吹っ飛ばされてるはずだ。今でもまだケツにドアノブがめりこんでるようなことになってるんじゃないか」
「二二口径だ」とシオは答える。「それほどの反動はないはずだ。二二口径のピストルならノミだってひっくり返らなくてすむ」

「それにしたって」とジャック。「小さな男の子がねえ。とても信じられないね」

「俺にはちゃんと扱えたんだと思う」シオはそう言って、目をそらす。そして僕にとっては、その顔には誠実さ以外のものは浮かんでいない。「俺はちゃんと扱えたんだ」とシオは言う。「あの撃ったときの感触をまだ覚えているんだからな」

32 「あの撃ったときの感触」のせいだ。「あの撃ったときの感触」がジャックのべつの六十年を開く。というのは、やぶからぼうに、また話し始めているのだ、秘密を守らないジャックは――というか、半世紀のあいだ守っておいて、いきなり真実を明らかにする。「最悪だ」とジャックは言う。「最悪の電話だった。まだ覚えてるよ。俺が電話をとったんだ」

33 「何の電話?」と僕は訊ねる。「どんな電話? 何が最悪なの?」物事をしかるべき位置に並べるためのどんな歴史でもいいから知りたくて、せき立てる。僕の意気込みや慌てぶりが、きっともうすでにこの話を遠ざけてしまったに違いない。きっとアブナーのことだ、あの死んでしまう小さな男の子のことだ。

「おまえのじいさんの弟についての電話だ」

「アブナーのこと?」と僕は訊ねる。なにしろ口を閉じておけない、待ちきれないんだ。

「いや」と彼は答える。「ベニーのことだ。ベニーが死んだことを俺に知らせようとおまえのじいさんがかけてきたんだ」
34　マーゴが今そこに立って腕をシオの腕に絡め、顔には強い関心を浮かべている。「ベニーが戦争で死んだっていう電話をもらったの？」
「そうだ」とジャックは答える。それから、「いや違う」

「電話はもらわなかったの？」と彼女。

「もらった。電話はかかってきた。だけど戦争じゃなかったんだ」

「あの人は戦争で死んだのよ」とマーゴは言う。「オランダで」

「あいつはオランダに埋葬されたんだ」とジャック。「そこで死んだわけじゃない。それに、戦争で死んだんじゃないんだ。そのあとのことだ」

「あと」

「戦いのあとだ。戦争が終わったあと。警備勤務に就いていたときに銃が暴発したんだ」

「あなたはいつも言ってたじゃない」マーゴが信じられないという顔で言う。「皆いつも言ってたじゃない。『戦争中にオランダで死んだ』って」
35　ジャックは僕の肩に手を置き、マーゴの言うことを聞きながら僕に話しかける。「『警備勤務』だ、とあの日おまえのじいさんは俺に言ったんだ。『事故』だってな。それから、数ヶ月経って、二人で俺の車庫にいたときのことだ——俺ははっきり覚えてるよ。俺はキャブレターを持ってた、するとあいつがそれを取って、それが腎臓かなんかみたいに見つめながら片手で重さを確かめるみたいにするんだ。『トラックだった』とあいつは言う。『ベニーは警備勤務を終えて、後ろで寝てた。何かが揺れて、何かが発射され、そしてベニーは頭を撃ち抜かれた』」

シオが言う。「百万に一つだぞ、そんな事故は。これまでずっと銃のあるところで暮らしてきたけどな」

「あれは」とジャック。「百万に一つだ。もっと稀なことかもしれん」

36　僕が考えていること――といっても恐らくそれは、僕の頭がそんなふうに働く、たぶん、僕のシナプスがそんなふうに興奮する、というだけのことかもしれないが――でも、このパット・ティルマン（アメリカのフットボール選手。同時多発テロ後志願して入隊、アフガニスタンに派遣されるが友軍の誤射で死亡。当初死亡経緯が隠され、テロとの戦いにおける英雄扱いとされた）や「イラクの泥沼」の世界で、どうもこの響きは好きになれない、と僕は考えている。そして、もしかしたら僕は本当に誇大妄想的になっているのかもしれないけれど。さっき言ったように、これは六十年後のことだ。それがすでに滑稽だということや、もうすでに怪我した手が脳腫瘍になっているということは、僕は考えない。するとジャックが言う。「どうも響きが気に入らなくてなあ。あの話はなんか腑に落ちないんだ」

37　マーゴが言う。「あなたのおじいさんがどうして一度もお墓参りに行かなかったのかわからないわ」

40　僕がどう感じたか知りたい？　僕が泣いたかどうか知りたい？　僕の一族のあいだではそういうことは口にしない――ここまでのことさえ口にしない。僕はすでにやりすぎている。そしてそのてっぺんに男であることをのっける。うちの一族の規範たる秘密主義や閉鎖性を男らしさと混ぜ合わせてしまう。それはべつの種類の慎重さ、べつのタイプの心の距離を生み出し、おかげで僕のボスニア人には、内側では本当はどんなことになっているのか、さっぱりわからなかったのだ。

41　これは八四年か八五年にブリッジクラブで起こったことだ。僕の祖父母は「いとこのシオ」とジョー・ゴーバックを相手にプレイしている（マーゴはトランプはやらない）。ちょうどジョー老人がダミー（デクレアラーのパートナーでプレイが始まると自分の手札を卓上に開いてパートナーにプレイを任せる）になる番だったときに、彼は突然倒れて死ぬ。クラブの全員が救急隊と車輪付き担架の到着を待ち、その後プレイヤーたちはプレイを続ける――ひとり欠けた僕の祖父母のテーブルを除いては皆。

　一同はディレクターが現われるのを待つ。指示を待つ。

　するとシオが祖父母の方を見て、並べてあるパートナーのカードを見て、それから死んだ男の半分しか食べていないツナサンドを見る。シオは手つかずの半分のほうへ手を伸ばす。彼はそれを取って食べる。「なんてことを、シオ」というのが僕の祖父の言葉だ。するとシオが答える。

「こいつはもうジョーには何の役にも立ちそうにないからな」

「それにしたって、シオ。死んだ男のサンドイッチだぞ」

「誰もあんたに食べろとは言わないよ」とシオ。「遠慮なくじっと座っててくれ、なんならフライドポテトをつまんでもいいぞ」

42　僕の祖父は迷信深いほうではなかった。だがあのサンドイッチの半分がシオにもたらしたのだと祖父は確信している——呪いを。シオがパイ・プレートの横の丘のてっぺんに車を停めてサイドブレーキをかけておくのを忘れると、祖父はそれを口にする。レストランへと下りていきながらシオが振り返ると、自分の車が揺れ、そして動き始めるのが目に入るのだ。生まれてからあれほど速く走ったことはないと彼はいまだに主張する。シオは自分のボルボに轢かれる。背中が折れるのだが、現在の彼を見てもそうとは気づかないだろう。

43　僕のソファは九二インチだ。深緑色で三人がけ。数百キロの耐荷重。だがそういうことが僕の購入理由なのではない。僕があれを購入したのは、映画を見ながらいちゃつくときとか、互いの足を枕にランプをふたつ灯して二人で本を読むときに長々と寝そべると、まさに僕にもぴったりだしもうひとりにもぴったり——彼女にぴったり——だからだ。

44　彼女は去った。彼女は去り、僕が生きてこれを書いていることに彼女は驚くだろう——彼女も、そして僕を知る誰もが、僕が生き延びるとは思わなかったのだ。僕は一分だってひとりじゃいられないし。一秒の沈黙にも対処できないし。一瞬の平穏さにも。息をするのに、僕は横に肺がもう一対要るし。そして、何か感じるには？　感情を抱くには？　僕の一族の誰も感情を見せない。愛は、ある。ああ、僕たちは結局のところユダヤ人なのだから。愛も賞賛もたっぷりと、キスもハグもたっぷりとある。だけどつまり、僕たちの誰も、僕の血縁の誰も、座って現実と向き合うことは、パートナーなしでひとりソファに座って真実について考え、真実を感じることはできないんだ。僕には確かにできない。そして僕にはできないと彼女はわかっていた。だからこそ終わってしまったのだ。

45　終わってしまったのは、べつの人間がお前に、彼らと、とりわけ彼女といっしょにいたいと思ってほしい——ひとりになるのが怖いからじゃなく——と望んだからだ。

46　僕の祖母は生涯でひとつしか仕事を持たなかった。祖母は祖父から求婚されるまえに一ヶ月間家具屋の簿記係をしていたのだ。店の経営者が最初に求婚した。祖母は経営者の申し込みを断った。

47　祖母にはべつの仕事があった。それが祖母の仕事だと僕は思っていて、なぜそれをここに書くかというと、自分の書くどの物語にもこのシーンを入れるからだ。どの設定にもこれを入れ、どの登場人物にもこれを付与する。僕が描くどの生活にも加えては、削除する——僕にとってのこの意味しかないので——ひとこまなのだ。これは僕の祖母と祖母のミスター・リンカーンという種類のバラに起因していて、祖母は庭でマメコガネを取っていた。祖母は葉っぱからマメコガネを摘んでは密閉ガラス瓶に入れて殺していた。僕は祖母の手伝いをした。そして僕はマメコガネ一匹につき一セントもらっていたのだが、それは祖母によると、マメコガネ一匹につき一セントを祖母が祖父からもらえるからなのだった。僕は大人になるまで、これが祖母の仕事なのだと信じていた。バラを育てるシーズンのあいだ、マメコガネ一匹につき一セント、というのが。

48　トウモロコシの袋と僕が大人になった気がしたときの話。祖父と僕は車で農産物直売所へ行く。開いているのだが、人がいない。金がいっぱい入ったコーヒーの缶があって、その上に「セルフサービス」という看板がある。客が自分で重さを量って自分で金を置き、必要ならば釣り銭を取る。人手不足のときには経営者はこうするのだ。僕たちはトウモロコシを買いに来ていて、残りは少ない。するとちょうどそこへ経営者の女性がトラックを乗り付ける。彼女は降りて挨拶をし、後ろあおりを下ろす。そして勤勉な人間らしく一分も経たないうちに南京袋を引きずり出している。祖父が僕に言う。「ほら行け。手伝え」

49　僕はトラックの荷台に飛び上がり、トウモロコシの袋を投げ下ろす。まさに能力ある若い男のすることだ——僕にはとうてい縁のないことだっただろう。だが僕はためらわない。僕は彼女といっしょにすべて空にし、ゆったりと、強くなった気分だ。

50 袋に詰まっているのはシルバー・クイーンとバター&シュガー、世界一甘いトウモロコシだ。好きなだけ取ってくれと彼女は言うが、僕の祖父はそんなものは受け取らない。僕たちは紙袋にあふれるほど詰めて、金を払う。祖父母の家で、僕は裏の階段でトウモロコシの皮をむく。空っぽのマメコガネの瓶が横の茂みのなかに押し込まれていて、トランジスタラジオから流れる音楽がポーチの網戸越しに聞こえてくる。そして——郊外住宅地育ちの男の子、ユダヤ人の男の子である——僕は、自分がこれほどの存在意義を持ったことはなかった気が、これほどアメリカの男だという気分になったことはなかった気がする。

51 僕の愛する女性、あのボスニア人は、ユダヤ人ではない。僕が彼女とともに過ごした年月のあいだずっと、僕の一族にとって、彼女はまるで存在しないかのようだ。僕の一族は今ではそれがとてもうまくなっている。僕の一族は熟練している。改ざんしたり忘れ去ったりまったくなかったことにできるのは、過去だけじゃない。今やリアルタイムだって同じなのだ。この流れも。現在もまた取り消し可能なのだ。

52 そして僕は相変わらず彼女を愛している。**愛してるよ、ビーン(そして今でさえ、僕はそう率直に言うことができない。もう一度言わせてくれ。**愛してるよ、ビーン。**ほら、言ったぞ)。**僕はこれをこの僕たちの現代のYouTubeやiTunesやプラグイン生活のただ中で、とある短編の真ん中に置く。今この場で彼女に告白するようなものだ。誰も見ていない、誰も聴いていない。隠れるにははっきり姿を見せているのがいちばんなのだ。

53　感謝祭の日、まさにこの日になって、僕は屋根裏で舟形のグレイビー入れを探している。僕はグレイビー入れを見つけ、それに僕の空手のユニフォーム（茶色の縞に緑の帯）と「化粧台」と記した靴の箱も。蓋を開けて、ああと思う。これは僕の祖父の丈の高い整理ダンス――選別され、圧縮された人生――の名残だ。なかには、子供の描いた絵が折りたたまれて入っている。椅子に座った男の絵だ。帽子をかぶって、腕が二本に脚が二本――だが、脚は片方がまっすぐ横に突き出ていて、まるで男が脚で敬礼しようとしているみたいだ。脚の角度はむちゃくちゃで、あり得ない。これは僕の母が描いたものだ。母は長いあいだこれを目にしていない。あの箱に詰めたのを覚えていない。

54　絵はひいおじいちゃんのポールを描いたものだ。「列車にはねられたの」と母は言う。そして早くも――愛情あふれる少しも怒ったりしないユダヤ人の息子流にではあるが、僕は完全に逆上する。母は僕がこの物語を書いているのを知っている、僕が何もかも知りたがっているのを知っている。それがこうして、ひいおじいちゃんのポールが、一生鉄道で働いたあげくに列車によって命を落とした、だと。僕には信じられない――母が信じられない。

「あら、違う、違う」と母は言う。「死んでないわよ、死ぬもんですか。十八だったのよ、あの事故のときは。ちゃんと命は助かったの。ただ、片脚がねえ。そっちの脚は二度と曲げられなかったの」

55 僕は初めてビーンの住居に連れていってもらう。僕たちはウィリアムズバーグの川へと歩く。僕たちは工場街の老朽化した工場の横に立って、水面のむこうに低く垂れこめるマンハッタンを、完全に丸い、最高の明るさになっている都会の月を見つめる。

56 ビーンは鍵を取り出す。金属製のドアの向こう側は、かつてのビジネスの痕跡はなにもない工場の床だ。洞窟のような空間は今ではたくさんの部屋、べつべつの構造物の集合体で、箱の内側に芽生えたスラム街のようだ。「わたしにはたくさんルームメートがいるのよ」と彼女は言う。それから「わたし、建て終わったところなの。皆に手伝ってもらって昨日の夜天井をのっけたのよ」。奥のほうの、自転車部品の山の裏に、小さな部屋がひとかたまりになっていて梯子があり(僕たちはそれを上る)、いちばん上の立方体のようなものに通じている。彼女は拾ってきたさまざまな形とサイズの枠を組み合わせて、四方の窓壁と頭上のごつごつしたはりが見える窓天井にしたのだ。奇跡の部屋、完成したパズルだ。「今度はカーテンが要るわねえ」僕たちが彼女のベッドに座ると彼女はそう言う。そして僕は、「君は窓でできた家に住んでるんだもんね、だけど」――そして僕は身振りで示す――「外は見えないじゃないか」。彼女は納得して、僕の手を取る。

57 僕は一度だけ祖父に向かって彼のことを口にしたことがある。大学から訪ねていって、ウィスキーを飲みながらジンラミー（トランプのゲーム）をやっているときに。僕はその存在を知ったばかりだった祖父の死んだ弟ベニー——軍隊にいた弟——のことに触れる。僕は学校でただひとり第一次湾岸戦争——いいほう——に召集されたやつについて、何か下手なことを言う。弟というものについて、僕自身弟であることについて僕は何か言う。

58　祖父はカードを一枚取り、自分の持ち札を整える——組み合わせを作る。「しばらくのあいだ、俺たちはビルを持っていた。二階建てだ。俺たちは一階のデリカテッセンと二階の小さな貸間二つの大家だった。何度か」と祖父は話す。「俺は死体を見つけた。出勤まえにあれこれ確認しに行って、そして死体を見つけるんだ。一度は階段の吹き抜けに、べつのときは路地に転がってて、まだ帽子をかぶってた。どっちも痴情沙汰ではない。落とし前をつけられたんだな、殺されたんだ」祖父は手持ちの札をテーブルに伏せて置く。僕はそのカードの裏面を眺める。「ジン（余ったカードがないときのプレイ終了）」と祖父は言う。そしてポーチに出ていってタバコを吸う。

59　僕はそれを手に入れるために情報公開法を使う。僕の一族にはそんな法律はないが、政府は、政府はいなくなった弟に関することを教えてくれる。政府は、訊ねれば秘密を教えてくれることもあるのだ。

60　僕が必要としているときに、僕のビーンはどこにいるんだ？　自分ひとりじゃ向き合えない感情を抱えているときに、ビーンはどこにいるんだ？　べつにそれを話したいわけじゃない。まったく正反対だ——昔ながらの僕が顔を出す。僕がしたいのは彼女に対して顔面蒼白になって何も言わないでいることだ。不安になって、彼女に頼みたいんだ——誰かが来てくれるというなら——ベッドの下にいる僕を見つけに来てくれって。

そのとき彼女がどこにいるかと言えば、テーブルの上で踊りに行ってる。僕の頭に浮かぶ情景はそれだ。そして僕たちが話をする稀な機会には、それが僕たちのいつものジョークだ。僕は言う。「君は何をしているんだろうと思うときはいつでも、テーブルの上で踊りに行ってる君の姿が浮かぶんだ」「そのとおり」と彼女。「それがわたしよ。毎晩踊りに行くの」

61　手紙は本物だ——どちらの領域でも本物だ。政府からの封筒、書類の包み、不揃いにタイプされた用紙、色あせたコピー、かいつまんだ説明のための大きな空欄。なかには、祖父の手書きの手紙が入っている。優雅で、知的で、自信にあふれた（だがうぬぼれてはいない）筆蹟だ。政府に宛てた礼儀正しい手紙で、きちんとしたシミひとつない手紙だ。祖父は母親の代理として母親の息子——戦争（のあと）で死んだ祖父の弟——のことで手紙を書いている。彼らは用紙に必要事項を書き込んだのだが、いまだ受け取っていないのだ——いつ受け取れるのだろうかと祖父は書いていた——死んだ弟の所持品を。

彼の私物。

ベニーの現世での私物。

62　ここにこうしてフィクション化された僕が、祖父の手書きの手紙を持ってソファに座っている。僕は泣いている。これまで祖父の手書きを見たことがあるのかどうかわからない。母に電話をかけて僕が何を手にしているか話そうかと思う。兄か、なんなら「いとこのジャック」に電話しようかと思う。でも本当は誰よりもあの失った愛しい人に電話することを考えている——あの失った恋人に。いっしょにいてくれたらいいのにと僕が思っているのは、彼女なのだから。今このとき僕がこの話をしたいのは、彼女なのだから。そして、自分が本当に悲しくて——不安なわけでも失望しているわけでも不満なわけでも混乱しているわけでもなく——泣いていることに、それが真実で、そしてあまりに悲しいから泣いていることに気付いて、そしてそれがこれまで抱いたことがないほど純粋な感情なのだと悟って、なおさらそう思っている。こういうことを、彼女に話したいのだ。僕が純粋な感情を感じているのだということを。たぶん僕にとって初めての本物の感情を。そしてこのことが——認めよう——僕は誇らしい。

63　祖父のことを思うと悲しい。もう十年になる。祖父の母親が死んでから四十年、祖父の弟はこの世を去って六十年になる。僕はソファでひとりぼっち、そして泣いている。あの手紙の純粋さ、わかりやすさのせいだ。最後の弟が死に、その弟の所有物を請求しているのだ。

キャンプ・サンダウン

Camp Sundown

「ラビ・ヒメルマンとどうしても話さなくちゃならないの」

こう言っているのはアグネス・ブラウン、七十六歳で、食堂のジョシュの椅子の後ろに立ってジョシュの後頭部にむかってしゃべっている。

ジョシュは彼女のほうを向く。彼女はひとりではない。彼女はけっしてひとりでいることはない——七十八歳のアーニー・レヴィンが彼女の横にいる。「お二人ともご存知でしょう」とジョシュは答える。「ラビ・ヒメルマンはいません。責任者は僕です——夏じゅうずっと僕が責任者なんです」

「あんたは責任者としては若すぎる」と彼女を擁護するアーニーが言う。

「そしてあなたはねえ、アーニー、キャンプに来るには歳をとりすぎている」

「ここはエルダーホステル（高齢者向け生涯教育プログラムのひとつ）でしょ」とアグネス。

「水泳講習はありますか？」

「ええ、あたしたち」とアグネスが答える。「湖で水泳教室を受講できるわよ」

「水泳講習があるところはすべて」ジョシュはきっぱりと言う。「キャンプです」

ジョシュはアグネスの眼差しを受け止め、自分は座ってむこうは立っているのではあるが、まっすぐに見つめ合う。彼女はどんどん縮んでいるのだ、彼のアグネスは。毎夏、老人たちは、子供たちが大きく成長するようにどんどん小さくなっていく。この世の背の高さというものは限られていて、それぞれのインチは持ち主を変えていくに違いないとジョシュは思うようになっている。

彼がまた自分の昼食のほうに向き直ると、厨房の仕事をするためにポーランドから連れて来られた女の子たちのひとりによってちょうどそれが運び去られるのが目に映る。あのポーランド人の女の子たちはよく働く。そして適正な賃金を支払われている。とはいえ、こんな具合にアメリカを見る——あるいは見ない——だなんてあんまりじゃないか。あの若い娘たちが、歳が若すぎるかあるいは歳をとりすぎて自分で自分の面倒をみられないユダヤ人たちの世話をするためにフェリーでまっすぐバークシャー高原へ連れて来られるだなんて、とジョシュは思う。

ジョシュがこんな物思いを終えた頃には、彼の昼食もポーランド人の女の子も厨房へ消えている。彼はコーヒーのマグカップを手に取ると、それをぎゅっと握りしめる。あの二人がまだ背後に留まっているのが感じられる。

湖のこちら側のキャンプ参加者はいつもこんなふうなのだ。相当歳をとっている者もいる。皆動きがひどくのろい。かなり具合が悪い者もいる。にもかかわらず、ジョシュがどこへ行こうと、どれだけ速く、どれだけ遠くへ行こうと、彼らがすぐ後ろにいる気配がするのだ。

アーニーの強ばって染みだらけの手がジョシュの肩に置かれて軽く叩き、アグネスの声がする。

「ねえ坊や《ボイチック》」と彼女は言う。「青二才さん。ヒメルマンはどうしたの？ いつもあの人が面倒みてくれるのよ」

「どうしてそんなふうに言うんですか？」とジョシュは言う。

「どんなふうに？」

「『いつもあの人が面倒みてくれる』とか。過去五十五年のあいだニュージャージー州リヴィングストンにいたんじゃないみたいに言うとか。今は一九九九年、新たなミレニアムの幕開けじゃないみたいに言うとか。実際のところ、『ラビとどうしても話さなくちゃならないの』とかいうのは、いったいどういうことなんですか？」

「礼儀知らずな子ね！」と彼女は言う。「だけどあなたのは、いい礼儀知らずなのよね」この部分はアーニーに向けて言う。「こういうふうになると、感情的な人は礼儀知らずになるの、感情を抱くのが怖くてね」ここで彼女はまたジョシュに向き直ってウィンクする。「あたしの孫娘も礼儀知らずなのよ」

「あの完全菜食主義者？」とジョシュ。「四人の子持ちのカチカチの超正統派で完全菜食主義者の？」

「そうよ」とアグネスは答える。「なんならあの子に会ってみたらいいかも。あなたの場合、ハゲ頭だし」――ジョシュは手を上げてわずかに残った髪を撫でる――「それにこの仕事――惨めな仕事よね、そうでしょ？　あたしたちにとってはお楽しみだけど、あなたにとっては。だってねえ？　年に三ヶ月アライグマみたいなにおいのする合板の家で暮らすなんて……あなたには、素敵なバツイチ女性がいいんじゃないかしら。面会日に、散歩でもしてみたら、あなたたち二人で。唇を奪っちゃうの。あの子を先に歩かせておいて、あなたはみっしりした素敵なお尻の真ん中をじっと見つめて、結局のところ幅が広いってことは、無視しちゃえばどうかしら」

「『視野狭窄』、今じゃそう言うんだぞ」とアーニー。いつも「今じゃ」を付け足す、まるでほかの皆は過去に閉じ込められていて、自分だけが現在に繋がっているかのように。

「面会日」とジョシュはアーニーに指を一本立ててみせる。もうひとつの論拠だ。「アグネスの言ったことを聞きましたか？　『面会日に』って言ったでしょ。面会日があるのなら、それはキャンプです」

「このご婦人は」とアーニー。「ヒメルマンに会いたいと言ったんだぞ。あの人は俺たちのことを心配してくれた。タングルウッドじゃ、ヒメルマンはいつも俺たちに席を確保してくれた。それに虫除けスプレーを、いつもただで――あの人はポケットにひと缶入れてるんだ。必要だったらシュッ。ここで五度目の夏になるがね、最初のとき以来、二度とマラリアにはかかっていない」

「あなたはマラリアにはかかっていませんよ」とジョシュ。「ここじゃマラリアはありません。ライム病はありますけどね――だけどあなたはそれにもかかっていません。あなたはただ疲れただけです」

「ああ、あれはライム病だったんだ」と彼はアグネスに言う。「俺がかかったのはそれだ。危うく死ぬところだった、ここでね」それからジョシュに向かって。「いったいどうしてラビがいなくなるのか、あんたまだ説明してないじゃないか――」

「あなたには関係のないことだからですよ。問題が」とジョシュは答える。「キャンプの子供たちの側で問題がありましてね。あなたが知っておくべきなのは、今ではここには私がいるということ、そしてヒメルマンはいないということだけです」

「どんな問題なの？」とアグネスが訊ねる。「湖に小さな男の子がうつぶせに浮いてるのなんか、見なかったわよ。亀のことなの？」

「いいえ、亀のことじゃありません。子供たちは――言っておきますが――亀のことで文句なんか言いませんよ。子供たちは亀が大好きです。亀より速く走れますからね。亀のことで文句を言うのはお年寄りだけです。おかげで、亀の住処を移動させたんですよ、可哀想に。亀を湖からすくい上げてうんと遠くへ移させたんです」

「また戻ってくるさ」とアーニーが言う。「象みたいにな――亀はちゃんと覚えてるんだ」

「そしてヒメルマンも？」とアグネスが訊ねる。

今回だけは、アーニーがジョシュを助けてくれる。「連中が『問題がある』って言ってるのに？　今じゃそれは、弁護士がリスみたいにどの木でも何百って待機してるようになるまえに俺たちがヘンタイって呼んでた、あれのことだよ。俺の頃には、ブルックリンのどの教会でも、侍者の男の子をビールみたいに六人セットでアイスボックスに入れといたもんだ。スティックボールの試合をやるだけの子供を集めようと思ったら、俺の息子は入口に座り込んで、その子たちが溶けるのを待ってなきゃならなかった――」

「あなた、何を言ってるの？」アグネスが彼を引き戻す。

「ヒメルマン――あいつはオサワリ魔《ファンドラー》だ。さわるんだよ。いつもチケットを取ってくれてた我らが友人はね」アーニーは裏切られたというように首を振る。「こんなことを知るのはなんとも言えない気持ちだ。本当にいい人みたいに見えたけどなあ。それに話すときはいつも、見えるところで両手を振ってたし」

「なんの話？」とアグネスが訊ねる。「それってイディッシュのフォンドゥルのこと？　なんのことかわからないわ」

「違う、違う」とアーニーが答える。「ファンドルだよ――ファンドルっていうのはさわるってことだ。あんたにはなんでもイディッシュに聞こえるんだなあ。こじつけも甚だしい《ファー・フェッチト》というか、ぶっ飛びすぎ《ファー・フラング》というか……」

「ファーフラングはイディッシュよ」

「いや」とアーニー。「違うね。ともかくだな、この坊やが言ってるのは、この――今やカツラをかぶって滅茶苦茶《スナフー》ホットドッグなんか食ってるあんたの孫娘にはもったいない、この坊やが」

「豆腐《トーフ》ですよ」とジョシュが口をはさむ。

「彼が言おうとしてるのはだな、オサワリ魔のおかげで彼は出世できたってことだよ。彼はヘンタイの後釜なんだ。お偉いさん！」

「ありがとうございます」とジョシュは返事する。「ともかくですね、タングルウッドのチケットを申し込んだ人は誰でもチケットを受け取れます……申し込み用紙に名前を書き込みましたか？」

「俺たちも書いたさ」とアーニーは答える。

「じゃあ、それでいいんです」とジョシュ。「なら、音楽を聴きに行けますよ」

「わかったわ」とアグネス。

「けっこう。さてと、私がテーブルのほうを向いて、椅子をぐるっと回して、あなたなら『とっても美味しいハニーケーキ』とおっしゃりそうなもののほうへ手を伸ばしても、ねえアグネス、まだその後ろのところにいるつもりですか？」

「もうひとつ話があるの」とアグネスは言う。

「それを知りたかったんです。聞かせてください、それはここ二日間の『もうひとつの話』と同じなんですか？　けっして口に出しては言わないようにしようと、そしてもしも本当に口にする必要がある場合は、おっしゃるところの『もうひとつの話』の対象者の耳に入って気持ちを傷つけ、ここで……エルダーホステルで、ひどく、ひどく不愉快な思いをさせることになるかもしれない食堂で話すのは止めようと私たちが約束した、あの同じ話題なんでしょうか？」

「わかっているのなら」とアグネス。「思わせぶりで長ったらしく皮肉たっぷりな言い方で訊ねたいんなら、どうしてなんとかしないの？」

ちょうどそのとき、彼が通りかかる。大柄な男、ドーリー・フォーク――おとなしそうな風貌で、とても優しい。彼はジョシュに一日じゅう文句を言う、朝から晩まで文句を言う、人生これすべて失望の連続だ、みたいなトラブルメーカーではない。彼はオハイオ州トレドから来ているブリッジにどっぷりはまった老人で、ユダヤ教の法に適った食べものとトランプをすること、それに、アルツハイマーが忍び寄ってくるのを感じるなかで「ツー・ノー・トランプ！」と叫ぶことしか望んでいなかった。

彼はジョシュにあの瞬間を与えてくれるキャンプ参加者だった――ジョシュを毎年ここへ連れ戻すあの魅了される瞬間、冬場の企画と募集を乗り切らせてくれる瞬間、実のところこの仕事を、大の男がやるには情けないものなどではなく明らかにすばらしいものにしてくれる瞬間を。

最初の年は、湖であらぬ方を見つめるリタ・デズバーグだった。日が落ちて霧が立ち込めるなかで彼女がじっと動かず立っているのを、ジョシュは見つけたのだ――とても穏やかなひと時で、彼女の体さえ一瞬いつもの震えを忘れていた。二度目の夏はチャーリー・コーンブルムで、彼の人生には悲劇しかなく、つらくて語ることのできないような話ばかりだったのだが、ここでジョシュは無邪気そのものの光景を目にしたのだ。それはチャーリーがにこにこしながら脇へ身を寄せ、その横を子供のキャンプ参加者たちががやがやと、自分たちの後ろに埃の壁を蹴立てながら通り過ぎていく情景だった。

こういった貴重な瞬間は数少なく、めったにない。そしてこの夏、二週間まえからここで過ごしている新顔の参加者、大柄なドーリーは、そういう瞬間を与えてくれるひとりだった。ジョシュはすでに目にしていたのだ。

ドーリー・フォークは子供たちに微笑みかけはしない。湖で遠くを見つめることもない。食べることを楽しむ様子はまったくなく、未亡人たちが横の椅子に座るとぱたんと新聞を閉じてしまう。だが、あの巨大な男がブリッジのテーブルに座ると、トランプを繰る最初の音を耳にすると、彼はパートナーに頷いてみせ、本当にまた十八に戻ったような表情で目を輝かせるのだ。

彼を見ていると嬉しくなる。なぜジョシュがこんなことをやっているのかということに対する、純然たる肯定だ。彼はジョシュのお気に入りのひとりで、あの男がここで過ごす時間をぜったい汚したくはない。ところがアグネスときたら、けっしてあの男の話を止めようとしない。彼女とアーニーはあの男をそっとしておかないつもりなのだ。

「言わせていただきますけどね」とジョシュ。「キャンプ的なシステムのなかでは、良かれ悪しかれ人間の性質のなかの思春期的要素のようなものが蘇ります。あなたがたお二人は毎年いらっしゃいますよね。夏じゅういらっしゃる。だからどうしてもそうなるんです。二週間だけの参加者、新顔、キャンプの最後にやってくるブリッジ・プレイヤー――こういう人たちに、あなたがたはどうしても意地悪になる」彼は無作法にではなく、ただ二人が口を開くのを止めようとして手を上げる。「悪いですが、でもこれは本当のことです。あなたがたはいつもそういう人たちに冷たくする――あなたがたのやってることは見てますよ。そして、こんなことを言って申し訳ありませんが、あなたがたはそういう人たちを、九年生になってバスでやってくる高校の新入生みたいに扱うんです」

アーニーは切り札を持ち出す。彼は袖をまくりあげて腕の数字をちらつかせる。「九年生なんてもんは知らん。行かなかったからな。だがな、キャンプ？　キャンプはちゃんと経験しとるぞ。これとは違うキャンプだけどな、ええ？　キャンプに行きたいか？　俺はキャンプを知ってるぞ。人間の性質についても知ってるさ。そして以前に見てきてるんだ。俺は――」

「謝ります、謝ります」ジョシュは声を張り上げる。「数字には何も言えませんよ。どうもすみません。キャンプのことについては、降参です」

アーニーは近づいてくる。「あんたは俺たちが見てるものを見とらんのだ」と彼は言う。「現金自動預け払い機じゃあ、金を引き出す暗証番号が俺の頭から消えてるかもしれん。確かに、自分の孫たちの――あいつらの名前をときどき思い出せなくなることだってあるかもしれん。だがな、あのとき、あの場所で見た顔は」とアーニーは言う。

そしてアグネスが元気よく「あれを、あたしたちは忘れない」。

「彼をそっとしといてやってください！」とジョシュは言う。ほとんど喚いているが、これはジョシュがけっしてやらないことだ。彼らは年寄りだ。彼らはよくしゃべる。彼らはボタンを押しまくる。彼らは自分を編集しようという分別、あるいは意志を失っている。彼らは年寄りであるということの特権を享受しているのだ。ジョシュは苛立ったりはしないのだが、これは、この言いがかりは――意地が悪いとか、混乱しているとかいったことを超えている。たえず現われている認知症の兆しどころの話ではない。

「あれが見えないだなんて言わないでちょうだい」とアグネスが言う。「あの男がブリッジ・テーブルに座っているときのあの顔、昔のままになるわ。あの頃の顔に戻って――」

「美しい！」とジョシュは叫ぶ。「美しいですよ！　あの人がプレイするときの顔は美しい！」

今や、振り向いてジョシュを見つめるのはドーリー・フォークだけではない。部屋の全員が見つめている。なにしろ、なぜかジョシュは立ち上がっていて、そしてなぜか喚いていて、そしてなぜか小柄で甘ったるくてしゃくにさわるアグネスが、震える片手を前に掲げて、まるで、まるで……彼のアグネスはおびえているように見えるじゃないか。彼女は倒れそうな様子でよろよろ後ずさりする。そしてジョシュは前へ進みながら手を伸ばす。彼女がバランスを取り戻すと、ジョシュは言う。「もうたくさんです。あの感じのいい人のことは、もうそっとしておいてあげてくださいよ」

「湖で糞でも垂れてな」アーニーはジョシュにそう言うと、アグネスの手を取って歩み去る。


ジョシュは、高齢者たちの好みで食肉貯蔵庫ばりにエアコンの効いた食堂から熱気のなかへ駆け出す。震えながら、太陽のなかへ駆け出す。六年間は責任者の補佐として、七年のあいだキャンプの仕事をしてきて、彼はこれまでただの一度も声を荒らげたことはなかったのだ。高齢者に対しては一度も。

ジョシュは湖の子供たちの側のほうへ向かう。新鮮な空気をちょっと、若いエネルギーをちょっと。心を落ち着かせるためにはそんなものが必要だ。だが、断じてできない――あの連中にあんなことを言わせておくことはできない。狂ってる。アグネスとアーニーがこのキャンプ全体に影響を与えるのをほうっておくわけにはいかない。

ドーリー・フォークもあそこにいたと彼らは思っているのだ——あのときあのべつのキャンプに。ドーリー・フォークは人殺しだと、彼らは思い込んでいる。アグネスは彼がフェンスのところで警備についていたのを覚えているのだ。アグネスは彼を、ナチの収容所の衛兵を覚えているのだ。デムヤンユク（戦後移住した米国で強制収容所の元看守としてユダヤ人虐殺の罪に問われ、米国市民権を剝奪されてイスラエルへ送られ、死刑判決を受けた）のような男のことを。

べつにジョシュは忘れろと言っているわけではない。だがこれはなんとも……ドーリー・フォークが、ナチ。青趾症候群で減塩ダイエット中のブリッジ好きなユダヤ人の振りをしてバークシャー高原に潜伏している年老いたナチ。どうかしてる。あんまりだ。

子供の側の湖のほとりにいるうちに、ジョシュの気分はほとんど問題ない状態に、真の平和の端っこあたりに落ち着いてくる。まさにそのとき、彼は自分が——あの完全に開けた空間で——青少年スポーツ・リーダーのルー・レボヴィックに捕まったことを悟る。

「ここでも問題があるんですよ」とルーは言う。「なんだかあなたは、お年寄りの誰かに移植用の臓器が必要になったときだけ来る、みたいな感じですね。もしかしてそれを探してるんですか？　新鮮な腎臓とか？　物のいい、放し飼いの、コーシャ食品で育った、ホラス・マン（米国の教育改革者）教育を受けた心臓を？　あのね、あの子たちの心臓は小さな体のなかで猛烈に鼓動するんです。圧力で頭が爆発しないのが不思議ですよ」

ジョシュは後ろへ下がってルーを観察する。ついそうしてしまう。頭の内側でアグネスがしゃべるのが聞こえる。**三十六歳の男がテザーボール**（柱からひもでつりさげた球を手またはラケットで打ち合う二人用ゲームの球）**のひもを解いて生計を立てているだなんて——これが人生なのかしらねえ？**　ジョシュの心は憐れみでいっぱいになり、彼はルーと腕を組むと、彼を水際の、スニーカーが泥にめり込むところまで導く。ジョシュは湖のむこう側の建物を指差し、ルーは目を細めてその指先を追う。「あのむこうにあるのが私のオフィスで、裏に私のキャビンがありますが、どちらもご存知ですよね。あの二つのドアはいつでもあなたのために開いていますよ、ルー、これまでずっとそうだったようにね。カヌー、櫂、新しいTボール（棒＝ティーの上に乗せたボールを打つ子供のゲーム）とティー——いやはや、これまでに何か足りなかったことなんてありますか？」

「わかってます」ルーは恥ずかしそうに言う。

「じゃあ教えてくれますか？　何なんです？　バスケットボールですか？　バスケットボールのポンプ？　私に何をしてほしいんですか？」

「針です」とルーは答える。「ポンプとボールを繋ぐ針です」

　ジョシュのオフィスのドアは、実際のところひっきりなしに開いている。ルー・レボヴィックに対して。アグネスに対して。ポーランド人の娘たちに対して。何か問題を抱えている人なら誰に対してでも。このため、エアコンは切りっぱなしになっている——もったいないからだ。それにお年寄りは、うんと調子のいいときでもジョシュの言っていることがさっぱり聞こえないので、彼としては扇風機が回る音も避けざるを得ない。このためオフィスは暑くてたまらず、これはジヨシュにはありがたい。というのは、皆文句を言いにやってはきても、あえて長居しようとする者はいないからだ。

翌朝の第一番はヤマとデイヴィッドのブラコア夫妻だ。彼らははるばるサンタフェから二週間ブリッジをするために来ていて、今回が初めてだ。ブラコア夫妻は、日干し煉瓦作りの家に住んでいるのだと語る。夫妻は日干し煉瓦作りの家で暮らすためにニュージャージー州イングルウッドを立ち退いたのだが、それは長年のあいだに恐ろしい話をあまりにもたくさん耳にしすぎたからだった。木でできた家で眠るのは非常に危険なことなのだ。火に包まれるのはあっという間だ。そして、東海岸を去って二十年になるこの夫婦は、自分たちにはもはや、木でできた丸太小屋みたいなもののなかで眠るなんて耐えられないということがわかったのだ。あの出火時に逃げ道がない危険な食堂のうんと奥まったところに座らされるのは、我慢できないのだ。そして二人はそれぞれ、わざわざこのために手で編んだ飾り紐で、煙探知器を首からぶら下げるようになった。「そんなもの、ぶら下げないでください」とジョシュは二人に言う。「不安を撒き散らすことになります。ほかの人たちに危険があると思わせてしまうでしょう。閉ざされた環境においては、ある種の考えは広がりますからね」とジョシュは話す。「炎のように」ブラコア夫妻は、この言葉にたじろぎながら頷く。「このキャンプの木材はすべて」と彼は説明する。「壁も床も桟橋も――耐火性です。部屋にはもうすでに探知器が設置されています。食堂も同じです。敷地内で何かの温度が上昇しただけで、私の耳には警報が聞こえます、消防署にも聞こえます、遠く離れていてもね――」

「ここで？　消防署にも？　何マイルくらい離れているか、ご存知？」ヤマが訊ねる。

「何マイルくらい離れているか、ですか？」とジョシュ。

「十二」とデイヴィッドが教える。「うねうね曲がった道を十二マイル。かろうじて二車線の道路をね。助けはここからそれだけ離れてるんだ」

「まあねえ、この先どうするかは自分たちで決めてください」とジョシュは二人に言う。「それをぶら下げていてもかまいませんが、活動のときはだめです。ほかの人の目に触れるところではやめてください。食事はお部屋へ運ばせます、必要ならばね。トランプもひと組お届けしましょう。その煙探知器をぶら下げたままでいるとおっしゃるなら、ジンラミーはご自分たちのお部屋でしていただくことになります」

ブラコア夫妻は考え込み、二人が考えているときに、百ヤードむこうから山のようなドーリー・フォークが息せき切ってやってくるのがジョシュの目に映る。山が人間のところへやってくる。ドーリーは片手を胸に当て、顔は真っ赤で汗をかいている。明らかに悩みを抱えて、ジョシュのオフィスの開かれたドアへと直行してくるところなのだ。

ブラコア夫妻にむかって、ジョシュは告げる。「こうしたらどうです？　今はお引き取りください、今日はそれをぶら下げていてかまいませんから――だけど、試すのはやめてくださいよ。あの音は聞きたくありませんからね。今日のところはそれをぶら下げて、上に軽いセーターを羽織っていてください。明日またお会いしましょう」

するとブラコア夫妻は、思い通りになったという気分で出ていく。

ジョシュは小型冷蔵庫から水を、冷凍室から氷の袋を取り出す。彼はいつも災難のことをまえもって考えている。完璧なさいしょの夏。救急車も、救急隊員もごめんだ。キャンプのこちら側では心臓がだめになるのもごめんだし、むこう側をうろつくヒメルマンたちもごめんだ――自分が目を光らせているかぎり、そんなことにはさせない。ジョシュはキャンプ参加者をひとり残らず、ここに来たときよりも健康になって、満足した状態で家に帰すつもりなのだ。

ドーリーがドアまでやってくる。

「あの人たちは私に『ハイ』って言うんです」という言葉をドーリーは狂乱状態で繰り返し、一方ジョシュはこの巨人をなんとか椅子に導こうと、座らせようと、水を飲ませようと、落ち着かせようと努力する。ジョシュは氷の袋を床に落とし、訊きもしないで冷たい水をドーリーの頭に注ぐ。

ドーリーは落ち着く。「ありがとうございます」と彼は言い、まだあえぎながらまた話し始める。「あの人たちが私に『ハイ』って言うんで、私もあの人たちに『ハイ』って言ったんです。てっきりあの人たちが『ハイ』って言って手を振ったと思ったもので……でもそうじゃないんです。ハイルなんですよ。あの人たちは私に『ハイル』って言うんです、ウクライナ出身のユダヤ人にむかって。そしてあの手を振るのは、腕を宙に上げて、あれは振ってるんじゃなくて――」

「それはアーニーですか?」とジョシュは訊ねる。「アーニーとアグネス?」

「名前は、知りません」ドーリーはあえぎながら言い、今や呼吸が元に戻らなくなる。彼は片方の手をおよその高さまで下げ、それからもう片方をもっと低く、床の近くまで下げる。

「そうです」とジョシュは言い、もう一本水を掴むと、今回は自分の頭に水を注ぐ。彼はかっかしている、怒りでかっかしている、ブラコア夫妻が首からぶら下げている探知器が鳴り出すほどに。ジョシュはキャンプの歌集でドーリーを扇ぐ。「心配することないですよ」ジョシュはまるで赤ん坊をあやすように優しく囁く。「私がなんとかしますから。誰なのかはちゃんとわかってますからね」

ジョシュはキャンプを掌握しきれなくなりかけている。責任者となった初めての年で、夏もほとんど終わりかけているというのに、手綱を取れなくなってきている。ジョシュが読書グループのところに乗り込むと、そこでは八人の老人が輪になって座り、『レ・ミゼラブル』の大型活字版を前に抱えている。レキシントンで夏を過ごしている退職した元五年生の教師が、チョコレート色のレクサス・スポーツ・クーペを運転して毎週一回指導に来てくれている。彼女の装いは頭のてっぺんからつま先までシャネルの夏物だ。

「どうしてこの本が『哀れな人々《レ・ミゼラブル》』って呼ばれているんでしょうねえ」と彼女は秘密を打ち明けるかのように輪のほうへ身を乗り出して言う。「読めばわかりますが、この本はそれほど《レス・》哀れじゃない《ミゼラブル》（レを英語読みするとレスで、それほど〜ではない、の意を表すレスと同じ発音となる）なんてことないんです。皆さんが想像するよりもさらに哀れ《モア・ミゼラブル》なんです」ジョシュは割って入ってアグネスとアーニーを指差し、校長然として告げる。「あなたたち二人は、すぐに私のオフィスに来るように」

アーニーとアグネスは腕組みして、反抗的な態度だ。

「行かないわ!」とアグネスが言う。「なんか用があるんなら、ここで言えばいいでしょ。あたしたちは皆ひとつなんだから」と彼女は集っているキャンプ参加者たちのことを言う。「あたしたちの知ってる秘密は、皆も知ってる——そして賛成してるの」

「皆が賛成してる?」とジョシュは訊き返す。

「皆が賛成しとる」とアーニーが答える。

教師はヘアスプレーで固めた蜂の巣みたいな髪を、そわそわと何度か続けて撫でる。「皆で何に賛成するんですか?」彼女は、ジョシュがしようとしているのとまったく同じように、自分の領分を統括し続けようとする。「皆が知ってるって、どういうこと?」

「いいんです」ジョシュは作り笑いを浮かべながら元教師に言う。「もうお引き取りくださってけっこうです。今日の授業はここまで、みたいなことで。今日はちょっと緊急事態なんです——規律上の問題がありまして」

「ですが、わたしはわざわざレキシントンから車を運転して来たんですよ。男の子たちとプールサイドにいられたのに。もうちゃんと授業計画もたててるんですよ」

「じゃあ、あなたはクビです」とジョシュ。「そのほうが簡単ならね」

「クビですって?」と元教師。「わたしはボランティアでやってるのよ」

「ならボランティアを辞めてもらいましょう。緊急事態なんです、お願いしますよ。頼むから、お引き取り願えませんか」元教師がひどく気分を害した様子で出ていくと、ジョシュはほかの皆に言う。「そして皆さんのなかでこの狂気に賛成できない人、これは狂気だと思う人はどなたでも、どうぞ食堂へいらしてください。私のおごりです、なんでも好きなものを私につけておいてください」

ほかの全員が、アグネスとアーニーのように腕を組む。

「皆さん、ほんとうにこの二人と運命を共にしていいんですか？」とジョシュは訊ねる。「この二人は熱湯に浸かってるんですよ(面倒なことになっている、の意)、言っておきますがね。首までどっぷりと」

ほかの皆は頷いて、かまわないということを示す。

「俺たちはいっしょに茹でられるさ」とアーニーが言う。

「茹でられる？」とジョシュ。「本気ですか？」とても信じられない。「いや」と彼は怒鳴る。「いや、あなたたちは茹でられたりしませんよ。そんな選択肢はあげませんからね。こんなことはぜんぶ、すぐに止めなさい。あの人に手を出すんじゃない。あの人は人殺しなんかじゃない。ナチじゃない。あなたたちは――あなたたち皆――思い違いしてるんだ」

「思い違いのしようがないだろ？」とアーニーが訊ねる。「アグネスが思い違いしてないんならな」

ジョシュはアグネスのほうを見て、優しく接しなくてはと思いながら、頭のなかでいろいろな文章をこねくりまわす。「あなたは自分が正しいと思い込んでいる」と彼はアグネスに言う。「ですが、時間や、記憶が、あなたを間違った方向へ向けているんですよ」

「あいつらの顔」とアグネスは言う。「いくら時間が経ったって、あれは消えないわ」

ジョシュは頷く。共感を込めた表情をしながら、あの「社会福祉学修士」的口調で話す態勢を整える。巧妙に、そして遠慮がちに、この件に関するアグネスの思い違いを正すつもりなのだ。だがアーニーがそうはさせない。

「だめだぞ」とアーニーは言う。「無礼さに思いやりの衣を着せるのはやめてくれ。俺にはわかるぞ」彼は指を振る。「膝を曲げるときと同じように、何か考えるごとに俺たちがきしみを感じないとでも思ってるのか？　俺たちが射手のように――」

「射手？」とジョシュは聞き返す。

「そうだ、矢を射るあれだ。射手、まさにそうだ。射手は風に合わせて調整する。俺たちも一言一言そうするんだ、しゃべるまえに調整する。自分が歳を取ってるってことはわかってる。何がなくなって何が残ってるのかはわかってる。だがな、忘れることのできない顔もあるんだ。湖のむこう側のションベンタレどもが、ラビにさわられたチンチンを忘れられないのと同じだ――あいつらがこの先、目を開けたらまずヒメルマンを思い浮かべることなしに朝を迎えることが一日もないのと同じだよ。あの男の子たちにお慈悲を」

「違う！」とジョシュは喚く。「中傷だ！　それに今はヒメルマンのことは忘れろ！」ジョシュは喚き、ここへ来て彼の言葉遣いは滅茶苦茶になる。

「あんたがヒメルマンのことを忘れてるからって」とアーニー。「どっかの理事会がヒメルマンのことを忘れることにしたからって、キャンプにとっては忘れたほうがいいからって、ヒメルマンが忘れられるのを正義が望んでるってことにはならないぞ。そのような行動は正義にはそぐわんよ、ヘル・責任者《ディレクトール》。それに俺たち、ブック・グループ・エイトにとっては――」

「あんたたちは今じゃブック・グループ・エイトなのか？」ジョシュは怪訝な顔で訊ねる。

「そうよ」とアグネスが言う。「あるいは『哀れな人々《ザ・ミゼラブルズ》』。だけど、小説は、まだ読んでないけどね」

「そうだ、俺たちの名前だ！」とアーニー。「そして俺たちの宣言だ。俺たちはドーリー・フォークに、俺たちのあいだで、ブリッジ・テーブルでビッドしながら晩年を過ごさせてはおかない」

「じゃあ、彼がそこまではっきり有罪だって言うんなら、警察に通報すればいいじゃないか」とジョシュは言う。「十二マイルの距離だ」彼は今度はブラコア夫妻の言葉を引き合いに出す。「あっという間に来てくれるぞ。あんたたちの宣言を警察に聞かせればいい」

「俺たちが無法者だとでも思ってるのかね、ヘル・ディレクトール？　いの一番にやってみたさ、ここの田舎者ども相手にね」

「で？」

「で、連中は来ようとしない。馬鹿にされたよ。インターポールに連絡してみろ、女王陛下のシークレットサーヴィスに電話してジェームズ・ボンドに来てもらえってさ。ナチ狩りはもうやってないって言うんだ。このキャンプの子たちが去年、署へピザを二十五枚届けろって注文したんだそうだ、そのまえの年もな。いたずら電話だ。おふざけ電話。それに毎週末、ひとり残らずべろんべろんになった未成年のキャンプ・リーダーたちを町から連れて帰らなきゃならないって言ってたぞ」

「ほらね？」とジョシュ。「彼らは専門家、司直だ。それが電話で話しただけで、この話がどれほど馬鹿げてるかわかってるんだ。彼らは、こういうことを徹底的に追及すると宣誓してるんだぞ。その彼らが、無視するのがいちばんだと思ってるんだ。さあ言ってくれ、このキャンプでどうしてほしいっていうんだ？　私にどんなよりよい行動をとれっていうんだ？」

「裁判だ。キャンプの裁判。キャンプ仲間が陪審で。あいつが無罪なら、俺たちはあいつをそのままにしておく」

「で、もし彼が有罪なら？」ジョシュは自負心たっぷりに微笑みながら訊ねる。「いったい宿泊キャンプ場がどんな罰を与えられるんですかねえ？」

「わからないの？」とアグネス。「もしあいつが有罪なら、あいつはあんたのナチでもあるわけなのよ」

ジョシュはこれについて思いを巡らせる。さいしょはそんな考えに吐き気を催す。もしかして本当に有罪だったら？　それから、そんな馬鹿げた考えに腹が立ってくる。「だけど彼は有罪じゃない。そんなことない。だから裁判なんか開かないぞ」

「それは残念だな」とアーニーはまさに脅かすような口調で言う。「どっちにしろ、正義は果たされなければならんからな」

ジョシュが目を開けるとヤマとデイヴィッドのブラコア夫妻がベッドの横に立ちはだかっている。「外が」と二人は言う。「火事だ」

頭と体の目覚め方の度合いが違ったまま、ジョシュはショートパンツのチャックを閉めるあいだだけ立ち止まると、ドアの横の充電器から緊急用のトランシーバーをひっつかむ。彼はかつてなかったほどの速さで外へ出ると、ポーチから飛び降り、まだ空中にいるあいだに、場所を教えてくれとブラコア夫妻に叫ぶ。「中庭です」と夫婦は答える。「わたしたちのキャビンの」そしてジョシュはすばらしい速さで駆けつける。

　ジョシュがそこで目にするのは、実際は火事ではない。それは何かというと、備品戸棚から盗んできた何百もの命日《ヤーツァイト》のロウソクで、ジャムの瓶に立てた追悼のロウソクが灯されて、遠足の弁当用の紙袋にロウを垂らしている。一晩がかりの仕事が目の前に広がっていて、袋はどうやら巨大なユダヤの星の形に並べられているようだ。

　一瞬間をおいて、ジョシュの体組織にアドレナリンがほとばしり、脳の態勢が整って緊急事態モードになる。さらに一拍おいて、この展示物がなんなのか腑に落ちる。誰の仕業なのかが。そしてジョシュは了解する。アーニーとアグネスだ。シンボルが入れ替わる。これは彼らの十字架燃やし（憎悪の象徴としてＫＫＫなどが行う）なのだ。

　ほかの老人たちは、幸いなことにさっぱりわかっていない。この頃にはほぼ全員が自分たちのキャビンから出てきてこの眺めを楽しんでいる。彼らはこれを気の利いた、ちゃんと許可を受けている夜間活動だと思っているのだ。もう歌集が開かれていて、パジャマ姿の若いキャンプ参加者たちもスニーカーの紐を結えないまま、湖のむこう側からお楽しみに加わろうと小道を続々とやってくる。子供たちはお年寄りのために歌ったり踊ったりして善行《ミツヴァ》活動の点数を稼ぐつもりなのだ。良い行いにはイタリアン・アイスクリームとソーダのご褒美がある。キャンプ・リーダーたちは、自分たちも興奮しながら焚き火を始めている。

ジョシュは、もしや同じようにこの燃える星がなんなのか察していやしないだろうかと心配しながら、必死にドーリーを探す。焚き火が燃え上がり、本物の煙のうっすらした最初のものが松の多い丘陵地帯の完璧な夜の空気に混じり合う頃、ジョシュはあの巨人が自分のキャビンの横の暗がりにいるのを見つけ、そしてドーリーが察しているのが見て取れる。ドーリーは怯えた顔で、それに——ジョシュはそんなことを考えている自分が嫌でたまらない、暗示の力だ——身に覚えのありそうな表情でもある。身に覚えがありそうで、怯えて、不安な。ジョシュはそのとき、自分が正気を失いつつあることを受け入れる。あの読書グループの悪党どもを見つけ出そうと走り出しながら、元の責任者に電話することができたらどれほどいいだろうかと思う。ヒメルマンはきっともう一度繰り返してくれと言うだろう。「正義の執行者気取りの連中によるナチ裁判です」とジョシュは告げるだろう。「報復、仕返しです。老人による復讐ですよ」

ジョシュの顔は喜劇の仮面と悲劇の仮面がひとつに合わさっている。しかめっ面を絶えず大きなこってりした笑みと入れ替えながら、彼はアグネスとアーニーを探し出す。この、明らかに今夏いちばん上首尾の世代を超えたイベントとなったものをできるだけ活用すべく、にっこり笑ってキャンプ・リーダーたちの背中を叩き、それから再び顎を閉じ、再び目を細めては、獲物に向かって進む。

ジョシュはぐるぐる回るが、ブック・グループ・エイトのひとりたりとも見つからない。悪事を証明する不在だ。ジョシュは焚き火の傍でぶらぶらしながら、炎に近寄りすぎるあらゆる小さな放火魔どもをあくせくと取り締まる。怒り狂いながら、彼は待つ。

ちょうどその場へアグネスとアーニーが現われる。二人は暗闇からにじり出てジョシュのほうへ進み、火明かりの輪のなかへ足を踏み入れる。

「あんたたち二人なのか？」怒りを抑えることができないままジョシュは訊ねる。「これはミゼラブル・エイトの仕業か？」

「誰にわかるって言うの？」とアグネスが答える。「この歳ですもんねえ、一分まえのことだって、誰が覚えてるもんですか」

「アグネスはあんたにあんた自身の主張を披露しとるんだぞ、坊や」とアーニーが言う。

「わかってる」とジョシュ。

アーニーは嬉しそうな顔だ。「で、いかがかな？」

「あんたたち二人には、何もかもが冗談なのか？　これは魔女狩りだ。嫌がらせだ。あんたたちはほんとにこれが正義だと思ってるのか？　どんなことを抱えた人生を送ってきたのかわからない、暗がりにぽつんと立って怖がっている歳取った男をひどい目に遭わせて」

「あいつにも少し恐怖を味わわせてやればいいのよ」とアグネスが言う。「もっとひどい目に遭わせてやればいいんだわ」

「いや」とジョシュ。「もう終わりだ」

「終わるのは行動したときだ」とアーニーが言う。「あんたがやるか、俺たちがやるか。それで初めて終わるんだ」

「私に行動しろというのか？」とジョシュは訊ねる。「本当にそうしてほしいのか？　わかった、じゃあ。これが……これが行動だ」

アーニーとアグネスが見つめるなか、自分も子供たちのようにスニーカーの紐を結えないまま、責任者は駆け去る。彼は全速力で図書室へ駆け込む。数秒後、彼はまた開いたドアから飛び出し、腕いっぱいに抱えた本やビデオを落としながら二人のほうへ突進する。

「月曜の映画はもうなしだ」とジョシュは喚き、アグネスとアーニーの足元に抱えた山を落とす。それから、彼は本とビデオをつぎつぎと炎へ放り込み始める。「『マラソンマン』『ブラジルから来た少年』『コンドル』『パララックス・ビュー』、いいか」と彼は叫ぶ。「偏執的なナチ関連の人気作はぜんぶだ、アイラ・レヴィンはぜんぶだ。『ラブリー・オールドメン』と『カリフォルニア・スイート』だけ残しておいてやる」

若い参加者たちが彼の癇癪に大喜びして笑うのが聞こえたときだけ、ジョシュは手を止める。そして高齢の参加者たちからは正反対の反応が。彼らは口をぽかんと開けて凍りつく。

「なんだ？」とジョシュは喚く。「なんだよ？」

彼らは答えない。凝視していた彼らの視線が移動すると、ジョシュの視線もいっしょに図書室のほうへと戻る。ポーランド人の娘のひとりがジョシュの後ろからついてきていたのだ。娘はせっせとジョシュが落とした本を拾っていた。そして今や、この厳しい表情の良き手伝いは、離れたところから一冊、また一冊と本を炎のなかへ投げ入れる。火明かりのなかで、投げられた本はページを開いてぱたぱたとはためき、ツバメのようだ。ジョシュは娘を、自分の影を見るように見つめる。

アグネスがジョシュの耳元で言う。「焚書。こんなこと、もう二度と目にすることはないと思ってたわ」

ジョシュは彼女のほうを向き、声を張り上げ、目に涙を浮かべて炎を振り返る。「私は扇動するようなものを焼却してるだけだ」

アーニーはこれを聞いて甲高く笑う。年寄りのなかで笑っているのは彼だけだ。「ああいう映画が俺たちの頭に入り込んでるわけじゃないぞ」と彼は言う。「俺たちの頭にあることがああいう映画に入り込んでるんだ。まさに歴史があるからこそ、ああいうぞっとするようなものを思いつくんだからな」

食堂において、キャンプ責任者のテーブルは船における船長のテーブルに似ている。そこは招かれた者が食事する羨望の的の場所で、ラビ・ヒメルマンは、高齢者に湖のむこう側から連れて来られる子供たちをとり混ぜて毎食そのテーブルを一杯にしていた。ジョシュはひとりで食事するのが好きだ。心穏やかに考え事のできる唯一の時間なのだ。そして、夏のあいだじゅう、この逸脱によって自分が批判を受けていることを彼は心得ていた。で、ジョシュは今やそんな態度を正すことにする、ドーリー・フォークでもって正すのだ。ジョシュはドーリーを彼のブリッジのパートナーであるシェリー・ネヴィンズとともに招いて、自分のテーブルについてもらう。昼食のときも、それに夕食のときもそうする。統率力を示すために。関係を改善するために。だが、彼はあの八人の視線の重圧を感じる。彼らは今ではひとつのテーブルに座っている。そしてアーニーとアグネスはもう、何か要求しにジョシュのところへ来ることはしない。今では二人のところへ行かねばならないのは自分のほうなのだと、ジョシュにはわかっている。ジョシュは統率力を失ったのだ。

彼はこれを、老いも若きもいちばん気もそぞろになる、デザートが供されるあいだに実行する。「あのですねえ」アグネスとアーニーと彼らのグループのそのほかの者たちに、ジョシュは声高にささやきかける。「結局はいいイベントでした、確かにね？　ですが、あなたがたが昨晩したことは——」

「大当たりだ！」とアーニーが言う。

「はい、私もたった今そう言いました」ジョシュは敬意をかき集めながら言う。「ですが、その裏の意図が……本当に警察を呼ぶようなことになってほしくはないんです」

「誰、あたしたちに対して？」とアグネス。「あたしたちに対して——あいつのことで？　どうぞ」と彼女は言う。「頑張って呼べば。あたしは残りの人生を岩を砕いて過ごそうじゃないの」

「もう岩を砕いたりはしないんだ」とアーニー。「ナンバープレート作りもやってない。今じゃキッド革の手袋作りと、高校の卒業資格取得だよ」

「誰も刑務所になんか行きませんよ」とジョシュが言う。「今のところはね。それこそ私が避けたいことなんです」

「刑務所が必要な人もいるわよ」とアグネス。「あの太った男には刑務所が必要よ」

「もう一度言わせてください。こんなふうに言ってみましょうか。今年は、あと何泊残ってますか？　あと何日ですか？」

「あと二晩」と八人のうちのひとりが返事する。

「そのとおり。二晩。そんなに長くないとは思えませんか？　保証しますよ。誓《スウェア》います――」

「ユダヤ教徒は罵《スウェア》ったりしないわ」とアグネス。「禁じられてるでしょ」

「じゃあ、約束します。あなたがたにお約束します。私に二日くだされば、あなたがたはもう二度と彼の姿を見ることはありません。ぜったいに彼をここへは戻しません――彼が申し込みをして小切手を送ってきてもね」

「それじゃじゅうぶんじゃないな」とアーニーが答える。「見ないでいる。無視する。そんなんじゃだめだ」

「もしも」とジョシュ。「もしもあなたがたの言い分の一部を私も受け入れたら？　もしも私たちがその方向へ進んだら？」

「続けて」とアグネスが言う。そしてその「続けて」とともに、テーブルについている八人は後ろへもたれかかり、眉をあげて顎を突き出し、彼の投球に備える体勢を整えて彼と向き合う。

「もしも私が認めたら」とジョシュは言う。「そういうこともあり得ると？……いや、あり得ないが……もしもあなたがたが正しいと私が言ったら？　そして、もしかしたらあの人はあそこで、収容所で、衛兵として、監視していたのかもしれない、とね。ここにいる皆で受け入れることはできないでしょうか。もしかしたら彼はなんらかのことを目撃したのかもしれない——関わったのかもしれないが、あくまで目撃者として——そして、もしも彼があそこにいて、目撃する以外のことはしていないのだとしたら、もしかしたら、地球をぐるっとまわって、こんなに何年も経った今の時点で、もしかしたらそれは何もなかったのと同じことなんじゃないだろうか、と？」

彼らは耳を傾ける。彼らは考える。彼らは見つめる。

　アーニーが口を開く。

「殺人は殺人だ。殺人に備えて待機してるのは殺人だ。殺人の歴史を隠すのは殺人だ。顔を背けるのはナイフを向けるのと同じだ。もしドーリーがあそこにいたのなら」とアーニーは言う。「アイヒマン同様ロープからぶら下がるべきだ」

「そんなことはない」とジョシュ。

　アーニーは首を振る。「見ていながら何も言わない、それは殺すのと同じくらい悪いことだ」

「本当にそんなふうに考えてるんですか？」とジョシュは訊ねる。「たとえひとりも手にかけていなくとも殺人者である者もいると？」

「見ていたって有罪よ」とアグネスが答える。「すべて有罪」

　その夜、またジョシュが目を開けるとブラコア夫妻がいる。今回は彼の上空に浮いている、夢だ。ジョシュは口を歪めて、声にならない悲鳴を上げる。上掛けをやみくもに引っ張って浮いている夫婦から隠れようとする。夫婦の煙探知器はもはや探知器ではなく、彼らの胸にくっついたレンズだ。ジョシュはとある記事を読んだことがある。牛の四室ある胃が働いている最中の恐るべき写真を見たことがある。反芻が見える窓が胃の横につけられていた。夢で見ているのはこれと同じ設定なのだが、窓はブラコア夫妻の胸についている。そしてそのそれぞれの丸窓を通して、心臓があるはずのところに、巨大な純金のユダヤ人の歯が鼓動しているのをジョシュは目にする。ジョシュはそれを見つめる。ぽたぽた漏れている心臓部分にくっつけられたグロテスクな盗まれた加工品——血まみれの金の心臓のように鼓動するあの身の毛のよだつ歯を。そのあいだずっと、彼は泣き声をあげながら上掛けを引っ張るのだが、上掛けは、石に彫ったものであるかのごとく動かない。

ジョシュは落ち着かない気持ちで目を覚まし、すべて問題ないとは信じられない。キャンプの内側をぐるっと歩いて、預かり物たちがおとなしく無事でいることを確かめてこようと、彼は決める。ジョシュが自分のキャビンのドアを開けると、ゴミが散らばっていて、アライグマが二匹、覆面した泥棒よろしくポーチから転がり落ち、それから満足そうにゆるゆる歩み去る。ジョシュはハイキング用のヘッドランプを頭につけ、アライグマのあとから歩き出す。そしてあの恐ろしい夢を思い出して、この光は彼自身の輝く金歯脳についたレンズなのだと考える。

高齢者の側は完全に静まり返って、平和だ。この状況がわかって満足し、夜の闇にゆったりと心が解れるのを感じ始めながら、彼は湖を囲む小道のほうへとぶらぶら歩き続ける。そのとき、それが目に映る。むこう側で、幾つかの人影が動き、水を跳ね散らしている。彼は明かりを消し、静けさに耳を澄まし、そして今度は月明かりを利用して歩く。

ジョシュの目に映っているのは（そしてこれがこの夏初めてではないのだが）、禁止されている夜間水泳だ。湖のむこう側の木の茂ったドッグレッグ（ゴルフで、フェアウェイが湾曲しているホール）の横で、そこから深くなっているのだ。ジョシュは近づくまで待ってから叫ぶ。「子供たち！　あがりなさい！　そして服を着るんだ！」慌てふためいた動き、水しぶき、そしていつものこそこそ逃げる気配。ふてぶてしい者がひとりいる。水泳スタッフのチーフかもしれない、まだ浮いたままで逃げようともしない。「チャリダン！」とジョシュは叫ぶ。「お前は減給処分だ！　給料を減らしてやる！　子供たちにこんな手本を見せるとは！」彼は大声をあげる。するとチャリダンは水に潜ってしまい、近くには頭がひとつだけ残ってぷかぷかしている。「いいとも、潜ってろ！」とジョシュは叫ぶ。「そこで小切手を見つけることになるぞ！」そして彼は叫び続ける、脅し続ける、咎め続けながら、近寄っていく。彼がそうするのは、近寄っていきながら闇のなかでひとりだという気持ちを少しでも感じなくするためで、そして彼がそうするのは、彼を目覚めさせたに違いないものを受け入れるまえに、そのまえの人生をもう一瞬だけ長く自分に与えるためだ。彼を目覚めさせたのはポーチの上でアライグマの爪が立てるカチャカチャいう音ではなかったし、金の心臓の夢の血でもない。彼をベッドから引っ張り出したのは、あまりに長いあいだ無視されてきた危機感なのだと、ジョシュにはわかっている。彼を湖に手繰り寄せたのは愛すべきドーリー・フォーク、沈んでいく最中のあの男だ。八人の高齢キャンプ参加者が死者を沈めていたのだ。

遺体の浮いているのを彼が目にした場所の水は静まり返っている。湖で唯一まださざ波がたっているのはアーニーの周りで、目まで沈んでいたその頭は、出てくると、空気を求めてグッピーのように口を開ける。

　ほかの者たちはかろうじて身を隠して、木々の茂みの後ろで震えている。ジョシュは話しかけようとする。「どうやって彼を運んだんだ？」と言いながら、自分の口からこんな質問が飛び出たのを耳にして驚く。

「あいつは歩くから」とアグネスが答える。「今は歩かないけど」

「自己輸送だな」とつねに解説者であるアーニーが口を添える。

「なんてことだ」とジョシュ。「頼むから、これもまた夢だと言ってください。頼むから私を起こしてくださいよ、麗しのアグネス」とジョシュは言う。「水から上がって、アーニー。私の肩を叩いてくださいよ。その強ばった人殺しの手で私の目を覚ましてください」ジョシュは軽い口調で、事態が悪くなるまえに彼らに対して使っていたような口調で話す。

「あたしたち、あなたを起こすことはできないわ」とアグネスが答える。「これはね、これはぜんぶ、現実だもの」

「だけど、殺人は？」

「人を囲い込むとこういうことが起こる」とアーニーが言う。「これはつねに真実で、けっして変わらない。ルールだ。キャンプはキャンプなんだ、ヘル・ディレクトール。なかでは、違う種類の正義が形成される」

　ジョシュが顔から顔へつぎつぎ見つめると、それぞれがしっかりと彼の視線を受け止める。

「どうしよう?」ジョシュは恐慌をきたしながら訊ねる。

「あんたがそうしたいなら警察を呼べばいい」とアーニーが答える。「十二マイルだと、あんたは言ってたな。誰かが起きてれば、十五分でここまで来られる。サイレンを鳴らしながらな、音を小さくするかもしれんが」

「なんてことだ!」ジョシュはまた叫ぶ。「まったく、なんてことしてくれたんだ?」

「これは」とアグネスが言う。「あなたにはとっくにわかってたことでしょ」

アーニーが浅瀬のほうへ移動し、水中から立ち上がる。か細い、脆そうな骨格の男だ。「これはもう、俺たちが何をしたかってことじゃない」と彼は言う。「あんたがどうするか? ってことだ。問題はそれだ。俺たちの人生の終わり方を決めるのはあんただ。あんたのキャンプの終わり方もな。今のこの一時を記憶に留めておくかどうかの選択をするのは、あんたたなんだ」

「だけど私じゃない」とジョシュ。「あんたたちがもう決めてしまってるじゃないか」

「俺たちはひとつのことを決めた。残りはあんたが決めるんだ。そうしたいなら、あんたはこれをもみ消してしまえる、あのラビの件と同じようにな。ヒメルマンが、あの汚らしいオサワリ魔が跡形もなく消え失せたように。あの犯罪をあんたたちの理事会は呑み込めるんだろう? なら、これも呑み込ませればいい――果たされた正義。痛ましい被害に対する報復。これをあんたの罪のリストに加えろよ」

「たとえ私がそうしたくても」とジョシュが言う。「たとえそれが正しくても――」

「単純な坊やねえ」とアグネス。「うぶな子」

「皆に言ってやれ」とアーニー。「警察に、家族に、世間に。俺たちが一日に山ほど薬を飲んでることを。皆に、俺たちについて皆がとっくに思ってることを言ってやれ。アルツハイマーのことを話せ、軽い脳卒中のことを話せ、脳のプラーク（動脈硬化巣に存在する内膜の斑状肥厚性病変）や日暮れ時兆候（認知症における日没時から早晩にかけての破壊的行動の増悪）のことを話せ。連中は掲示を貼ってまわるだろう。木立を探すだろう。だけど納得するさ。皆納得するよ。違う種類の認知症だってあるだろうし。高齢のフォーク氏はそういうのにやられてたんだってことを皆受け入れるよ。あんたが手を貸してくれて、あいつをちゃんと沈めて、水草のなかに絡めておけば、二日、三日して、子供たちがもういなくなってる頃に、あいつはまた浮かび上がってくる。あいつは浮かんでくる、わけのわからなくなった年寄りがパジャマ姿でな。そして誰もそれ以上二度と考えてみようとは思わんよ。自分にどんな善が行えるか考えてみろ、ジョシュ坊や。このキャンプにとって何が善か考えてみろ。考えてみろ、俺たち八人全員がそこまで頭がおかしいということがあり得るか、それとももしかしてアグネスが正しいか？　選択するのはあんただ、ディレクトール。あんたはひとつの罪を毎晩ベッドに持って入るんだ、今夜は二つ目も持って入れ」

「どんな選択だと言うんだ？」とジョシュは訊ねる。「この男に何をしたんだ？」

「どの男？」とアグネスが、ほんとうにわからないという顔で訊く。「あいつ？」と彼女は湖を指差す。「それとも、あなたに？」

　そして横のほうで、その場の全員がそれを感じる。動く気配がする。たぶんキャンプ・リーダーか、キャンプ参加者が、地面を這っている。もしかしたらすでに警官が監視しているのかもしれない、ジョシュと彼の統括する高齢者たちをしょっぴこうと。ジョシュはヘッドランプをねじって点ける。光は彼の視線を追い、そして彼はこの光線を、木立に隠れているずぶ濡れの年寄りたちと今やアーニーが足を泥に埋めて立っている湖の柔らかい端とのあいだの草むらに向ける。

老人のひとりが声をあげる。「ほら！」だが、またも、頭に明かりを装着して――ジョシュはすでに見ている。ゆっくりと着実に、まず一対の巨大な亀が、ついでやや小さなべつの三匹が、のろのろと後ろからついてくる。一団は年寄りたちが隠れている茂みの前を横切っていく。「象と同じだ」とアーニーが言う。「亀もあんなふうに覚えてるんだ」

ここでアーニーは草の上に上がり、老人たちも寄ってきて、いっしょにジョシュの横へやってくる。一同はいっしょに立ってこの行進を見守る、殺人者全員が。一同は亀がゆっくりと行進していくのを眺め、そして、この甲羅を背負って歳月の色をした古代の生き物が身を沈めるのを、一匹、また一匹と静まり返った湖に姿を消していくのを見つめる。

読者

The Reader

彼は本の箱をうずたかく積み上げてある倉庫でそんな箱のひとつに腰掛けて、プロモーションツアーに出てから毎晩しているように昔を思い出す。トッドという名前の男の子が、コーヒーのカップを持ってひょっこり入ってくる。彼は作家よりも若い、今では皆、ずっと若い。

「インスタントだけど」とトッドは言いながらカップを手渡す。「かまいませんかねえ。コーヒーメーカーは――バリスタは――もうスイッチ切っちゃってるんで」

「インスタントでけっこうだよ」と作家は答え、証明するために一口啜る。

今夜は、六番目の都市か八番目の都市か。またも作家が車で走ったあげく空っぽの書店を見出すだけ、という一日が終わる。書店には注文しておいた自分の新刊がないことさえ多く、ましてやそれを買ってくれる聴衆などいない。

作家はありがたいと思っていないわけではない。彼が送ってきた人生、物書き人生は、彼のもっとも途方もない夢をも超えたものだった。彼は何年にもわたって厚遇され、褒めちぎられ、好評を博した。とはいえ、作家は持てるすべてをこの最新の小説に注ぎこんだのだ。感情だけではない、才覚じみたもので手に入れたすべてだけではない、文字通り彼が持っているものすべてを。ありったけの時間、ありったけの金、彼の人生を。もちろん、これはどの本の場合にも要求されてきたことだ。あらゆる気晴らし、そしてどんな慰めをも控えることを、ただひたすらうつむいて仕事することを要求されてきた。だがほかのときよりもいっそう難しい数十年間もあった。そして今回の仕事から目を上げた彼は、自分が老いていることを発見したのだ。

作家が振り向くと、トッドがまだそこに立って、夢想にふける作家を観察している。少年はポケットからコーヒーフレッシュをひとつかみ取り出す。彼は手のひらに載せた小さなポーションの山を、まるで作家がふれあい動物園の老いた山羊であるかのように、作家の顎の先まで突きつける。

「いいや、けっこう」と作家は断る。「受け付けないんだ」と作家は説明する、「乳糖はね――とりわけ」

作家がこのまえ最後にこの書店で朗読したとき、珈琲係《バリスタ》は帰ってしまってはいなかったし、スタッフも帰ってしまってはいなかったし、作家はコーヒーは飲まなかった。書店主はウィスキーを注ぎながら、目をキラキラさせている従業員たちを追い払っていた。それでも彼らは興奮した面持ちで倉庫へ駆け込んできては、言うのだった。「どこへ入ってもらったらいいのかわかりません。聴きに来たお客です。ドアの外に並んでるんです」

今夜は誰もおらず、トッドは店のなかを最後にもう一度のぞいて本当に誰もいないことを確かめる。「あと五分だけ待ちましょう」名札を外しながら彼は言う。それから携帯を取り出し、両の親指をひらひら動かし始める。

作家は少年に言いたいことがある。十二年だぞ、と言いたい。一冊の本に十二年——今の君の人生の半分じゃないのか、若者よ？　彼はトッドに言いたい。自分の物語には忠実であらねばならない。これは嘘つきが果たさなければならない責務と同じだが、ここではそれが真実に忠実であるということなのだ。

とつぜんやる気を見せて、作家は在庫にサインしようと申し出る。

「返品できなくなるんで」とトッドは言う。「取次業者が……サインがあるとどうも——」そしてここでトッドは打っていたメールから目を上げる。最後まで言いたくないことを言い始めてしまったのだ。

「傷モノになる」と作家は代わりに言ってやる。トッドは頷く。それからまた二本の親指が活動を始める。

あなたが作家のことなんか聞いたこともないということも——かつては何か聞き覚えがあったかもしれないが思い出せないということも——そして、作家が（本人の評価においてさえ）もはや名を挙げるに値しないということも、過去の価値を損ないはしない。

彼が書いた何冊かのすばらしい著作の価値を下げはしない。購入され、読まれた数え切れないほどの本の価値を下げることはない。愛された本、もしかしたらあなたのためにサインされた一冊、まさにその一冊が、あなたかあるいはあなたの両親の本棚の後ろに落っこちているかもしれない。それとももしかしたら、そう、それはあなたの祖父母の本かもしれない――しまい込まれて、地下室でカビを生やして、シミに食べられているのかもしれない。

彼の最盛期には、ニューヨーク公共図書館の館長がかの由緒ある施設の正面階段で作家を待ち受けていた。名門の出である館長は、雨のなか、朗読にやってきた作家へ敬意を示すためだけに、あの二匹の眠れるライオンのあいだに身じろぎもせずに立っていた。

彼はそれから作家に驚嘆すべき所蔵品の数々を見せたいと言い張って、広大ないくつものホールを案内して回った。「これはヴァージニア・ウルフが川の土手に残した杖です、水のなかへと入っていったときにね」と館長は説明した。「ポケットにぎっしり石を詰めて」館長はこの遺品をちょっとの間作家の手に載せてから、かつてのマンハッタン貯水場の溜池の下へと彼を導き、どんどん階を降りてブライアント公園の地下深くに伸びる書庫へと連れて行った。そこで館長は巨大なニッケルのハンドルを回し、本棚を海のように分かち、言った。「ここにあるのは十九世紀のベストセラーです。あなたのお兄さんやお姉さんが、百年まえにあなたのように高く評価されていた作家たちが収納されているんです！」作家は眺めてみた。あの時代のもので自分が愛読していた本があるだろうと思っていた。

「これは……」と作家は言った。

「そうです、そうです」と館長はにっこりした。「あの時代の大家たちですよ!」

作家はもう一度見てみたが、背表紙は見慣れないものばかりだった。『ブルーミングデール通り』『トゥー・ザ・ヒルズ、ボーイズ!』『キャプショー・イズ・ラフ』そして『スカトルーディードゥ』というしいただけないタイトルのものもあった。作家の目は棚のあちこちを飛び回り、しだいに速度を増して、しまいに頭のなかへくるっと潜ってしまいそうになった。彼は恐慌をきたすまいとした。作家の聞き覚えのあるものは一冊もなかったのだ。

「嗜好は変わりますからね」と館長が言った。「この変わりようには興味をそそられませんか?」

作家はあの一時を葬り去った。あの場所に、公園の地下深くに置いてきた。ところが今になって、こんなに何年も経ってから、作家がトッドや倉庫や自分の落ちぶれ果てた経歴を後に立ち去ろうというときになって、どっと蘇ってきたのだ。

作家は少年に礼を言う。作家は別れを告げる。そしてトッドはその別れの言葉が彼や彼の店やこの町にだけ向けられたものではなく、このクソ忌々しい事態全体に作家が別れを告げているのだとはわかっていない。

この最新作、作家はそのほぼすべてを立ったままで、背中の痛みと戦いながら、関節炎で関節が腫れた指でキーボードをカチャカチャ打ってタイプしたのだ。今では彼はそんなふうにして執筆している。彼の体からは柔軟性がなくなり、骨と骨がこすれあっている。

「掛け金のところを叩いたら、後ろで掛かりますから」と倉庫からトッドが叫ぶ。作家はこれを聞きながら正面入口へ向かい、結局こんなことになったか、と思う。背後の少年は携帯にかかりきりで、すでに誰かがなかに入り込み、文学の宝物をせっせと詰め込んで店から盗んでいこうとしているかもしれないなんてことはまったく念頭にないようだ。作家は空っぽの五脚の椅子が五列、もしもぜんぶ埋まっていたならばそこそこの人が集まっているという印象を与えられるように、馬蹄型に並べてあるのをよけて進む。彼はずっと目を下へ向けて、「書店員のお薦め」や「ベストセラー」を見ないように、「読者のお気に入り」やかつて知り合いだった作家たちの受賞を示す箔押しの隣の値引きのステッカーを見ないようにする。

ドアから半分外に出かけたときに、作家は違う呼び声を耳にする。「作家先生」とその声は叫ぶ。それから、もっととげとげしく、強要するように、「先生」と声は言う。「先生、あんたはここへ朗読しに来たんでしょう」

空っぽの店内に、あの空っぽの椅子の列に、男がひとり——声をあげるまで見えなかったのだ——座っている。

男は小柄だ。大柄ではない作家よりもずっと小さい。それにかなり年上らしく、ならば少なくとも百十くらいにはなっていないと、と作家は思う。男の肌は青白くてビタミンが欠乏しているようだ。顔は頭部からだらんと垂れ下がっている。男の口にドアストッパーのように突っ込まれているのは大きな白いひと揃いの入れ歯だが、夜になるときっとコップのなかに入れられるのだろう。なんらかの活力が残っている唯一のものが髪で、靴墨のように真っ黒だ。これは——作家はその髪から目が離せない——あの入れ歯とは違う。髪は本物に、活気に満ちて、染めていないように見える。

もしまた作家がペンを取ることがあれば、あの髪はディテールに使える。やつれた老人を描こう。自分の服のなかで縮こまって、顔は蠟みたいに溶けていて、それにこの小粋な、この健康なふさふさの黒い髪。

「あんたは朗読しに来たんでしょう」と男が言う。

「私は朗読しに来ました」と作家は答える。

男はそこに立って、期待の表情を浮かべている。

作家は自分が受け取っている合図を読み違えた振りをする。彼はさもいらいらしているような顔をする。そして男が一歩も引かない構えをとり続けると、作家はくじけ、あけっぴろげに打ちひしがれた顔になって、その夜のあらゆる苦渋に声を詰まらせる。

「十二年のあいだ」と作家は話す。「くる日もくる日も——書きました。四六時中書いていました。下書きだけでも何本鉛筆を使ったか、あなたにはわからないでしょう」と彼は語る。「何箱もの鉛筆です。それが見てください」と作家。「どうか、ちょっと見てくださいよ」

老人は作家といっしょになって、空っぽの部屋を見渡す。

「今夜はもう終わりにしませんか?」と作家は言う。「そうだ、もうこんなことはぜんぶやめにして、家に帰りましょう」

最初は彼自身姿が見えなかった老人は、ここで、これまで彼の手のなかにあって見えなかった作家の著作を一冊取り出す。読みふるされている——いい感じに。実際のところ、聖書みたいな柔らかさに見える。ハードカバーの単行本なのに、さんざん読まれて握られた手のなかで丸まっている。

「私だって投資している」と男が言う。

「一杯どうです」と作家。「そのほうがいいのでは——もっと個人的な感じで？　なんなら——食事でも？」

「私はあんたに朗読してもらいたい。そのために来たんだから」

二人は見つめ合う。顔をしげしげと。そして作家は首を振りながら、自分がこう言っているのを耳にする。「何か短いものを」彼はこの古色蒼然とした男に屈服し、そう言う。

「私が指図することじゃないから」と老人は答える。「もしそれが一言なら、一言でけっこう。契約だからね——社会的契約。契約では、私が来たらあんたは朗読するってことになっとる」

「そりゃあそうですよね」作家はそう言って、手を差し出し、小柄な男を前の列へと導く。作家は自分も腰を下ろし、椅子をさらに馬蹄型の内側に向けて、朗読しようと自分の本を手に取る。

「いや」と小柄な男が言う。「演壇で」

「ええ？」

「演壇で」

「私たち二人なんですよ」と作家は言う。

老人はぽかんとした顔で見返す。

「聴衆は」と作家は続ける。「あなたひとりです」彼はわからせようと、指を一本上げてみせる。

「尊厳というものが。偉大な作家の」

「私が？」

「あんたが。偉大な作家だ。並外れた作家だ。あんたに会いにひとり来ようが百万人来ようが、ともかく演壇でだ。朗読してくれ。しっかり読んでくれ」

そして今や作家の最初の印象は軽率だったように思える。作家にはもはや、この老人がそこまでどうかしているようには、もはや思えない——そして彼は、そう思えないことが恥ずかしい、なぜなら彼はどうして自分がもうそう思わないかわかっているからだ。

作家は演台を前に立ち、自分の本を開く。彼はひとりに対しても百万人に対しても同じくするであろう紹介を行う。かつて大ホール用に準備していたのと同じ、人柄のにじみ出た心のこもった前説だ。彼はシアトルでのある夜のことを思い出す、楽屋へ行こうとしてTV中継車から劇場のなかへ伸びているケーブルに躓いたことを思い出す。そこにはヘッドホンを着けた女性がいて作家のためにカーテンを開けてくれ、そして、一瞬彼の腕を捉えた。「目をバルコニーのほうへ向けるのを忘れないでください」と彼女は言ったのだった。「あなたには見えないでしょうが、そこにも人がいるんですから」

作家はこのたったひとりの男のために心を込めて朗読する。声を轟かせ、語っている物語の雰囲気に呑み込まれて、文章のリズムを体じゅう駆け巡らせながらあまりに懸命に読むので、作家の目には涙が浮かび、その涙を彼は流れるままにしておき、今や彼は記憶に刻まれている文章を朗読しながら、文字が泳ぐページをめくる。

こんな夢のような一時の最中、作家は——どのくらいになるのかわかったものではない時間のあいだ——トッドがそこに立って、奇妙なドンドンいう音を放ちながら作家とあの男を交互に見つめていることに気づかないでいる。トッドは作家の注意をそらそうとしているのだ、と作家は思う。このすばらしい一時から引き離そうとしているのだ、と。そうでなければこの太い低音がトッドから聞こえてくるはずがないじゃないか？　もしかしたらこれはある種の怒りがトッドから放射されているのかもしれないと作家は思うが、それからこの世へ引き戻されて、焦点が合うと、律動はトッドがホイールキャップのようにぎゅっと頭にかぶっているヘッドホンから流れているのがわかる。

作家はなおも飛翔しながら、読み続ける。

闇のなかを、遠く離れたつぎの都市にむかって車を走らせながら、今しがたの経験は賜物なのだと作家にはわかっている。ほんとうのところ、たとえたった一晩であっても、ひとりの真の読者を見出すことほど執筆生活を豊かにしてくれるものがあるだろうか？

作家はこの思いを、甘くてべとべとする薬用キャンディーのように舐りながら頭のなかで転がす。彼はこの思いをほとんどなくなってしまうまで思いめぐらしながらI-80をひた走る、車が風で揺れるのでハンドルに力をこめながら。エンジン点検警告灯が急にダッシュボードで輝いても、作家はそれを真の芸術家の人生におけるまたひとつの小さな試練にすぎないと思う。エンジン点検。作家点検。運転続行。

それは長くは続かない、この気分は。丸二十四時間しないうちに、作家はこんなに遠くまで来てしまったことを恥ずかしく、決まり悪く思う。作家は自分が細い女と並んで立っているのに気づく。彼女の手首には銅のバングルが巻かれていて、なんだかよくわからない戦いに備えて装っているかのようだ。作家に思いつくのはただ、この人影のない店でいったい彼女は誰と戦うのだろう？　ということだけだ。そもそもいったい誰がわざわざ襲撃に来るというのだ？

女は作家に話しかけながら、わずかばかりのサイン会用の本を一列に並べる。「十年に一冊の小説家にとっては、きっとショックでしょうねえ」と彼女は言う。「いろんなことがどれほど変わっているか目にして、びっくりなさるでしょ」

「はい、はい」と作家は答える。「十年ごとに一冊、まるでセミですよね。そのあいだずっと地下で、生き続けるので手いっぱい。そして土を掘ってやっとまた外へ出たときにどんな世の中になっているか、さっぱりわからないんですから」

女はこの状況全体を、手を振って払いのけ、この動作でバングルが腕を滑り、金属音を響かせる。「あと十六週と三日で、ここはＣＶＳファーマシーになるんです」

作家はこれに対してどう答えればいいものかわからず、とりあえずこう言う。「石鹸」それから自分の頭を指差して、「綿棒」。彼は咳払いする。「常に必要とされる物もありますからねえ」

女は考え込み、一方作家はそれをきっかけに、ありがとうと頷いて駐車場のドアへと向かう。そのとき、作家は耳にする。「作家先生」とあの声が呼ばわる。「先生。どこへ行くんだ？」

作家は足を止め、目をぱちくりさせ、耳を部屋のほうへ傾げる。作家はドアの取っ手を握ったまま、自分自身の鳥のまね声を聞いたかのように立ちすくむ。

「先生、いつも走ってるなあ。今夜の朗読を！」

作家が答えるまえに、書店主が口を開く。彼女の声は小柄な男を叩きつぶすにはじゅうぶんだ。

「朗読はありません」と彼女は告げる。「キャンセルです」

「キャンセルとはまたなぜ？」と老人は訊ねる。「どうしてキャンセルに？」

彼女はいぶかしげに老人を見る。「誰も来ませんでしたから」

「来てるでしょう」と老人は言う。だが彼が言っているのは自分のことではない。「作家先生が来てる。ほら、そこに。見えるでしょう？　ドアを開けたままにしてるから、冷たい空気が入ってくる」

「やってもしょうがないですよ」と女店主は言う。「気を悪くしないでください。でも、朗読の時代は、もう終わってしまったんです」

「いや、気を悪くするね」と老人は答える。それから彼はぺらぺらと喋り始め、作家への賛辞を歌い上げる。作家はそれを自分個人のこととは受け取らない。つまり、彼はその親切な行為を自分のことを語ってくれているというふうには聞かない。この古色蒼然たる男の口から彼が聞くのは本そのものに対する情熱だ、書き記された言葉に夢中になった者の。作家は聞こえてくる言葉を同じ読者として聞き、そして作家は思い出す。

あれは『私の鳩小屋の話』だった。母に読み聞かせてもらったバーベリだった。母は子供時代の彼のベッドの傍らに座って、あの物語を作家に、ロシア語で読んでくれたのだ。これは、ベッドの傍らで小声で語られるあの言語がまだ作家の耳に意味を持って聞こえていた頃のことだ。そして今の彼を見ろ。一生分経ってしまったが、彼にはまだあの物語がそっくりそのまま、あたかも自分自身があの物語を生きてきたかのごとく見えるのだ。作家にとってあの物語は、最初に聞かされたときと変わらず生き生きとしたままなのだ。ロシア語のほうは——そのすべてが——消え失せてしまったというのに。

母が読み終わると、作家は母にこの物語は自分のためのものなのかと訊ねた。彼は比喩として言ったわけでも、誇張していたわけでもなかった。真面目に訊ねていたのだ——幼い男の子の質問だ——バーベリ氏はこの物語を作家に聞かせるために書いたのか？　と。

そんな、幼い男の子に聞かせるにはあまりに悲しく、あまりに暗いお話を朗読した彼の母は、息子の髪をくしゃくしゃ撫でると頭にキスして答えた。「もちろんよ。あなたのためだけに書かれたのよ、坊や」子供だった作家は驚き、すっかり嬉しくなり、そして不思議な思いに満たされた。どこかで、ひとりの小説家がこの世に何かを産み出したのだが、それを、作家ただひとりに見つけてもらうために世に産み出したのだ。それは友情と同じくらい現実的な親しさだった。

作家は、彼の読者がバングルで鎧った女に話しかけて説得しようとしているほうを見る。そこには作家の奇人がいた。作家の狂人が。そしてまた、作家の聴衆が——この古色蒼然たる、靴墨のような髪の古色蒼然たる男、白内障で爪のように濁ったその目で彼は本を読むのだ。本を読み、そしてなんとか運転もする。

書店主の女性は軟化し、作家はそれに抗わない。彼は今や、今夜ここにこうして再度会いに来てくれたこの男の献身に心底感動している。作家はこの老人のために心を込めて朗読する。そして作家が読み終えると、後悔した書店主の女性が小説を持ってやってきて、作家はそれに恐縮しながらサインする。それは店のためのものではない。献辞を記してくれとの要望が出され、本は持ち主の名前を記されたのち、所有者に返される。彼女はそれを、あのバングルをはめた腕で覆うようにして、胸に抱きしめる。

作家は彼の擁護者、彼の支持者に心底感謝している。セントポールの青年商工会議所で、彼のたったひとりの忠実な読者がヤムルカをかぶっていちばん前の列に座っているのを見つけたとき、彼は自分にそう呟く。

自身ヤムルカをかぶった作家は、彼を支えてくれ、彼を守ってくれ、困難なときにも彼を見捨てないこの男に感謝の念を抱くあまり、そのお決まりの言葉はちょっとした祈りとなる。作家は演壇からこの言葉を復唱する——それは彼の口から、詩となって出てくる。老人は感激の面持ちで歯と髪を輝かせながら、格納式の壁越しに響くバスケットボールのイブニング・リーグの騒音にかき消されそうな個人的献身に耳を傾ける。終わったあと、老人は作家のつぎの日付を記したしわくちゃになった手書きの予定表を取り出す。「うん、すばらしい夜だった、今日は」と老人は屈託なく言いながら、眺める。

だが、どの賜物も、どの祝福も、ある箇所で腐り、変質する。あの男は彼に会いに空っぽのブルックリン・ブックスミス書店へ、空っぽのスリー・ライヴズ書店へ、空っぽのポリティクス・アンド・プローズ書店へやってくる。カンザスシティでは、朗読の最中に酔っ払った二人連れが無料のワインを飲もうとよろめきながら入ってきて、作家はぱたんと本を閉じたものの、結局たったひとりの聴衆からこんな叫びを聞かされることとなる。「作家先生、朗読を続けて！」

「朗読を続けて」、いいだろう、だがどのくらいのあいだ？ 作家は思い出と名声の毒気で生き延びている男だ。彼はアラモサ郡にあるプエブロ族風なデザインの風変わりな書店で、彼の読者――どこまでもつきまとう――にこう呼びかける。「この本は」と作家は言う。「これは小説じゃない、墓石だ。私の頭の上の地面にハンマーで打ち付けたらどうですか？ もうちゃんと正面に名前も入っているし」

「そんなことを言うのは間違っている」と読者は答える。「死に急いではいけない」

「急ぐ？ 私を見なさい。私は陳列窓のフックにあまりに長いあいだぶら下がっている鴨だ――食べごろを過ぎている。唯一の違いは？」

「うん」と読者。「あんたとフックにぶら下がった鴨との違いはなんだ？」

「鴨は」と作家は答える。「少なくとも死に時を心得ている」

老人は作家をまじまじと見つめながら考え込む。

「私の父は」と彼は言う。「九十七歳で首を縊った。それ以上耐えられなかったんだ。遺書にそう書いてあった。父はそれ以上生きることと向き合いたくなかったんだ」

「それはお気の毒です」

「父が私に話してくれたらよかったんだが」と老人は話す。「私は言ってやったのにな。九十七？ そんな思い切った行動は必要ありませんよ、お父さん。辛抱なさい。とにかくもうちょっと待ちなさい」

作家に、この容赦なく続く責務を免除してやってくれ。たとえつぎの都市でもこの老人たったひとりしか来ないにきまっていても、それでも車を走らせ続けることが自分の義務なのだという彼の信念を、どうか取り除いてやってくれ。忍耐力というものが果たして自分のとてつもない弱さなのか、それとも自分のもっとも大きな力なのか、物書きにはとんとわからないのだ。そして、バックミラーのなかに分かれて浮かぶヘッドライトのなかのどれが彼の読者のものなのか、どの一対が、分かたれて、光を投げ返しながら彼を導き続ける目印、北極星なのか、作家にはけっして区別がつかない。

二人がデンヴァーの書店に着くと、そこは今では半分マリファナ薬局になっている。愛読書の埃を払いながら書店主が言うには、ひとつのドラッグをもうひとつの代金を支払うために利用するという方針なのだ。たったひとりの読者以外は誰も来ない朗読のあと、このたっぷり金を持っていい暮らしをしている男は、骨折りの礼に、どれでも好きな本を一冊持っていってくれと作家に告げる。店からの贈りものだ。

「バーベリ」と作家は自分でも驚きながら言う。「初期の短篇集を」子供の頃以来、読んだことがなかったのだ。

デンヴァーから、作家はロッキー山脈を横断して太平洋へ向かい、彼の読者は(制限速度には細心の注意を払っている)熱心に後を追ってくる。ソルトレイクシティで、作家は右の、北側へと曲がり、三日にわたる雨をついてヴァンクーヴァーへ走る。あの緑豊かな都市で例の読者のために朗読したあと、作家は車をつぎの書店へ向け、またウェストコーストへ戻る。今回は太陽がいっしょで、作家は片腕を窓から突き出して運転し、体の左側をこんがり焦がす。シアトルのちょっと北のガソリンスタンドで、作家は最後の所持金でガソリンを満タンにする。ひどい金欠状態の彼は、さらに数マイル進んでから、教会が運営する路傍の屋台で車を停める。そこで彼はもらったばかりのバーベリを一ドルで売り、ご婦人がそれに二ドルの値札をつけてから箱に放り込むのを見つめる。「その短篇集は」と作家は彼女に話す。「私の覚えているとおりなんです」

シアトルに、かつて作家が真の名声を博していた都市に乗り込みながら、文字通りの意味でも比喩的にも、自分がどれほど低い位置に置かれているか、作家にはわかっている。彼の旧友であるエリオット・ベイ・ブックスのバイヤーが作家の朗読会開催の手はずを整えてくれたのは、もう一度甘えさせてもらおうと彼が恐縮しつつ思っている、あからさまな慈善行為なのだということは。目を伏せながら、作家は書店と通りを隔てたむかい側にある『私のところへいらっしゃい《カム・アントゥー・ミー》』救護所へ行って一杯のスープを飲む。その日初めての食事だ。

書店に入ると、作家はカウンターのむこうにいる鼻にピアスをした店員に自分の名前を告げる。彼女は作家にそっけなく、朗読会は階下だと告げる。作家は意気消沈しながら地下へ降りる階段に向かう。するとざわめきが聞こえ、受付が最高潮の賑わいとなっているらしい物音に、心臓がそわそわし始める。活気が、足元の床板を通じて感じられる。作家は一度に二段ずつ階段を降りたいのをこらえる。

地下に着くと、確かに人が大勢群がっている。彼らは書店のカフェに満ち溢れてコーヒーを飲んでいるのだ。作家がバリスタに訊ねると、彼女は指差す。朗読会が行われるのはそのむこうの小さな部屋なのだ。

このざわめきで、作家はどれほど気持ちを乱されてしまったことか、どれほどの歓喜に包まれてしまったことか。

書籍バイヤーがやってくると、作家は小部屋で待っていて、長い年月が押し流されてしまう。これまでの時間がほんの一瞬にすぎないものとなり、二人のあいだに温かいものが流れる。二人は抱き合い、そしてバイヤーは言う。「元気そうだ、ぜんぜん変わらない」

部屋が空っぽであることがせっかくの一時を気まずいものにしないうちに、バイヤーは正面からその問題にぶつかってみせる。「本当にすまない」と彼は言う。「あれはすばらしい本だ。これは、誰も来ないのは、君のせいじゃない、僕たちの責任だ。今シーズンは売れなくてねえ。数字が落ちてるんだ」

「いいんだ」と作家は答える。「この国全体が、私にとっては砂漠なんだ――大西洋から太平洋まで、空っぽの部屋ばかりでね」この、昔を知っている男に、十二年前には作家の輝かしいセルアウト・ナイトをお膳立てしてくれ、なおかつ今度は現状についても――思いやり深く――認識してくれている男にこんなことを打ち明けるのは、とてもいい気分だ。あの彼の読者とは違う。彼を忠誠心で溺れさせるあの彼の影とは違う。作家は言う。「そうだ。待つのなんか止めちまおう。昔のよしみで一杯やらないか――君と私とでさ？」

バイヤーは考え、それから作家の肩に腕を回す。「いいとも、ぜひそうしよう」と彼は答える。彼は腕を下ろし、カフェをすっと横切って階段へ向かい、その後ろから憂い顔の作家が続く。

二人で階段を上りながら、作家は耳にする。音楽やおしゃべりのなかで聞こえることに彼は驚くが、カフェの混乱の奥深くから確かに聞こえてくる。「作家先生！　先生！　そろそろ始める時間だ」という言葉が聞こえる。「先生、おーい、どこへ行くんだ？」

書籍バイヤー自身もそれを一部耳にする――手すりを握って立ち止まる程度には。作家はそんなもの聞く気はない。彼は上り続け、バイヤーを追い立て続ける。そして作家のあの老人は――動きがのろくて追いつけないし、目の前には階段があるしで――下からありったけの声で叫ぶ。「おい、先生！」と彼は呼ばわり、それから、「おい、本屋さん！　下にこうして客がいるんだぞ！　その作家先生は朗読しなくちゃならんだろう！」

この言葉は、書籍バイヤーも聞き漏らしはしない。「ほら、聞いてごらんよ」と彼は言う。「君のファンが呼んでる」彼がそれ以上言うまえに、作家はこそこそと向きを変えて階下へ向かう。

朗読が始まろうとしているが、カフェからは誰も入ってこない。会話は続いている。音楽が鳴り響く。バイヤーはかなり苦労してバリスタを説きつけ、音量を落としてもらう。一連の低いブーイングが――作家の耳に――聞こえる。

老人は椅子が三列並んだ奥の小さな部屋のいちばん前に座っている。小さくはあるものの、部屋には三〇センチほど高くなったさほど奥行のない合板のステージがあり、小さな演台が斜めに据えられていて、そこで作家が朗読するのだ。

作家の顔に浮かんでいる感情は明白だ。そしてバイヤーは作家が気持ちを落ち着けるのを待つ。とはいえ、作家の絶望はとても和らぐどころではないということがすぐに明らかになってくるのだが。絶望はぶくぶく泡を噴きながら、どうしたわけかこの弱々しい小男に向けた怒りへと変じていくようなのだ。

「ねえ君」とバイヤーは言いながら、作家をステージへ連れていこうとする。「その男に五分だけ読んでやればいいじゃないか、それからさっき言ったように酒を飲みにいこう」バイヤーは意識すらせずに作家の肩を揉み、背中を叩く。まるで宥めすかしてリングに上がらせようとしているみたいに。

「そうだ、五分だけ」と老人が言う。「さあ、上がって！　ステージに上がって。始める時間だ」

これで作家は爆発する。

「ストーカーめ！」と作家はわめく。

「愛読者だ！」

「どれほどへんなことをやってるのか、わかってんのか？」と作家。

「どれほどへんなことをやってるのか、わかってんのか――あんたがな？」

作家は黙って立ち尽くし、見た目にもわかるほど震えている。老人はバイヤーに向き直る。作家の味方だと思っているのだ。

「教えてくれ、どうして芸術家は微かな希望を糧に生きていく夢想家なんだ？　どうして読者は同じじゃないんだ？　どうして私のやってることのほうが弱いんだ？　私は来た」と老人は言う。「彼は朗読する！」

作家は、まるでこの世には自分と相手の二人しかいないかのようにわめき返す。「ぜったい読まんぞ。悪魔め！　呪わしい、呪わしい年寄りめ」

老人は笑っている。彼はバイヤーにむかって言う。「彼は読むよ、見てなさい」そして作家にむかって、頑として要求する。「この本屋にわかるように話してやりなさい。あんたと私の心のなかで、本当のところ何が問題になっているのか話してやりなさい」

作家は泣いたりしたくない。目が潤むのが感じられ、涙がこぼれないことを祈りながら、頭を後ろに反らすことまでやってみる。

「なんだって？　なんだって？」老人は丸めた片手を耳にあてがいながら、訊ねる。

作家は答える。「口に出してしまうと、どうもへんな感じになる」

「話してやりなさい！」老人はバイヤーを指差しながら叫ぶ。「なんであんたのような人がこんなことをやっているのか、話してやりなさい」

「私が書くのは」作家は顔を歪めてしかめっ面になりながら言う。「自分が読者として心を動かされたように人の心を動かすためだ」そしてここで彼の表情は解れる。「そして、もしまだ私に少しでもいいものが書けたなら、ここで聴いているのがあんたたち二人だけ、なんてことにはなっていないだろう。失敗だ、認めるよ。今じゃ」と彼は老人にむかって言う。「あんただってそう思ってる」

「自己憐憫だ。年老いた美人コンテストの女王の嘆きだな。いや」と読者は言う。「のちのちまでの世代のために書かれた本が失敗だなんて、私は認めないぞ」

二人の男はその場に向き合って立ち、作家は今や手放しで泣いている。二人はあまりに大きく生々しい瞬間にはまりこんでしまっているので、携帯の呼び出し音がしなくなり、コーヒーメーカーのシューシューいうけたたましい音が止んでいることに、あの隣のコーヒーショップ全体で話し声が消え、わめき声に引きつけられて、今や入口の周りに人だかりができて二人の喧嘩を注視していることに気づいていない。

あれは、カウンターのなかから出てきた、ピアスをしてタトゥーのある、髪にブルーのメッシュを入れた女だ。「ねえ、朗読してよ」と彼女は言い、その呼び掛けにすぐさまべつの声が賛同する。「そこへ上がれよ」と誰かが叫ぶ。するとべつの誰かが怒鳴る。「おい、じいさん、もうひとりのじいさんにちゃんと読んでやれよ」かなりの聴衆が集まりかけている。泣きじゃくったり鼻を啜ったりでべとべとになりながら、作家は自分の本を取り上げ、ぎくしゃくとステージへ上がる。今夜は荒っぽい群衆を相手に朗読するのだ。

「おい、だめだ!」と老人が怒鳴る。「こっちへ来るな」彼はドアの後ろへ回り、足を踏ん張って、懸命にドアを押して集まった今時の若者たちを締め出そうとするが、むこうは簡単に引き下がろうとはしない。「出てけ!」と老人は怒鳴る。「出てけ、出てけ、ちゃらちゃらしたガキども!」

老人は片手を自由にすると、ステージに上がった作家を指差し、ドアのカフェ側にいる連中には老人の指差す手だけが見える。「この人はな、巨匠なんだ！　ロシアのサーカスの訓練された猫じゃないんだぞ」と彼は怒鳴る。「まともな理由で聴かなくちゃいかん。これは猿が犬に乗るとかいった見世物じゃないんだ」そして老人が「ロシアの」と言うと、ステージから眺めている作家は「ロシアの」と思い、あの約束の鳩小屋の話が脳裏に蘇る。バーベリの血まみれになった二羽の鳥が自分の足元にひしゃげているのが見える。

老人はドアを押し続け、しまいに閉めてしまう。格闘のあいだに、彼の黒い黒い髪がなぜか違うほうへはねて、分け目が逆になっている。あの奇跡的な髪、時間の影響を受けないままなのに違いないと作家が思っていた髪が、下に隠れていた違う色を丸出しにしている。それは藁のような色あせた黄色だ。作家の読者は、今回ばかりはまさに当然の石化した年齢に見える。そしてなんとなくこれを察した読者は、あわてて髪を本来あるべきほうへと直す。作家の手よりもずっと具合の悪い彼の手は、ひどく震えている。

「私とこの人と」と老人は、書籍バイヤーを自分のほうへ引き寄せながら作家に言う。「両方ともちゃんとわかっていて理解できるこのまともな二人を相手に、朗読してもらえんかね？」

作家は自分の小説を行き当たりばったりに開く――単なる象徴的な行為として。覚えている文章を朗読しよう、執拗な追跡者のために暗唱しようと、彼は身構える。老人が気に入っている部分を朗読してやろう。作家は、咳払いや泣き声の名残やしわがれ声やらで不明瞭な朗読を始める。

二行も朗読しないうちに、彼は止める。片手を上げて、ちょっと中断しているだけであることを示しておいて、作家は後ろポケットから螺旋とじの螺旋がなくなってよれよれになった小さなノートを取り出す。作家が密かに、無駄だと思いながらもついつい際限のないメモを書き付けているものだ。新しい本の下書きをしているのだ、誰も待ってはいないだろうし、誰も耳にすることはないであろう新しい本の。輪ゴムをはずしながら、たとえ本が完成するまで作家が頑張り続けたとしても、この彼の読者は生きてそれを見ることはないだろうと彼は思う。

「このところ書いている新しいものです」と作家は説明する。すると老人は深い敬意を込めて頷く。すると今まで立っていた書籍バイヤーは、これまた頷いて読者の横に腰を下ろす。

そして、もっと重要で大きな役割を演じたこともある作家は、世間のさまざまな圧力のもとでかような夕べを落ち着いてこなしてきた作家は、袖で鼻を拭うと、深く息を吸い、それから——小さなノートに顔を近づけて——全身全霊を込めて読みあげる。

作家はシアトルのために読む。ここはいつも彼の街だった。彼はバイヤーのために読む。彼はいつも信じてくれた。作家はまたも彼の老人にむかって読む。彼は自分の読者に微笑みかけ、涙越しに読み続ける。作家は読み続ける。そして作家は読み続ける。

若い寡婦たちには果物をただで

Free Fruit for Young Widows

エジプトの大統領ガマール・アブドゥル＝ナーセルがスエズ運河の支配権を握り、あのなくてはならない航路に対する西側諸国の通行権を脅かした際、動揺したフランスは鞍替えし、イギリス及びイスラエルと手を結んでエジプトに対抗した。これはつぎの一点を除けば取るに足りない事実である。すなわち、一九五六年のシナイ作戦においては、イスラエル軍にもエジプト軍にも、フランスから支給されたまったく同じ軍服を着て戦うことになった兵士たちがいたのである。

戦闘が始まってさほど経たないときに、イスラエルの小隊がシナイ砂漠、ビール・ギャフガーファの東にある占領したエジプト側の野営陣地へ休憩しようとやってきた。そこでシミー・ゲゼル兵卒（ポーランドはワルシャワ出身の元シモン・ビバブラット）は、急ごしらえの屋外食堂で飯を食おうと腰を下ろした。武装した四人の特殊部隊員がいっしょに腰を下ろした。彼はうなった。彼らもうなった。シミーは自分の昼食をがつがつ食べた。

シミーの分隊仲間がひとりやってきてそこへ加わった。テンドラー教授（当時はただのテンドラー兵卒で、まだ教授ではなく、高卒の資格さえ持っていなかった）は運んできたブリキのコップを、紅茶をこぼさないように気をつけながらテーブルの端に置いた。それから銃を取り出し、特殊部隊員の頭を一人ずつ撃ち抜いた。

四人はじつに整然と倒れた。テンドラー教授と向かい合っていた最初の二人は、ベンチから後ろ向きに砂のなかへ倒れた。教授に背中を向けて、なおも口をぽかんと開けて死んだ友人たちを見つめていたつぎの二人は、うつぶせに倒れ、頭蓋がテーブルにぶつかる音がなぜか銃の轟音よりも凄まじく響いた。

仲間の兵士四人が殺されたことに衝撃を受けながら、シミー・ゲゼルは友人に組み付いた。シミーよりずっと大柄なテンドラー教授は、その攻撃に脅威を感じるというよりは驚いた。テンドラーはシミーの両手をひっつかみながら叫んだ。「エジプト人だ！　エジプト人だ！」とヘブライ語で。彼は数千年前に同じ砂漠で同じ人たちについて使われたのと同じ言葉を使っていたのだ。主な違いはといえば、もしも昔の物語が信用できるとするならば、神はもはや戦いにおいて御自らの拳を振り上げはしなかったということだ。

テンドラー教授は瞬く間にシミーをぎゅっと抱きしめるようにして押さえ込んだ。「エジプト人の特殊部隊員たちだ──間違えたんだよ」とテンドラーは言い、イディッシュに切り替えた。「敵だ。敵がお前といっしょに昼飯を食ってたんだ」

シミーは耳を傾けた。シミーは落ち着きを取り戻した。

テンドラー教授は事態が収まったと思い、シミーを放した。彼がそうするやいなや、シミーはやみくもに腕を振り回して打ちかかった。彼は攻撃を続けた。だって、あの四人の男たちが誰だったかなんて関係ないだろう？　あの四人は人間だ。昼飯を食おうとして間違ったテーブルに座ってしまった人間だ。死ぬ必要はなかったのに死んでしまった。

「捕虜にすればすんだじゃないか！」シミーは喚いた。「動くな《ホルト》！」彼はドイツ語で叫んだ。「それだけでいい——ホルト！」そして、涙を流し拳を振り回しながら、シミーは言った。「撃つ必要はなかったんだ」

その頃にはもうテンドラー教授はたまりかねていた。彼はシミー・ゲゼルを殴り始めた。彼は単に自分の身を守ったのではなかった。友人を押さえ込んだのではなかった。彼はシミーを投げ飛ばし、その体にまたがって、砂の上に伸びてしまうまで続けざまに殴った。彼は友人が完全に参ってしまうまで殴り、それからさらに殴った。しまいに彼はシミーの体から降りて、灼熱の太陽を見上げ、エジプト人たちが運命の席に着いてから数分のあいだに集まっていた兵士たちの群れをかき分けて通り抜けた。テンドラーはタバコを吸いに行ってしまった。

銃声を聞いて駆けつけて、砂の上に五つの死体を発見した者たちのあいだでは、ぼこぼこにされたシミー・ゲゼルがなかでももっともひどい状態だということで意見が一致した。

シミー・ゲゼルがやがてエルサレムのマハネ・ヤフダ市場に開いた青果店で、彼の息子の幼いエトガーは、テンドラー教授の物語を繰り返しせがんだ。エトガーは六歳のときから学校以外の時間はずっと台《ドューカン》の父親の傍らで働いていた。あの年齢の頃、物語の子供向けバージョン――とある戦争のときにテンドラーがやったことにエトガーの父親が腹を立て、エトガーの父親はあの男に飛びかかり、するとあの男は（彼の父親はけっしてためらうことなく認めた）彼の父親をぼこぼこに殴りつけた――しか知らなかったエトガーは、なぜ今父親が教授にあんなに親切にするのかわからなかった。小さな自営業のルールで育ってきたエトガーは、なぜ自分がテンドラーから一リラたりとも受け取ってはならないのか理解できなかった。教授は野菜をただで受け取っていたのだ。

エトガーがトマトとキュウリの目方を量ると、父親はその袋を取り、丸々とした見事なナスをひとつ頼まれもしないのにつっこんで、テンドラー教授に渡すのだ。

「さあ《カフ》」と彼の父親は言う。「持ってってくれ。それから、奥さんによろしく」

エトガーが九歳に、十歳に、十一歳になると、物語の余白は満たされ始めた。彼は特殊部隊員のことや軍服のことを、航路やスエズ運河のこと、アメリカ人やイギリス人やフランス人のことを聞かされた。彼は頭に銃弾が撃ち込まれたことを知った。父親が従軍したあらゆる戦争――七三年、六七年、五六年、四八年――について学んだが、シミー・ゲゼルはなおも、自分が最初に呑み込まれた戦争、一九三九年から一九四五年にかけて行われた戦争について語ることまではしなかった。

エトガーの父親は漠然とした戦いの倫理について、ほんの一瞬の決断について、危険な兆候や反応をどう判断するかについて、確率や絶対性の性質について説明した。シミーは息子に、イスラエル人が――未完成の国境と不文憲法からなる彼らの国において――現実と呼ばれる灰色の領域で抜きさしならなくなっているのだということを、最善を尽くして明確にわかるよう説いた。

この灰色の領域においては、絶対的なものでさえ複数の立場を維持することが、複数の真実を反映することがあるのだと、彼は説明した。「お前だって」と彼は息子に話した。「いつの日かテンドラー教授のような決断を迫られることがあるかもしれない――どうかお前がけっしてそんな目に遭いませんように」彼は自分たちの店のむかいの血だらけの店を指差した。まな板のうえでばたばたしている木槌の下の魚を指差した。「決断が招いた結果を、こちら側からあちら側へと翻り、正邪のあいだを揺れ動きながら、お前の頭のなかでお前を追いかける、いつまでも果てしなく続く結果を、お前が背負って生きねばならんようなことにはどうかなりませんように」

だがエトガーはそれでもまだ、自分の目にはあれはあの振り下ろされようとしている木槌についての話でしかないのに、父親がどんなふうにあの物語をじたばたもがく魚に重ねているのか、理解できなかった。

エトガーは灰色志向の人間ではなかった。彼は小柄で思いやりのある出っ歯の、きっぱりした性格の少年だった。そして毎週金曜日、テンドラーが店に寄るたびに、エトガーはこの男の野菜や果物を袋に詰めては、あの物語を、黒白を探求しながらまたざっとおさらいするのだった。

この男は自分の父親の命を救ってくれたのだが、もしかしたらそうではなかったのかもしれない。この男は必要なことをしたのだが、もしかしたらもっとべつのやり方があったのかもしれない。そして、たとえ校庭における基本的なルールが大人の生活にもあてはまるとしても——すなわち、殴ったら殴り返される、という——父親が説明したほどの凄まじい殴打がそれで正当化されるものだろうか？　恐ろしく手厳しい殴り方だったので、あの物語を語りながら、シミーはエトガーの指を取っては自分の左頬に滑らせ、テンドラー教授に骨をぺしゃんこにされたところを確かめさせるのだった。

たとえそんな暴力が正当化されたとしても、たとえ父親が必ずしも「もしも二つの行いのうちで人道的なほうをなすためならば——たとえ敵の命を救うためであっても——お前は友だちの命を、家族の命を、お前自身の命を危険にさらさねばならない、進んで命を投げ出さねばならない」などと言うわけではないとしても、エトガーにとってわけがわからないのは、父親が許しているということではなく、父親の親切さなのだった。

シミーは息子をアグリッパス通りへ走らせてコーヒーかお茶を二杯、テンドラー教授をもてなすために買いにやらせ、途中アイゼンバーグのカートからちょうどいい大きさのピスタチオを一摑み取ってくるようにとエトガーに言いつけるのだ。これは彼の父親の、いちばん古い友人たちだけに対するとっておきの待遇だった。

そして、野菜や果物をただにしてもらえるのは、戦争で夫を失った妻たちだけだった。そうした女性たちに恥ずかしい思いをさせないよう、エトガーの父親は品位ある態度でそっと新鮮な果物や大きな野菜の袋を持たせて彼女たちを送り出すのだ。ときには彼女たちが夫を亡くしてから何年ものあいだ。彼はいつも若い寡婦たちを大事にした。相手が抗議すると、彼は言うのだった。「あなたは犠牲を払う、私も犠牲を払う。だいたい、リンゴひと袋がなんだって言うんですか？」「何ごとも国のためです」と彼は言うのだった。

テンドラー教授のこととなると、そんなにはっきりした答えはけっして返ってこなかった。

エトガーが十二歳になったとき、父親はテンドラーの物語の複雑さを認めた。

「かつて俺を殴った男のことをなぜ大事にするのか、知りたいか？　なぜなら、物語には背景があるんだ。人生にはつねに背景がある」

「そうなの？」とエトガーは訊ねた。

「そうなんだ」

十三のとき、彼は違う物語を聞かされた。というのは、十三になって、エトガーは大人になったからだ。

「俺があの戦争を経験しているのは知ってるな」とシミーは息子に言った。その言い方で、父親が言っているのが四八年とか五六年、六七年とか七三年の戦争のことではないのがエトガーにはわかった。父親は、自分がそのすべてに従軍したユダヤ人の戦争のことを言っているのではなかった。父親はあの大きな戦争のことを言っていた。家族のなかでシミーだけが生き延びた戦争で、それはまたエトガーの母親の場合も同じだった。だから彼らは新しい名前になったのだとシミーは説明した。世界全体で、ゲゼル一家は三人だけなのだ。

「うん」とエトガーは答えた。「知ってる」

「テンドラー教授もあの戦争を経験してる」とシミーは言った。

「うん」とエトガー。

「あいつにはつらい経験だった」とシミー。「だからなんだ、だから俺はいつも親切にするんだ」

　エトガーは考えた。エトガーは言った。

「だけど、父さんだってくぐり抜けてきた。父さんもあの人と同じ人生を送ってきた。だけど父さんならぜったいに、たとえ敵であっても、捕虜にできるなら、命を助けてやれるものなら、四人の男を撃ったりしなかっただろ。たとえ自分の身が危なくても、父さんなら――」エトガーの父親はにっこりしながら息子を遮った。

「まず第一に《コイデム・コール》」と父親は言った。「似た人生は同じ人生ではない。そこには違いがある」ここでシミーの表情は厳粛になり、快活さは消えた。「あの最初の戦争、あの大戦では、俺は幸運だった」と父親は言った。「俺はショアを生き延びた」

「だけど、あの人だってここにいるよ」とエトガーは言った。「あの人も生き延びた、父さんと同じようにね」

「いや」とエトガーの父親は答えた。「あいつは収容所を生き延びたんだ。あいつは歩いてる、あいつは呼吸してる。そしてあいつはもうあとほんのちょっとでヨーロッパから生還できるはずだった。だがな、あいつらに殺されたんだ。戦争が終わってからも、俺たちはまだ同胞を失っていたんだ。あいつらは結局、あの男の残ってた部分まで殺してしまったんだよ」

初めて、テンドラー教授がその場にいないのに、イディッシュでおしゃべりしようと立ち寄ったシミーのゲットー時代の友だちがいるわけでもないのに、予備軍で同じ部隊だった兵士仲間や果物や野菜の仕入れ先であるキブツ住民もいないのに、エトガーの父親はエトガーをアグリッパス通りまでお茶を二杯買いに走らせた。一杯はエトガー、一杯は自分のために。

「さっさとな」シミーはそう言い、息子の尻を一発ぴしゃっとやってエトガーを送り出した。エトガーが一歩踏み出すより先に、父親は息子の襟を摑むと、レジをぱっと開け、真新しい十シェケル紙幣を手渡した。「それと、いっしょに食べるのに、アイゼンバーグのところで旨そうなシードの大袋を買ってこい。釣りはとっといてくれって言うんだぞ。お前と俺と二人でしばらく座っていることにしよう」

シミーはレジの後ろから二つ目の折りたたみ椅子を取り出した。父と息子が店でいっしょに腰を下ろすなどということも初めてだったろう。商売を繁盛させるもうひとつのルール：客にはつねに立っている姿を見せること。つねに何かしらすることはある——掃除する、積み重ねる、リンゴを磨く。客はプライドのある店へ来てくれるのだ。


これが、テンドラー教授がトマトをただでもらえる理由である。自分をぶちのめした男を見るとミシュケノット（エルサレム城壁外に初めて建設されたユダヤ人の入植地）のひとりが訪れたときのような優しさをたたえてシミーの眼差しが柔らかくなる理由——父さんの「若い寡婦には果物をただで」的目つきとエトガーが呼ぶ雰囲気を帯びる理由なのだ。これが、息子が大人になったと感じたときにシミーがエトガーに語った物語なのである。

彼のいた死の収容所が解放されたとき、テンドラー教授が最初に目にしたのは二人の大柄でタフなアメリカ人兵士があっという間に失神してしまう光景だった。二人（恐らく戦争で鍛えられているはずの）は、途方もない、それまで想像できなかったような現代版皆殺しという残虐行為の前に立っていたのだ。腐敗した裸の死体の山、人間の丘を前に、口をぽかんと開けて凍りついて。

そしてこの焼かれる――アメリカ軍の侵攻に先んじて――ことになっていたひしゃげた遺体の山から、骸骨のように痩せこけていまにも壊れそうなテンドラーは、じっと相手を見つめていた。テンドラー教授はじっと見つめて観察し、この兵隊たちはナチの兵隊じゃないと確信するや、あのバルサ材のような腕や脚を押しのけたりかき分けたりしながら、隠れていた死体のあいだから這い出した。

テンドラーをくる日もくる日も守ってくれていたのはこの死体の山だった。死体を捨てる哀れなゾンダーコマンド（収容所で同胞の遺体処理をしていたユダヤ人特別労務班員）も、それを手押し車で焼却炉へ運ぶ者たちも、少年がなかにいることを知っていた。彼らは自分たちのパン屑のそのまた屑を持ってきて少年を生き延びさせた。そして、少年を守ることはそうした囚人たちにとって確実に死を意味したにもかかわらず、その行為は、非人間的な仕事のなかでほんの僅かな人間らしさを彼らに与えてくれたのだ。こういうことを、シミーは息子に説明しようとした――こうしたほんのうっすらした親切の名残でも死人を生かしておくにはじゅうぶんなのだと。

テンドラーがしまいにやっと立ち上がって体を伸ばしたとき、十三歳——「お前の歳だ」——のテンドラー教授だった死体があの悪夢から這い出してきたとき、彼は二人のアメリカ人兵士を見つめ、相手も彼を見つめたかと思うと、どさっと地面に倒れたのだった。

テンドラー教授は人生においてすでにたっぷりいろいろなものを見てきており、こんなことはちょっと立ち止まるだけの価値もなかったので、歩き続けた。彼は裸のまま歩き続けて収容所のゲートを通り抜け、歩き続けて、やがていくらかの食料と服を手に入れ、歩き続けて、やがて靴と、それからコートを手に入れた。彼は歩き続けて、やがて小さなパンとジャガイモが一個ポケットに入っているようになった——余剰物だ。

たちまちポケットのなかにはタバコも一本加わり、ついでもう一本、さらに硬貨が一枚加わり、ついでもう一枚。このようにして生き延びながら、テンドラーは歩いて国境をいくつか越え、やがてまっすぐにすっくと立てるようになり、やがて子供時代を過ごした町に、上下揃った服を着て、ポケットには紙幣を何枚か入れ、路傍で眠る夜々に身を守るため、腰には弾を五発装塡した六連発の拳銃を差し込んで姿を現した。

テンドラー教授はいかなる驚きも、いかなる再会も期待してはいなかった。彼は自分の母親が目の前で殺されるのを見ていた。父親、三人の姉妹、祖父母、そして収容所で数ヶ月過ごした頃には故郷の知り合いだった二人の少年が殺されるのも。

だが故郷は——それは彼がしがみついていたものだった。もしかしたら、自分の家はまだそのままあるかもしれない、自分のベッドも。もしかしたら牛はまだ乳を出していて、山羊はまだ残飯をもぐもぐやっていて、愛犬は昔のように鶏にむかって吠えているかもしれない。それにもしかしたらあの自分にとってのべつの家族——その乳房で彼を逞しくしてくれた（衰弱するまえのことだ）乳母、彼の父親の畑を耕していたその夫、そして彼らの息子（彼と同年の）ともうひとりの息子（二歳下の）、彼が兄弟同様いっしょに遊んだ少年たち——もしかしたらあの一家もまだあそこで待っているかもしれない。彼が帰ってくるのを待っているかも。

テンドラーはあの家で新しい家族を作ればいい。いつの日か子供を持ったら、ひとりひとりに、死んでしまった愛する者たちの名前をつければいい。

町は彼がそこを出たときのままのように見えた。通りは彼の通りだったし、広場のシナノキは丈が高くなってはいたが昔と同じように並んでいた。そして自分の家の門へと通じる砂利道へ入ったテンドラーは、走りたくなるのをこらえ、泣き出しそうになるのをこらえた。ああいう体験をしてきた彼は、この世のなかで生き延びていこうと思ったら、つねに大人の男として行動せねばならないとわかっていたからだ。

そこでテンドラーはコートのボタンをかけ、そっとフェンスのほうへ向かったが、門を通り抜けるときに脱げるよう帽子をかぶっていればよかったのに、と思った——一家の主が自分の家に帰ってきたときはそうするものなのだ。

だが、庭に彼女の姿を見たとき——ファヌーシュカを、自分の乳母を、一家のメイドの姿を見たとき——やはり涙が出てきてしまった。テンドラーは貴重なボタンを一個コートからはじき飛ばしながら彼女に駆け寄り、彼女の両腕のなかに身を投げかけ、そして彼はあの列車以来、初めて泣いたのだった。

夫を傍らに、ファヌーシュカは彼に言った。「お帰り、息子よ」そして「お帰り、坊や」そして、「あたしたちは祈ったんだよ」「祈りのロウソクを灯したんだよ」「あんたが帰ってくるのを夢見ていたんだ」

夫婦が「ご両親も帰ってくるの？　あんたの姉妹たちやお爺さん、お婆さんはずっと遅れて来るの？」と訊ねると、そして昔の隣人たちの安否を一軒一軒片っ端から訊ねると、テンドラーは比喩も仄めかしも用いずに答えた。自分がその最後を知っている場合は、それをありのままに告げたのだ。殴られてあるいは飢えて、撃たれて、まっぷたつに切り裂かれて、頭の前部が陥没して。こういうことをすべて、彼は感情を交えずに語った——出来事、個々の事実として。こういうことをすべて、彼は自分の家の玄関へ思い切って一歩足を踏み入れるまえに話したのだった。

その開いたドアからなかを見て、自分の家族を持つようになるまではこの人たちと家族としていっしょに暮らそうとテンドラーは心に決めた。この家で歳を取ろうと。好きなだけ自由でいられる身ではあるが、もう一度自分を門のなかに閉じ込めよう。だがそれは自分の門、自分の錠、自分の世界なのだ。

手に手を重ねられて、彼は夢想から引き戻された。ファヌーシュカが、顔に悲しげな笑みを浮かべて話しかけた。「さああんたを太らさなくちゃね」と彼女は言った。「初めてのお夕食だからお祝いよ」そして彼女は足元の鶏を摑むと、庭のその場で首を捻った。「さあ入って」と彼女は言い、鶏はぴくぴく痙攣した。「この家の主が帰ってきたんだわねえ」

「あんたが行ってしまったときのままよ」と彼女。「あたしたちの物がちょっとあるだけで」

テンドラーはなかに入った。

まさしく彼の記憶どおりだった——テーブルも椅子も——ただ、個人的なものはぜんぶなくなっていた。

ファヌーシュカの二人の息子が入ってきて、テンドラーは時がどんなことをしたのか思い知った。食べ物も住まいもあり、暖かいところで愛されてきたこの少年たちは、彼のたっぷり倍の体格だったのだ。その時彼のなかで、収容所では覚えのなかった感情が芽生えた。あそこでは何の役にも立たなかったであろう文化的な感情だ。テンドラーは恥ずかしいと思ったのだった。彼は赤くなって顎をぎゅっと嚙み締め、口のなかで歯茎から血が出るのを感じた。

「考えてもみろ」とエトガーの父親は息子に言った。「あいつの兄弟だった二人の少年は、今ではあいつの倍の体格で、あいつにとっては見知らぬ他人だったんだ」

二人の少年は、促されてテンドラーと握手した。二人にとって彼はもう知らない人間だった。

「それでも、いい話だよ」とエトガーは言った。「悲しい。だけど嬉しい話でもある。あの人は一応家にたどり着くんでしょ。それっていつも父さんが言ってることじゃない。生き延びること、大事なのはそれだって。また始めるために生き延びるってことが」

エトガーの父親はヒマワリの種を一個つまみあげて、これについて考えた。父親は種を前歯で割った。

「そういうわけで、一家はみんなでテンドラー教授のために夕食を作ってる」と父親は話した。「そしてあいつは子供時代にやってたように、台所の床にあぐらをかいて座り込んで、眺めてるんだ。楽しそうに眺めながら、まだ温かい山羊の乳をコップで飲んでる。すると父親がその山羊を屠りに出ていく。『お祝いの夕食だもんな』と父親は言う。『鶏一羽じゃじゅうぶんじゃない』何年も肉なんか食べたことのなかったテンドラー教授が父親のほうを見ると、父親はナイフに釘をこすりつけながら言う。『コーシャのやり方は覚えてるさ』」

テンドラーはあまりに幸せで耐えられないほどだった。あまりに幸せであまりに悲しかった。そして、温かい乳の一杯と心温まる思いとで、テンドラーは小便をしたくなった。だが、こうしてもうひとりの母親といっしょにいて、しかもその母親の肩では赤ん坊の妹が安らいでいるというのに、動きたくはなかった。赤ん坊は一歳半で、頭には巻き毛がひとつだけあった。太って幸せそうな、小さな女の子。足首も太っている、手首も太っている。

テンドラー教授は最後の瀬戸際に駆け出した。暖かい台所から、自分の家の屋根の下から。テンドラー教授は、他の人間たちが動物にしてしまおうとしたあの男は、屋外便所へ走ろうとはしなかった。そんなことは念頭になかった。彼は台所のにおいを嗅いでいようと、近いところにいようと、台所の窓のすぐ下に立ったのだ。そして用を足した。せせらぎの音のむこうで、乳母が嘆いているのが聞こえた。

乳母が嘆いているに違いないものがなんなのか、彼にはわかっていた――壊滅したテンドラー一家のことだ。

彼は乳母がしゃべっていることを聞き取ろうとした。すると聞こえた。「あいつに何もかも取られてしまうよ」と乳母は言っていた。「あたしたちからぜんぶ取り上げるよ――あたしたちの家も、あたしたちの畑も。あたしたちが築き上げて守ってきたもの――こんなに長いあいだ――あたしたちの財産だったものを何もかも、あいつはかっさらっていくよ」

窓の外のその場所で、放尿しながら聞き耳を立てて、そしてまたテンドラー教授言うところの「解離」をしながら（もっとも、当時の彼はまだそんな言葉を知らなかったが）、彼にはただ、自分が自分を上のほうから見ているのだということ、あらゆる失意を感じている自分自身を、それを感じながら目にしているのだということしかわからず、そのうち、ここ何年もずっと自分は何も感じてこなかったのだと激しく痛感したのだった。両親が撃たれたときにも何も感じなかった、収容所にいるあいだも何も感じなかった、じつのところ、自分の家を追い出されたときから戻ってきたときまで、何も感じなかったのだ、と。

その瞬間、テンドラーはこれまで覚えのあるどんな感情よりも痛切な罪悪感を感じた。

そしてここで、早熟な息子に答えて、シミーは言った。「そうだ、そうだ、もちろんそれは生き延びるためだった――テンドラー流の対処法だったんだ。もちろん、彼はずっと感じていたんだよ」だがテンドラーは――母親の死体をまたいで歩き続けた少年は――その小作人たちに対しては、心を開いていたのだ。

まさにそのとき、とテンドラー教授はのちにシミーに語ったのだが、彼は哲学者になったのだった。

「あいつはぜんぶかっさらっていくよ」とファヌーシュカは言った。「何もかも。あいつはあたしたちの生活を奪いに来たんだ」

するとテンドラーが兄弟だと思っていた彼女の息子が言った。「じょうだんじゃない」そして、テンドラーのもうひとりの兄弟同然の息子も言った。「じょうだんじゃない」

「みんなで食事する」とファヌーシュカは言った。「みんなでお祝いする。そして、あいつが寝たら、あいつを殺すんだ」息子のひとりに彼女は命じた。「行きなさい。父さんにナイフを研いでおくように言うんだよ」もうひとりにはこう言った。「あんたは早く寝なさい、そして早起きする。でね、あんたがあの雌牛の最初の乳首を摑むまえに、あいつの喉を切り裂いておくんだよ。あたしたちのものなんだ。あたしたちのものを、取られてたまるか」

テンドラーは走った。通りへ向かってではなく、台所のドアがぱっと開いたときに、間に合うように振り向けるよう、父親を探しにいく弟に間に合うように微笑みかけられるよう、テンドラー自身が、間に合うように正しい方向へ向かって引き返してこられるように、屋外トイレ目がけて。

「そんな夕食の席でどんな会話が交わされたか、聞きたいか?」シミーは息子に訊いた。「思い出が呼び覚まされ、誓いがなされた? もちろん、ワインが出された。『飲んで、飲んで』と母親は言った。チキンと、山羊のシチューが出された。それに、あの物がひどく欠乏していたときに、お茶用の砂糖まで出てきた」ここで、シミーは自分たちの店の豊富な商品を指差した。「そして、台所の床の赤ん坊の籠のとなりに何気なく置いてあったのは、リンゴの籠だった。テンドラーはどのくらいになるかわからないくらい長いあいだ、リンゴなんてひとつも食べたことがなかったんだ」

テンドラーは籠をテーブルに持ってきた。彼がナイフでリンゴをむき、まずむいた皮を食べ、それから果肉を食べて、そして芯と種までも楽しんで味わう姿を、一家は笑った。それは祝いの、楽しい夜だった。そんなこんなでテンドラー教授は、宴の最後の頃には腹は膨らみ、酒のせいで寄り目になって、どんな会話が交わされていたのか知っていながらそれが信じられなくなっていた。

抱きしめたり、キスしたりが行われ、そしてテンドラー――この家の主――には二階の彼の両親の寝室があてがわれ、息子たち二人は廊下を隔てたむかいの部屋、階下の台所で（「ここがいちばん暖かいからね」）、母親と父親と足首のぽっちゃりした女の子。

「ゆっくり眠りなさいな」とファヌーシュカは言った。「よく帰ってきてくれたわねえ、あたしの息子」そして、彼女はテンドラーの両眼に優しくキスした。

テンドラーは階段を上った。上下揃いの服を脱いでベッドに入った。ファヌーシュカがドアからひょいと顔を覗かせて、じゅうぶん暖かいか、本を読むのに明かりは要らないかと訊ねたときにもそこにいた。

「いやけっこう、ありがとう」と彼は答えた。

「いやに堅苦しいじゃないの？　ありがとうなんて言うことないわ」とファヌーシュカは言った。

『うん、母さん』とか『いや、母さん』でいいのよ。あたしの可哀想な、戻ってきてくれた、みなしごの息子」

「明かりはいいよ、母さん」とテンドラーは言った。すると、ファヌーシュカはドアを閉めた。

テンドラーはベッドから出た。彼は服を着た。またしても自分の行為を少しも恥ずかしいとは思わずに、テンドラーは金目の物を求めて部屋をあさり、自分の家の物を盗んだ。

それから、彼は待った。家がすっかり静まり返るまで、壁が風に抗う拍子に床板から最後のきしみが漏れるまで待った。彼の母親、彼のファヌーシュカが確かに眠ったに違いないと思えるまで、今夜は頑張って起きていようとしている兄弟のひとりが——自分の命を守るために戦ったことなど一度もない兄弟が——もう目を閉じてもだいじょうぶだと独り合点するまで、彼は待った。テンドラーは、自分も眠くてたまらなくなるまで待ち、そしてそのとき、両方の靴紐をいっしょに結わえて肩に掛けた。そしてそのとき、片手に枕を持ち、もう片方の手でそっと銃の打ち金を起こした。

そして、鵞鳥の羽を舞い散らせながら、テンドラーは家のなかを移動した。それぞれの兄弟に一発ずつ、父親に一発、母親に一発。テンドラーは銃を放っていき、しまいには暖かい台所に立っていて、弾丸が一発、この先路傍で眠る夜々に身を守るために残っていた。

その最後の弾丸を、テンドラーはぽっちゃりした赤ん坊の女の子に撃ち込んだ。なぜなら彼は情けなど知らなかったし、あの家族の者がまたひとり、成長して将来自分を殺すようになるのをほうっておく必要はなかったからだ。

「あの人はその人たちを殺しちゃったんだね」とエトガーは言った。「人殺しだ」

「いや」と彼の父親は答えた。「あのときはそういう認識はまったくなかったんだ」

「たとえそうでも、それは殺人だ」とエトガー。

「もしそうだとしても、まったく正当なことだ。一家が最初にあいつを殺したんだ。ああすることはあいつの権利だったんだ」

「だけど父さんはいつだって言うじゃない――」

「背景というものがある」

「だけど、あの赤ん坊。あの女の子」

「あの赤ん坊はいちばん難しいな、認めるよ。だけど、こういうのは哲学者の考える問題だ。生身の人間に置き換えられた理論上の事例だからな」

「だけどこれは問題なんかじゃないよ。あの人たち、あの一家が教授の家族を殺したわけじゃないし」

「一家はあの夜あいつを襲うつもりだったんだ」

「逃げればよかったじゃない。立ち聞きしたときに、ゲートへむかって逃げればよかったんだ。屋外便所へ駆け戻る必要なんか、反対方向から歩いてきて兄弟と顔を合わせるために走っていく必要なんか、なかったんだ」

「もしかしたら、あいつはもう逃げるつもりがなかったのかもしれんな。まあともかく、『目には目を』はわかってるか？　広義の正当防衛ってものを考えられないか？」

「父さんはいつもあの人を許すんだね」とエトガーは言った。「父さんだって同じ目に遭ってる——だけど、父さんはそんなふうにはなってない。父さんなら、あの人みたいなことはしなかったでしょ」

「ある場合において人が何をするか、そして何をしないかは、簡単にわかることじゃない。それに、甘やかされた子供であるお前は、文明社会のルールをそれと正反対のものしか見てこなかった少年に当てはめている。もしかしたら、あの人たちの死の責任は、テンドラー一家を殺すために考案されていながらその仕事を仕損じたシステムにあるのかもしれないな。もはや適合できなくなったテンドラー一家のひとりを再び世間に解き放ってしまったという過ち、不注意に」

「父さんはそう思うわけ？」

「そう問いかけてるんだよ。そしてな、おまえに訊きたいんだが、エトガーよ、お前があの夜のテンドラーだったら、どうしてた？」

「殺さない」

「なら、お前は死ぬ」

「大人たちだけ」

「だけど、テンドラーの喉を切り裂くために送り込まれるのは男の子だったんだぞ」

「危害を加えようとしていた者だけを殺すのはどうだろう？」

「それでもやっぱり殺人だ。それでもやっぱり、まだ行動を起こしていない者を殺すことになる、寝てる者を殺すことに」

「あのね」とエトガーは言った。「あの人たちには、あの四人には当然の報いだったんだってことはわかるよ。もし僕があの人だったら、僕も全員を殺していたかもしれない」

シミーは悲しげな顔で首を振った。

「だけどなあ、息子よ、誰が死ぬべきか決めるだなんて、俺たちはいったい何様だよ？」


エトガー・ゲゼルが彼自身も哲学者になったのはあの日だった。山の上の大学でさまざまな理論を教えているテンドラー教授のようにではなく、彼の父親のように実際的かつ具体的に。エトガーは高校を終えることもないし、大学進学もしない。そして、兵役に就く三年をのぞいては、彼は生涯を——満ち足りて——市場《スーク》の店で働いて過ごすこととなる。彼は果物をピラミッド型に積み上げ、重大な問題について真剣に考え込む。そして答えがあったなら、エトガーはそれを、たとえどれほどささやかにであろうと、自分やほかの人たちのためによりよい人生を築くべく使おうとするだろう。

テンドラー教授は人殺しであると同時に可哀想《ミスケン》な人なのだとエトガーが判定を下したのもまた、あの日だった。テンドラー教授がなぜ、どのようにしてあの小作人一家を殺すに至ったのか、そして、どうして軍服姿——おまけに同じ軍服だったのに——で戦場に送り込まれた男たちが彼の手に慈悲を見出すことができないのか、自分は理解していると彼は思っていた。エトガーはまた、テンドラーの物語が同様に簡単に、あの最初の夜、両親の寝室に、両親のベッドにまた戻ってきた教授が、四発の弾丸の残る銃を手にした自殺死体となるという結末で終っていた可能性もあるのだということもわかるようになった——テンドラーの発射する最初の弾が彼自身の頭にめり込んでいたかもしれないのだということも。

相変わらず、毎週金曜日には、エトガーはテンドラーの果物と野菜を袋に詰めた。そしてその袋に、店にありさえすればパイナップルを一個か蜜を滴らせるマンゴーをいくつか、エトガーは加えるのだった。袋をテンドラーに渡しながら、エトガーは言う。「さあ、教授《カフ》。とっといてください」彼の父親が死んだあとでさえ、これは変わらなかった。

訳者あとがき

本書『アンネ・フランクについて語るときに僕たちの語ること』のタイトルを見てすぐに思い浮かぶのは、もちろんかのレイモンド・カーヴァーの名作『愛について語るときに我々の語ること』(村上春樹訳、中央公論新社)であろう。

最初に登場する表題作は明らかにカーヴァーへのオマージュで、二組の夫婦が酒を飲みながら語り合うという同じ設定を使っているのだが、その二組はユダヤ系で、しかも一組はエルサレムから久々にアメリカに帰省した正統派ユダヤ教徒だ。作者はカーヴァーをなぞって巧みに読者をくすぐりながら、この二組に宗教やアイデンティティや偏見について軽妙に論じさせ、最後はちゃんと愛の話に、それも思いもよらない闇を覗き込ませるような終わり方へと持っていく。

ちなみに、ホロコーストの再来に対する恐れは作者の育った家庭では現実のもので、その際には誰が匿ってくれるだろうかと実際に家族のあいだで話し合っていたそうだ。こうしたホロコーストの記憶の所有のあり方もまた、作者が追求するテーマのひとつなのである。

語り口までカーヴァーっぽい表題作とはうって変わって、つぎの「姉妹の丘」では、熱烈なシオニストたちによるヨルダン川西岸への入植とパレスチナ人との軋轢が、旧約聖書をはじめ世界各地の民話に登場するひとりの子を奪い合う二人の母の物語と綯い交ぜて、アイザック・シンガーばりの寓意に満ちた口調で語られる。

とまあこんな調子で、本書に収められた八篇は、私小説風のスケッチあり、ホラー小説風のものあり、精神分析風笑劇ありと、じつにさまざまな味わいで、作者の並々ならぬ才能を存分に楽しめる。

本書の著者ネイサン・イングランダーは一九七〇年、ニューヨーク州ロングアイランドのユダヤ教正統派のコミュニティーに生まれた。敬虔なユダヤ教徒の少年として、短髪にヤムルカをかぶり戒律を遵守して成長、高校修了まではユダヤ教の教育施設イェシーバに通い、外の世界に触れるのはテレビのなかだけだった。やがてイェシーバのとある教師によって文学の世界へ導かれ、正統派の教育課程にそのまま留まって株式仲買人になることを家族から期待されていたにもかかわらず、ニューヨーク州立大学へ進学。三年生のときに初めての外国旅行としてイスラエルを訪れたことで人生が変わる。彼の地で、生まれて初めて非宗教的なユダヤ人知識人というものを目にしたのだ。

カルチャーショックを受けたイングランダーは、信仰を捨て、ヤムルカを脱いで髪を伸ばし始めた（デビュー当時のイングランダーの写真はぎょっとするような長髪である）。そして、自分が生きてきた正統派ユダヤ教徒の世界をメインテーマに据えて、新たに身につけた懐疑的な視点と従来の共感を重ね合わせた独自の切り口で作品を書き始めた。

二十二歳のとき、スターリンによって二十六名のイディッシュ語作家、詩人が処刑された事件を題材とした短篇“The Twenty-Seventh Man”（無名の文学オタク青年が当局の勘違いにより逮捕されて、憧れの著名作家や詩人といっしょに獄に入れられ運命をともにするという物語）を書き上げ、児童書の編集をしていた友人の母親に原稿を見せた。以降五年にわたって彼女はイングランダーの個人的な編集者としてつぎつぎ作品を書かせ、また彼を説きつけてアイオワ大学のライターズ・ワークショップに進学させることになる。

あるとき、ワークショップに講演に訪れた老舗文芸誌「ストーリー」の編集者に三篇の自作短篇を見せたところ、すべて採用となり、一九九九年にはこの三篇に他の六篇を足した最初の作品集 *For the Relief of Unbearable Urges* を上梓。高い評価を受け、二〇〇〇年度PEN／マラマッド賞、スー・カウフマン新人賞、バード・フィクション賞を受賞した。また「ニューヨーカー」誌の「二十一世紀のための作家二十人」のひとりにも選ばれ、『ベスト・アメリカン・ショートストーリーズ』と『O・ヘンリー賞ストーリーズ』に作品が収録されている（邦訳では、『アメリカ短編小説傑作選2001』DHCにイングランダーならではのユニークなホロコースト・ストーリー「曲芸師」が収められている）。

二〇〇七年には、アルゼンチンの「汚い戦争」を背景にブエノスアイレスのユダヤ人コミュニティーで暮らすユダヤ人一家の苦難を描いた初の長篇 *The Ministry of Special Cases* を上梓。これまた有名各紙誌の書評で高く評価された。二〇一二年に上梓された三冊目にあたる本書は、同年、フランク・オコナー国際短篇賞を受賞している。

イングランダーはまた、翻訳にも携わっている。学生時代に彼の処女短篇集を読んでその斬新さに同じユダヤ系として瞠目し、励まされたという、今では親しい友人である作家のジョナサン・サフラン・フォアの強い勧めにより、ハガダー（出エジプトの物語、過ぎ越しの祭の晩餐式で読まれる）を数年がかりで新たに英訳したのだ。これはイングランダー訳、サフラン・フォア編集による *New American Haggadah* という美しい本となって、昨年出版されている。

この仕事を契機に翻訳に興味を持ち、イスラエルの人気作家エトガー・ケレットの短篇集 *Suddenly, a Knock on the Door* を他の二人と英訳。昨年出版されたこの短篇集は本書とともにフランク・オコナー国際短篇賞の最終候補にノミネートされた。つまりイングランダーは作者及び翻訳者としてこの権威ある賞の候補となり、作者として受賞したわけである。二〇一二年はイングランダーにとって実りの年だったようで、十一月には"The Twenty-Seventh Man"が舞台劇となり、オフブロードウェイで上演された。

イギリスの文芸誌「グランタ」のインタビューで、イングランダーは、書けると思う物語を書く気はない、とても書けないと思えるようなものを書こうとするところに物語を書く醍醐味がある、と述べている。たとえば「姉妹の丘」は、ヨルダン川西岸への入植という非常に扱いの難しい問題について、その歴史や軋轢のすべてをひとつの短篇に凝縮しようと試みた結果だという。

本書に収められている作品は、その大半が、乾いたユーモアをちりばめた独特のコミカルな語り口のなかに、倫理についての重い問いを含んでいる。イングランダーはあちこちのインタビューで、繰り返し、もしある作品が普遍的なものとなっていないのなら、その作品はうまく機能していないのだと述べている。そしてまた、自分の作品は一種のロールシャッハ・テストであるとも言っている。問いを提示しながら、作者は決して答えは出さず、答えに誘導することもしない。読者それぞれが自身の問題に引きつけて、好きなように読めばいいのだ。

アイオワ大学のライターズ・ワークショップで、作者はある教授から、君の書くものはすべてイディッシュからの翻訳だ、と言われたそうだ。アメリカに住み着いて数世代目になる、ロングアイランド生まれの、イディッシュのリズムで書くこのユダヤ系アメリカ人作家の、ダークかつコミカルでときに寓話や民話を思わせる作品世界は、じゅうぶんに普遍的なものとして機能していると私は思う。日本の読者の皆さんに楽しんでいただければ幸いだ。

なお、本文中のイディッシュおよびヘブライ語の表記については、ハワイ大学の柴山紗恵子さんにご教示いただきました。この場を借りてお礼を申し上げます。

最後に、この短篇集の面白さをお伝えするや新潮クレスト・ブックスの一冊に加えるべく動いてくださり、訳稿を丁寧に見てくださった須貝利恵子さん、そしていつも支えてくださる新潮社校閲部の皆さんに、深く感謝いたします。

二〇一三年二月

小竹由美子

What We Talk About
When We Talk About Anne Frank
Nathan Englander

アンネ・フランクについて語《かた》るときに
僕《ぼく》たちの語《かた》ること

著 者
ネイサン・イングランダー
訳 者
小竹由美子
発 行
2013年3月30日

発行者　佐藤隆信
発行所　株式会社新潮社
〒162-8711 東京都新宿区矢来町71
電話 編集部 03-3266-5411
読者係 03-3266-5111
http://www.shinchosha.co.jp

印刷所
株式会社精興社
製本所
株式会社大進堂

乱丁・落丁本は、ご面倒ですが小社読者係宛お送り下さい。
送料小社負担にてお取替えいたします。
価格はカバーに表示してあります。

ISBN978-4-10-590101-1 C0397